ちくま学芸文庫

柄谷行人講演集成
1985-1988

言葉と悲劇

柄谷行人

筑摩書房

目次

柄谷行人講演集成　1985-1988　言葉と悲劇

言葉と悲劇

I

私がきょう話したいのは、悲劇論というよりも言語の悲劇性、いいかえれば、言語を持つかぎりでの人間存在の悲劇性というような事柄についてです。最近、私はウィトゲンシュタインについて書いていますが、彼はたとえば、「動物がしゃべらないのは考えていないからではなく、たんにしゃべらないのだ」と述べています。逆にいえば、人間は考えがあるから言葉をしゃべるのではなく、たんにしゃべるのだということ。それは、飯を食ったり歩いたりするのと変わらない「自然史的」な問題だということですね。それは何を意味するのでしょうか。言葉によってであり、言葉によって生きることが自然史的な条件だということは、それをとり除くこともできないし、解決することもできないということです。前期ウィトゲンシュタイン自身を含め、哲学は、この曖昧な（両義的な）言語を超えること、一義的に明確な思考に到達することをめざしてきました。後期ウィトゲンシュタインは、根本的にそのような姿勢に背を向けるのです。この人間の条件を認識しながら生きようとする彼の姿勢を、何と呼べばいいでしょうか。私は、それをいわば「悲劇的」と呼ぶべきではないかと思うのです。

狭義の悲劇に関しては、昔からそれを共同体の祭式の延長においてとらえる見方がありました。すでにニーチェがそうでした。近年では、それは構造論的あるいは人類学的なアプローチによって語られます。たとえば、エディプス王は、知らずに父である王を殺して自ら王となり、実の母と結婚した。ところが、やがて国内に疫病や災害が起ってくる。その原因をつきとめようとして、彼は、その原因がほかならぬ彼自身の行為によることを見出すのです。その結果、共同体から放逐されます。

しかし、このことは、ある意味で、どこにでも見られる「王殺し」という構造を示しています。「王」は、共同体が停滞したり非活性化すると、一種のスケープゴートとして殺されたり追放される存在なのです。そして、王になるものは王を殺さなければならない。このように見ると、エディプス王の話には、何の不可解なところもありません。また、ヤン・コットは、シェイクスピアの悲劇および歴史劇において、王を殺して王となった者がふたたび殺されていく絶えざる連鎖または循環を指摘していますが、これも現代的であるというよりも、「王」のアルカイックな存在の仕方とつながっているといえます。

すると、王あるいは王権そのものに悲劇的なものがある、ということになりますね。しかし、たとえばギリシア悲劇が悲劇として書かれ上演されたのは、ある特定の限られた時期です。そのあとで悲劇は死ぬのです。それはシェイクスピアの悲劇についてもいえます。実際ピューリタン革命が起り、劇場そのものが禁止されてしまうのは、彼が引退してから間もなくのことです。すると、悲劇を悲劇たらしめているのは、もしくはギリシア悲劇を固有たらしめているのは、今述べたような構造ではない、といわなければなりません。もし悲劇が構造にあるのだとしたら、いつでも書かれうるはずです。ところが、そうではない。

むしろ悲劇を悲劇たらしめたのは、このようにくり返すことのできない一回性です。構造は反復されます。悲劇の悲劇性は、それが反復しうる構造ではないものに直面していることにあるのです。それを「歴史」と呼んでいいかもしれません。ただし、それはいわゆる歴史ではなく、構造や理念に回収されないような、いわばその外部としての出来事です。〝悲劇的〟な認識とは、それに対する強烈な意識ではなかったでしょうか。人びとがいう歴史とは、すでに理念であり、理念の中で捉えられたものでしかありません。「悲劇」は出来事の悲惨さとは無関係であり、むしろ認識の問題だということがよくいわれます。『エディプス王』に関していえば、その物語の展開ではなく、主人公が、自分自身が何であるか、あるいは誰であるかを問いつめていくことこそが、それを悲劇たらしめているといわれる。しかし、認識であるとしても、いかなる認識なのか。悲劇としての認識は、哲学としての認識とは違っています。ギリシア劇の末期、つまりエウリピデスのころには、ソクラテスがいました。つまり、いわゆるギリシア哲学は、悲劇の死とともに生じてきたといってもよいのです。もちろんソクラテス以前にも、ヘラクレイトスやパルメニデスやその他の認識者がいます。ニーチェは、彼らを「ギリシア悲劇時代の哲学」と呼んでいますが、いいかえれば、ギリシア悲劇はソクラテス以前的な認識と結びついているといってもよいはずです。このことは、シェイクスピアについてもいえます。実際、すでに述べたように彼の死後まもなく、ピューリタン革命が起り、劇場が閉鎖されるにいたったのです。シェイクスピアとギリシア悲劇とは根本的に異質だということは忘れてはなりませんが、それでも、シェイクスピア悲劇もまた一つの悲劇的認識だということ、ピューリタン革命によって解消させられてしまう直前にあった認識だということができるのです。

われわれが、世界を一つの理念や法則性によって説明しうると思えるようになったとき、その理念がプラトニズムであれ、キリスト教であれ、マルクス主義であれ、進歩主義であれ、そこにおいて悲劇的認識は終ります。悲劇的認識は、その直前にある。私は、それは構造の外にある出来事についての意識、あるいは構造に回収しえないものについての意識だといいました。ところが、この意識そのものが、構造からはみ出しているのです。悲劇において、「運命と自由」という問題が扱われていることは、誰でも知っています。これは「構造と主体」というようなものとは違います。悲劇においては、運命とは、構造というようなものではないのです。それは構造の外部にあり、構造に回収しえないものです。いいかえれば、それはわれわれが理念の中に、意味づけの中に抑えようとしても、そうできないような出来事性なのです。出来事を構成する主体はありません。神々もその中にいるにすぎないのです。

悲劇が見出す「運命」は、いわゆる運命論のそれとは違います。それは決定論的ではない。それは、決定論であれその逆であれ、一つの理念に抑えこめない「多」への意識です。この「多」は、一に対する多ではなく、いわば一と多という対を超えた「多」であり、かつ「一」なのです。それが「運命」として表象されるわけです。このような「運命」は、「自由」に対立するのではなく、「自由」においてのみ見出される。つまり、「運命と自由」は解決されるべき矛盾なのではなくて、その中において生きられ、かつ思考されねばならないような人間の条件に触れているのです。

先に私は、ウィトゲンシュタインの言語についての見方を、悲劇的だといいました。それは、いいかえれば、言語は構造に回収されないこと、われわれはそのような言語の中にあること、またそのような言語は「自然史的」なもので、その背後になんらの主体も隠れていないということを意味しています。人間は考えるから言葉をしゃべるのではなく、たんに言葉をしゃべるのだということを、よく考えてほしいと思います。

われわれが正しく考えれば、また正しく語れば、誤解は生じないと考える人たちが、ウィトゲンシュタインの前にいたわけです。それに対して、彼は異議を唱えた。彼は、人間は根本的に、つまり自然史的に、言語の中にあると考えたのです。しかし、それは言語構造（体系）の中にあるという意味ではありません。そういう考えは構造主義者のものです。ウィトゲンシュタインの考えでは、言語の中におかれた人間の条件は、構造に規定されているということではなくて、構造に回収できないような多数性や出来事性にあるということ、いいかえれば他者とのコミュニケーションの中にあるのだということですね。彼がいう「言語ゲーム」という概念は、そういうことを意味していると思います。それはソシュールまたはその系統に属する人たちの考えとは、似て非なるものです。

今日では、人びとは悲劇を構造論的に扱おうとしています。それは飽きるまでやればいいでしょう。しかし、そこに悲劇の悲劇性が見出されないことはハッキリしています。それが見出すのは、せいぜい構造とそこにおかれた主体の幻影といった問題ですね。ここに「運命」と呼ぶべきものはありません。あるいは、「歴史」と呼ぶべきものはないのです。そしかし、悲劇のテクストは、いつも悲劇がコミュニケーションの錯誤にあることを告げています。この場合、コミュニケーションというのは、構造や規則に依存しえないようなコミュニケーションのことです。

悲劇は、したがって言葉の両義性にかかわっています。ちなみにソフォクレスの『エディプス王』は、またある意味ではシェイクスピアの「悲劇」は、すべて言葉の両義性にかかわっているのです。両義性といっても、多義性といっても、ふつうに記号論者がいうようなものとは違います。たとえば、ある人びとは、近代において言語の一義性に閉じこめられているが故に、多義性や混沌性を回復しようと考えたりします。まことに呑気な人たちですね。私のいう言語の両義性は、それをけっして一義化しえないということなのです。言語の多義性を楽しむというのは、悲劇的認識とはまるで別のものです。悲劇的認識の根底には、言語の両義性に対する苦痛があるのです。実際、悲劇は通俗的な意味でも悲劇的です。というのは、言語の両義性が人間の悲劇的条件として現れるためには、それが悲惨な帰結を招くようなものでなければならないからです。むろん、悲惨なものが悲劇的なのではありません。ただ言葉の両義性がコミュニケーションにおいてあり、それが不可避的に悲惨な結果に終るということが大事なのです。したがって、悲劇が「認識」であるということは、そのような人間の条件を見出すということにほかなりません。

たとえばシェイクスピアの場合、『ヴェニスの商人』で、シャイロックは「胸の肉一ポンド」を約束どおり要求します。むろん、胸の肉一ポンドを取ればアントニオが死ぬことはわかっています。しかし彼は、言葉の厳密な意味において「胸の肉一ポンド」を要求する。これに対して、「胸の肉一ポンド」は死を意味するではないかと抗議してもむだです。逆にポーシャは、その厳密さを肯定することによって、シャイロックをやっつけてしまう。

つまり、「胸の肉一ポンド」だけを切り取れ、一滴の血も取ってはならぬ、と……。これは悲劇ではありませんね。むろん『ヴェニスの商人』を、シャイロックの悲劇として読む見方もあります。そうだとしたら彼の悲劇は、言葉が一義的に対象を指示しているはずだと思ったところに発現したといえるでしょう。『リア王』でも、コーディリアが「何か言うことはないか」といわれて、nothingと答えます。そのわりには、よくしゃべるのですが……。リア王は、それを文字どおり受けとるのです。『オセロー』では、言葉ではないが、ハンカチーフが記号としてあります。オセローは、そのハンカチーフを他の男が持っているということで、ただちに妻を疑います。それは、そのハンカチーフが一義的に愛を意味すると決めてしまっているからですね。もちろん、こうしたことは他愛のない錯誤です。それを言語の中に置かれた人間の悲劇性などというのは大げさに見えますが、それについてはあとで述べましょう。

2

言葉の両義性がいちばん問題になるのは、そして、そこにおける不透過性や決定不能性が悲惨な錯誤に結びついてしまうのは、おそらく予言においてでしょう。『マクベス』は、魔女の予言つまり魔女の言葉からはじまり、それに終始するわけですね。また『エディプス王』では、「父を殺し、母を犯す」という神託があります。彼はそこから逃れようとして、結果的にそれを実現してしまいます。

ところで、われわれは二通りの親を持っています。実際にわれわれを生んだ親、さらにわれわれを育てた親です。子供には、その区別ができません。もっと厳密にいうと、父親自身にもわかりませんね。ここには、子供は生物として生まれてくるのか、それとも制度（文化）において生まれてくるのかという問題があります。レヴィ＝ストロースは、エディプスの神話を、「人間は一者から生まれるのか、それとも二者から生まれるのか」、いいかえれば「同じものは同じものから生まれるか、それとも別のものから生まれるか」という問題を論理的に解決するための手段だといっています。しかし、それは構造上の問題にすぎません。『エディプス王』が悲劇であるのは、やはり彼が、この自然と文化の両義性を、何よりも言葉の両義性として受けとるところにこそある、というべきです。

よく「運命と自由」、あるいは「予言破り」ということがギリシア悲劇に関していわれるけれども、実際には『エディプス王』ぐらいです。シェイクスピアではかなり多い。『ジュリアス・シーザー』もそうです。けれども、運命とか予言とかいったことが悲劇の中心のように見えてくるのは、そこでこそ、言語においてある人間の条件がもっともリアルに露呈するからです。かりに、運命のような問題が直接扱われていない場合でさえも、悲劇の核心には言語の問題があります。そして、そうである限り、悲劇は「運命と自由」

を扱うといってもまちがいではないでしょう。

ところで、占いというのは、コミュニケーションだということに注意しなければなりません。占星術でも手相でもそうですが、占い師はホロスコープとか掌といった、いわばテクストを読んで、一つの解釈を与えます。しかし、そこにはさまざまなことが、また互いに矛盾するようなことが書かれているのであって、占い師はそこから一つの解釈を直観的に選ぶのです。しかし、問題は、そのような解釈が他者に語られた時にのみ、占いになるということですね。一人で占ったところで、占いにはならない。ところが注意すべきことは、いったん語られた予言は、いわれた人間を拘束し左右してしまうということです。たとえば「試験に落ちる」といわれた者は、その暗示のために落ちてしまうかもしれない。あんな占いなどインチキだといいながら、どこかでそれに影響されてしまうからです。逆に、「通る」といわれた者は、何もしなくても通るのかと思いながら、やはりそれなりに努力してみようという気になり、また妙な自信を持っているために、結果的にうまくいってしまうということになる。だから占い師は、言い方に注意しなければならない。けっして悪い、ネガティヴなことをいってはならないのです。もしそんなことをいう占い師がいたら、何もわかっていない人ですね。

大切なことは、占いがコミュニケーションだということです。しかも、占うほうも、占われるほうも、どちらも事態を透明に見極めることができない地点に立っているということです。占い師の言葉は、根本的に曖昧なのです。明確にいわれた場合でもそうですね。たとえば「頑張れば試験に通る」という言葉は、いわれた者にとって多義的です。いろいろ考え、迷い、その人なりの解釈によって受けとめます。もしその人が試験に落ちた場合、頑張りが足らなかったということになる。要するに、占いは、コミュニケーションにおいて見ると曖昧であり、また曖昧であるほかありません。

『マクベス』の魔女も、When the battle's lost and won（戦争が負けてかつ勝たれたとき）という言い方をします。ギリシアにおけるアポロンの神託にしても、実にいい加減なもので、今度の戦争は「弱いほうが勝つであろう」というようなものです。勝ったほうは「そうだ、われわれは弱かったのに勝った」と思うし、負けたほうは「われわれは強かったのに負けた」と納得するでしょう。直観的な見通し、予知ということはたしかにあると思いますが、あったとしても、それをいう段になると、まるで性質が違ってくるのです。言葉はそのとき、コミュニケーションの場におかれるからです。

たとえば、今こうして話している私が「このマイクはおかしい」という。すると誰かがここに飛んでくるでしょう。また、「この部屋は暑い」というと、それは暑いという事実を語っているのではなく、何かしろといっているわけですね。オースティンの『言語行為論』によると、文には、事実を述べている（コンスタティヴ）のと、行為をさせようとする（パフォーマティヴ）のとがある。「このマイクはおかしい」というのは、ある客観的な事実を述べているように見えながら、それは「直せ」と語っているわけです。したがって「何々である」というようなことは、客観的な事実の陳述というより、命令というか、何かしらそういうメッセージを含んでいます。

これを数学でいえば、「1足す1は2である」は、けっして事実を語っているのではなくて、そのようにせよという命令を語っているのです。そこをまちがえてしまうと、数学の基礎論でも、ウィトゲンシュタインが指摘したように、まるで必要のない基礎づけをすることになってしまう。私たちは子供に対してしばしば、お前はダメだな、という。それはたんに事実を述べただけです。ところがその子供にとって、それは、ダメであろうという予言、あるいはダメであれという命令として、脳裏に刻まれる。たとえば英語では、命令形を未来形でいうことがありますね。そのほうが強い命令になる。もともと未来形と命令形は同じものです。「こうなるだろう」ということは、「こうなれ」ということなのです。だから、子供に対してお前はダメだということを事実として語ることは、お前は失敗するという予言を与えているようなものですね。

フロイトは、そういうことを自伝に書いています。自分は何かしら絶対的な自信を持っている。それは、子供のときに親からつねに鼓舞され、自信を与えられてきたからだ、と。逆に考えてみれば、ダメだといわれてきた人間は、自分でどんなに頑張ってやってみても、どこか自信を持てないままにずっとやり続けなければならない。絶えず、自分は失敗するかもしれないと思ったりするし、また、その観念とも闘い続けなければなりませんね。そうなると、人間は、子供のときに与えられた予言と闘っているようなものです。その意味で、われわれは白紙で生まれてくるのではなく、まさに予言の中に生まれてくるといっていいかもしれません。

フロイトは、まさにそのような子供の段階に、悲劇の問題を見つけました。「エディプス・コンプレックス」というと、今では何とも思わないでしょうが、それはどのような人間も幼年期において、あの悲劇の人物と同じなのだということを意味するのです。ギリシア悲劇の世界は、人間が子供として生まれてくるかぎりは誰でも体験するものなのだ、というのがフロイトの与えた物語でした。だから、ウィトゲンシュタインは、同じウィーンにいたフロイトが平凡な人間を偉大な悲劇の人物に高めたことを、皮肉っぽく評価しています。

3

先ほど、言語のパフォーマティヴな側面について話しました。しかし、言語におけるこの側面は、一般的には無視されていると思います。ここでくり返せば、小さな子供が「マンマ」というとき、「欲しい」とか「持ってきて」という意味であって、「これはマンマである」と陳述しているのではありません。言語は、その根底においてパフォーマティヴだというべきです。ところがコミュニケーションの理論は、まったくそれを省いています。実のところ、そのような理論はモノローグにすぎないのですが。

コミュニケーションというと、ふつうは事態についての言明の交換とみなされています。そして、話すほうと聞くほうの間に、客観的な、ノーマルなコミュニケーションが考えられているわけです。ノーマルなコミュニケーションとはそのようなものであり、そうでないのは例外と思いがちですね。しかし、たとえば私たちの生いたちを考えてみれば、ノーマルなコミュニケーションというのは、むしろ結果的に後から考えられたものである、というべきではないでしょうか。なぜなら、当り前のことをいうようですが、私たちにとって最初のコミュニケーションは、親との関係においてあるからです。親子の、けっして対称的でないような、均等でないような関係の中でのコミュニケーションが、いちばんの基底にあります。たとえば私がここで話していて、皆さんは聞いている。そうした私と皆さんとの関係も、そのような関係なのです。また、書く者と読む者という関係にしても、やはり対称的ではありませんね。それは、どちらが優れているとか、そういうことではないのです。

人間は、そのどちらの立場にも立つことができるけれども、その立場の非対称性そのものは絶対に変わりません。子供が親になれば、子供に対しては親としての立場をとる。その意味で、入れ替わることはできても、その立場の非対称的関係は変わらないのです。この非対称的関係は、コミュニケーションの根底にあります。

ふつうコミュニケーションは、規則によってなされると考えられる。言語とは、規則であり差異体系であるとみなされる。しかし、そのように考えたとたん、コミュニケーションの問題が見失われてしまいます。ウィトゲンシュタインは、言葉を「教える」という立場から考えた。たとえば子供に言葉を教えようとしているとき、われわれは言語の規則を教えはしませんね。規則は、教えられないのです。母親は、子供にただ話しているわけです。子供がしゃべりだしたとき、あまり直しはしないけれども、ちょっとヘンな言い方をしていると、笑ったりする。子供は、自分が笑われているから直していく。相手が実際に何かを話したときに、それは規則に合っていない、規則に反しているとか言うわけですが、ではその規則とは何なのかというと、まったく言えないのです。

外国人の日本語を直す場合、われわれは、なぜそうなのか言えません。逆に、英語を書いてアメリカ人に見てもらった場合でも、そういうことがよくあります。「どうしてなんだ」と聞くと、「そのようにいうんだから、そうなんだ」ぐらいのことしか彼らも言わないわけですね。要するに、言語は規則であるけれども、われわれはそれを規則として知っているのではない、ということです。

あらためていうと、言語的なコミュニケーションは、規則によってなされると考えられています。しかし、ウィトゲンシュタインは、われわれは規則に従うことができるだろうか、と問います。彼の考えでは、それはできない。では、規則に反することができるだろうか。それもできない。なぜなら、その規則なるものを、われわれはハッキリ知ることができないからだ、と彼はいうのです。

さっきの子供の例でいえば、子供が何かをしゃべって、大人がその言い方は違うといえば、その子は規則に従っていないといえます。では、大人が規則を知っているのか、というと、そうでもない。大人がいえるのは、そんな言い方はしない、ということだけです。つまり、われわれは別に、意識的に規則に従ってそうしているのではない。だから、また、意識的にそれに反しているのでもない。たんに、われわれの言葉が共同体に受け入れられないとき、われわれは規則に従っていない、ということです。

それはこういうことにもなります。われわれが、あることを話した場合、その言葉が他人にとって、自分が考えているのと別の意味をもってしまうことがしばしばあります。自分が述べた言葉を、相手が自分の考えた意味で受け取るかどうかはわからない。コミュニケーションというと、共通のコード・規則があってなされると考えられていますが、実は、そんなことはめったにないのです。したがって、コミュニケーションは、危なかしいものです。クリプキは、それを「暗闇の中の飛躍」と呼んでいます。

私はそのことについて、マルクスが『資本論』で述べた言葉を思い出します。通常、商品には価値があると想定される。しかし、商品が価値をもつかどうかは、売れなければわからない。売れなければ、商品は使用価値ももたない。使用されないのだから。ゆえに、商品は価値であることを示すためには、「命がけの飛躍」をしなければならない、とマルクスはいうのです。この言い方は、キルケゴールが、信仰とは「命がけの飛躍」であるといったことを想起させます。彼は、そのような飛躍ができないことが「絶望」であり、そして、絶望とは「死に至る病」である、といいました。それは商品にもあてはまります。実際、商品は売れなかったら、まさにゴミとして捨てられるのですから。したがって、ウィトゲンシュタインが「教える」立場から言語について考えたように、マルクスは「売る」立場から商品の価値について考えたということができます。古典経済学者、そして今も多くの経済学者は「市場経済」に任せればうまく行くというのですが、彼らは交換そのものに潜む危機について考えたことがないのです。

要するに、コミュニケーション（交換）は規則によってなされるのですが、それが思うように働くかどうかは、前もってわからない。結果は違ったものになるでしょう。今度は、それが規則だということになる。そのことをいうために、ウィトゲンシュタインは、ゲームをしながら、その規則をたえず変えてしまうようなゲームを想定します。そこで、彼は次のようにいう。《規則は行動の仕方を決定しない。なぜならば、あらゆる行動はそれを正当化する規則を見出しうるから》（『哲学探究』）。彼はこれを数学に関して述べているのですが、むろん、通常の言語に関してもあてはまります。

われわれは言語的コミュニケーションにおいて、明瞭な規則があって、それに従っているというわけではない。その辺りは、実は不透明なのです。たとえば、シェイクスピアの『ハムレット』にこういう場面があります。ハムレットが、オフェリアの父である宰相ポローニアスに、「あの雲はラクダのように見える」というと、ポローニアスは「そう見えます」という。次にハムレットが「俺にはイタチに見えるけど」というと、「そのようですね」という。さらに、「どうもクジラのように見えるな」というと、「確かにそう見えます」という。このポローニアスという人物は、お追従をいっているだけのように見えますが、必ずしもそうではない。彼はたんに正直なのです。

われわれはコミュニケーションにおいて、ある不透過性の中にあります。規則に従いながら、それが何たるかを知らないからです。だから、われわれは規則に意識的に従うことも、したがって規則に意識的に反することもできない。根底において、われわれは「暗闇の中での跳躍」を強いられているのです。こういうマルクスやウィトゲンシュタインの認識は「悲劇的」というほかありません。

4

私は、大学の特殊講義で『マクベス』と『エディプス王』を比較的に論じたことがありますが、あとで、一人の学生のレポートを読んで絶望的な思いをした。それは、これらの人物たちは魔女とか神託といった非科学的なものに支配されている。彼らの悲劇はそのような無知によるのであり、われわれはそれを克服しなければならない、というようなことが書いてあったのです。皆さんは笑いますが、しかし、この学生にかぎらず、同じようなことがもっと別の言葉でいわれているのですよ。たとえば、これらの作品は歴史的限界を持つという言い方も似たようなものです。かつてはマルクス主義者が、そして今ではよくフェミニストが、そういうことをいうのですから。しかも、それはとりたてて誤りではありません。しかし、本当はその先にこそ謎があるのです。

たとえば、マルクスは『経済学批判序説』において、ギリシア芸術はその歴史的な下部構造から理解できるし、その限界もわかる。しかしなぜ、それにもかかわらず、それは今もわれわれにとって規範的なものとなりうるのか、と問うています。これはマルクスにとって難問だったのです。彼はそれに関して、比喩的な答えを与えているだけです。マルクスがいったのは、彼ら古代ギリシア人はいわば子供であるが、われわれが二度と子供時代に戻れないということが、それを今も規範的にするのだというようなことです。むろんこれは比喩であって、大事なのは、二度とくり返しえないということですね。ギリシア悲劇やシェイクスピア悲劇は、二度とくり返しえないものなのです。最初にいったように、それはくり返しうる「構造」とは違います。人びとはマルクスにならって、簡単に「歴史性」ということを口にするけれども、マルクスがここでいうような「歴史性」を考えてはおりません。したがってまた、「反復」つまりくり返しえないものの反復（キルケゴール）についても考えていないと思います。

ところで、「子供」はたんなる比喩でしょうか。たとえば五歳ぐらいのころ、自分のことをふり返っても、また子供を見ていてもそう思うのですが、何かよくわからないままに怒りに駆られているとか、何かよくわからないままに悲しんでいるということがありますね。それは、もうたんに幼児的なものではない。すでに大人以上に人生のことをわかっているのではないだろうか。阿部昭の『千年』という小説の中に、そういうことが書いてあるのですが、五歳の子供は、もうすべてを了解しているのではないだろうか。彼は、親がもう万能の神ではないし、親にもどうにもならないものがあるということを、わかっています。それは、ある純粋な悲哀であり、不条理感です。それ以後われわれが何を学んだとしても、その時に感じた人生や世界についての把握に、付加するものなどないのではないか。ところが、五歳を過ぎ、小学校に行くようになれば、それを忘れてただの幼稚な子供になってしまいます。

ギリシア悲劇は、そういう意味で、五歳ごろに持っていたような世界の把握を思い出させるのです。そういう類推でいえば、シェイクスピア悲劇は、一一、二歳のころのような感じがあります。この時期の子供も、高校生や大学生以上に世界が見えていると思う。自分自身に関して、そう思うことがありますね。いうまでもなく、私は発達心理学的に考えているのではありません。「他愛ない」ことは確かだとしても、しかし、そこに人間的条件が凝縮されて現れているのだ、ということをいいたいだけです。

われわれはすでに、悲劇的認識を持っていたのにそれを忘れてしまったのかもしれないし、そうではないかもしれない。そんなことは実証的問題ではありません。肝心なのは、われわれが根本的な不透過性の中にあるということです。悲劇が二度と書かれないとしても、われわれは悲劇的なものの中にあるのです。

ドストエフスキーの幾何学

1

私は、ドストエフスキーの作品は、ほとんど読んだと思います。しかし、いわゆるドストエフスキーの思想というものに――バフチンが書いているように、多くの評論がそれについて書かれてきているわけですが――さほど興味を持ったことがありませんでした。およそ私は、〝思想〟といわれるものに興味を持てないんですね。たとえば私はマルクスについて書いていますが、マルクスのいわゆる思想といわれるものがあるのでしょうけれども、そういうものに興味を持っていない。そういう〝思想〟ではない、むしろそれに反するかもしれない、ある認識の形に関心があります。

ドストエフスキーに関していえば、いわゆる思想に惹かれなかったその一つの理由は、私はほとんど主な作品を中学生のときに読んだ、つまり、そこに飛びかかっているいわゆる思想というものがよくわからなかった時期に読んだからです。したがって、私がドストエフスキーに惹かれた理由というのは、世界へのある感受性みたいなものですね。簡単にいうと、ドストエフスキーの作品を読んでいると、キリスト教的な気分というか、そういう世界の感受性みたいなものに浸透されるような気がしたのです。

その後、キリスト教に関する本を読むには読んだのですが、ドストエフスキーを読んだときに感じたものが、本来のキリスト教的なものではないかと思いました。それは教義とかいったものではないんですよ。ドストエフスキーを読むと、かりにそれが中学生であっても、これは自分の中にもともとあったものだろうか、それとも読んで啓かれたものなのか、そのへんはよくわからないけれど、まさにそういう現実があるという気がする。ドストエフスキー自身、「自分は心理家ではない、リアリストである」と述べていますが、たしかに、そういうリアリティというものがあるように思えます。

われわれの心理というものを考えますと、嫉妬だとか、憎悪だとか、何でもいいですが、それは何かある構造を持っているわけですね。つまり、他人との関係というものには、ひとつの構造がある。心理そのものは、人間の内部にあるように見えますけれども、それはある構造を持っていると思うんです。たとえば嫉妬というのは、かならず何かある三角関係のような、そういう構造を感受することだと思います。

そうすると、ドストエフスキーを読んで何かを感じるとき、いわばある種類の構造を感じさせられていると思えてならないのです。それは人類に普遍的にあるのか、どんな文化にも人間にもあるのか、そのことは不明ですが、少なくともドストエフスキーを読んでいるかぎり、その体系の中では、それは紛れもなくリアルなように思われるわけです。そういう構造は、もともと変形が可能であるにもかかわらず、ドストエフスキーを読むかぎりでは、かならずその構造に入るように強いられてしまう。

私は、その意味では、ある時期からドストエフスキーのあまりいい読者ではないと思います。つまり、その構造は、ある意味で耐えがたいところがあって、それを避けて通るみたいなところがありました。簡単にいえば、キリスト教的世界がいやだということだったと思いますね。たとえば夏目漱石なんかも、『白痴』を病気のときに読んで、かなりの影響を受けています。それ以後、漱石の小説はややドストエフスキー的な感じを持つようになるのですが、彼はそういうものを書いたあとは、午後、漢詩を書いたり南画を描いている。つまりドストエフスキー的な世界に入ると、つねにその外に出る用意をしていないとだめだということを、おそらく漱石あたりがもっとも早く感じとっていたのではないかと思いますね。

それから、ドストエフスキーの作品が与える世界の感受性には、もう一つあります。ドストエフスキーにひき寄せられたのは、むしろそのせいだと思うのです。それは、バフチンがカーニバル的感覚、世界感覚みたいなことを書いていますが、後から考えれば、まさにそういう言葉でいえるものだったと思うんです。私がドストエフスキーを読んだのは中学生のころですが、当時すでに世の中はほぼ安定していましたけれど、それ以前はまさに戦後のドサクサですから、ドストエフスキーの小説の中にあるような、何ていうかドンチャン騒ぎというか、デタラメさというか、高貴なものと卑俗なものとがメチャクチャに混ざりあっているような世界というのを、私の子供のころには十分に味わっていたような気がします。そして、ドストエフスキーを読んでいると、それを喚起させられるのです。

そういう二種類の〝世界の感受性〟が、自分の中に残っています。これは明らかに、ドストエフスキーを読んだために見出したものだと思います。ところで、それらは別々のものでしょうか。何かそれらを貫く、ある原理性があるのではないか。つまりドストエフスキー的なものの特徴とは何だろうかということを考えていて、それをもっと単純な言い方でいえないだろうか、と思っていたのです。一九世紀ロシアにロバチェフスキーという数学者がいて、非ユークリッド幾何学を主張したのですが、『カラマーゾフの兄弟』の中で、ドストエフスキーはそれに対して敏感に反応している。そこで、この非ユークリッド幾何学を、ドストエフスキーの作品を貫く方法性として見ることはできないか。いわば「ドストエフスキーの幾何学」というようなものを考えてもよいのではないかと思ったのです。

ユークリッド幾何学には、周知のように、「平行線は交わらない」という第五公理があり、それをめぐって、この二〇〇〇年くらいさまざまに論議されてきたわけですね。それは厳密にいうと、「一つの直線の外部にある一点から、その直線に平行な線は一つしかない」という公理です。非ユークリッド幾何学は、この平行線が無数にあるという公理と、一つもないという公理から出発する二通りに分かれます。しかし、ここでは単純に、平行線が交わる交わらないという言い方で考えたいと思います。

ユークリッド幾何学は、われわれの知覚にもとづいており、あたかも自明性のように見えはしますが、実際はそうではありません。そもそもユークリッド幾何学は、われわれの知覚から独立して想定される一つの抽象です。早い話が、われわれには眼が二つある。その二つの眼の運動を調整してものを見ているというのが視覚のあり方であって、〝一つの視点〟みたいなものを本当の知覚は持っていないわけですね。だから、ユークリッド幾何学そのものが知覚にもとづいている、とはいえないのです。

たとえば、平行線は交わらないってことをどうしていえるのか。平行線がどこまで行っても交わらない、というときには、われわれ自身が神のような視点をとっているのですが、ところが実際には見渡せませんね。つまりユークリッド幾何学は、知覚にもとづき自明のように見えるものの、それは一つの人工的な公理にもとづく世界の一つである、ということです。それに対して、非ユークリッド幾何学は、「平行線は交わる」という公理系をとったらどのような世界が出てくるか、ということです。これはべつに非現実的なわけではない。ユークリッド幾何学も、ある意味で知覚に反するのですから。

ところで、非ユークリッド幾何学は、いわば無限の遠点を、とにかくつかめるのだというふうに考えたことになるでしょう。つまり平行線が無限遠点で交わるということは、ふつうならどこまで行ってもさらに向こうにあるような無限遠点を、すなわち超越性を、それ自体としてつかむことができると考えることなのです。それは数学の集合論でいえば、カントールが無限というのを実無限と捉えて、無限というものを一つの数であると考えようとしたのと同じですね。

われわれの日常の視点は、ユークリッド的です。しかし、「知覚」そのものに接近するには、ユークリッド的な作図にもとづく遠近法を否定しなければならないということ、それは近代絵画の歴史が示しています。つまり、われわれの日常の視点(パースペクティヴ)は、べつに自然なものではなくて、作為された視点、すなわち自分が神であるかのごとき視点なのです。したがって、それをひっくり返そうとする動きはどこにでもあるのですが、それが単純かつ露骨に現れたのが、一九世紀後半の数学の領域ですね。それは、無限を数として把握できるとみなすことからはじまった。そこから奇妙な問題が生じます。いわゆる「数学の危機」が起ってくる。それが、集合論のパラドックス、自己言及のパラドックスみたいなものをつくってしまうからです。それについては後に述べることにしましょう。

2

さて、こういう文脈で考えると、ドストエフスキーが非ユークリッド幾何学に共鳴したということは、偶然ではないことが明らかであります。サルトルはモーリアックに対して、「作家が神のような視点を持つことは許されない」といいましたが、ドストエフスキーはもっと徹底しています。ある意味では、ドストエフスキーの世界というのは、神を人間のいいいいの中に連れこんできたような、そういう世界のように思われるのです。かりに近代小説がいくつかの公理系から成り立ったユークリッド的世界だとしますと、ドストエフスキーの場合は、比喩的にいって、「平行線が交わらない」という公理を、「平行線は交わる」という公理にかえて作りあげた文学である、そういうふうにいえると思います。

カーニバルについて、バフチンは、「誕生―死、青年―老年、上―下、前―後、肯定―否定、悲劇―喜劇、讃美―罵倒」といった両極を「内包し統一する」ものだといっています。両極あるいは二元的な二項対立をちなみに平行線と考えますと、その平行線が交わるような世界が、カーニバル的な世界ですね。ドストエフスキーの小説の時間は、バフチンの言葉でいうならば「カーニバル独特の時間である」。確かにドストエフスキーを読むと、何か奇妙な時間性を感じさせられますね。あるいは、それと同じことですが、何かある奇妙なリアリティの中へ入っていかされるのですけれども、それは、「平行線が交わる」と考えたときに生じるような幾何学と似ています。

非ユークリッド幾何学が、勝手な人工的な公理系にもとづく非現実的な世界であるというのは、誤りです。たとえばアインシュタインの相対性理論は、リーマン空間——非ユークリッド幾何学の一つの極ですが——にもとづいており、それによってブラックホールから何からことごとく考えたわけです。それまでは、たんなるお遊びのように見えていたかもしれないが、それは、われわれが見ていなかったリアリティを、きちっと把握するものであったわけですね。平行線が交わるという公理系を前提すると、まるで違う世界が現実として出現してくるのです。

そう考えた後で、バフチンを読み返してみたのですが、彼もやはり、そういうことを書いています。

《カーニバル化した時間こそ、ドストエフスキーが彼独自の芸術的課題を解決するのに必要だったのである。彼がその深い内部を描き出したところの閾の上や、広場での事件、あるいはラスコーリニコフ、ムイシュキン、スタヴローギン、イワン・カラマーゾフといった主人公たちは日常の生物学的、歴史的時間では明らかにすることのできないものであった。いやポリフォニーそのものが、それぞれ全権を有し、しかも内的に完結することのない意識たちの相互作用の事件として、時間や空間のまったく別な芸術的概念、ドストエフスキー自身の言葉を用いると、非ユークリッド的概念を要求したのである》。(『ドストエフスキー論』)

このように明確に書いてあったので、しまったと思ったのですが、ともかくドストエフスキー自身がそのようなことを自覚していたのではないか、と思います。

「平行線が交わる」という公理系を拡張して考えると、「私ともう一人の私とが交わる」という公理系になります。これはちょっと誤解されそうな言い方で、「私と私が交わる」といっても、「それは普通ではないか。われわれは普通に他人と関係しているではないか」というふうになるかもしれませんが、そうじゃないんですね。一般に考えられている「交わり」、「対話」は、実際はバフチンの考えでいえばモノローグ的なのです。〝他者〟がいない。ゆえにモノローグ的世界とは、平行線は交わらないという公理にもとづく世界だ、といいかえることができます。その意味で、「私と私が交わる」という公理にもとづく世界は、モノローグ的世界とはまるで違ったものになります。

したがって、ドストエフスキーの作品世界は、カーニバルについても述べたように、一般の近代小説を成立させている公理ではなくて、いわば「私と私が交わる」という一つの公理を根本的に採用しているところに見出されていくような〝現実〟なのではないか。これはいいかえると、ドストエフスキーが、自分の「意識」から出発しているように見えるものの、そうではなく〝他者〟との関係の中でのみ存するリアリティから出発していることになります。たとえば私が誰かとコミュニケートするという場合、ある規則によって、言語なり、文法なり、ラングなりによって交流しあっていると考えるわけですけれども、そういうのは「対話（ダイアローグ）」ではないんですね。

バフチンが「対話」ということをいうので、誰しもが対話、対話とよくいいますが、本当は、それは「対話」と呼ぶべきではありません。ラングとかコードは、話す主体＝聞く主体から出発して見出されたもので、つまり「意識」に閉じこめられたものです。そこには「話す」ことも「聞く」ことも、実はないのです。ちょうど経済学では、交換がある規則（価格体系）でなされると考えるのですが、そのとき「売る＝買う」ですから、実際には、売ることも買うことも存在しない。いいかえれば、貨幣（所有者）と商品（所有者）の差異が消されてしまっています。しかしマルクスの言葉でいえば、売ることには、「命がけの飛躍」があるのです。

同様に、「話す」ということにも、「命がけの飛躍」があります。バフチンは、「言語というものは他者に語られるものだ」ということを非常に強調するのですが、その場合彼は普通のコミュニケーションのモデルでいっているのではありません。ふつう「対話」とよばれているものには他者はいないのです。それは、「自分が話すのを聞く」すなわち「自己意識」にとどまるからです。バフチンが「他人に語られる」というとき、それは「命がけの飛躍」というか、「暗黒の中の飛躍」というか、そういうものを孕むという意味なんですね。それを抜いてしまうと、「皆さん、対話しましょう」とか、何かよく新聞の投書に書いてあるような話になってしまいますが、そうではありません。普通の意味での対話が成立しないようなところでの発話、あるいはコミュニケーションを、「対話」と呼んでいると思うんです。

ドストエフスキーの世界には、根本的にそういう認識があります。先ほど、ドストエフスキーは「私と私が交わる」という公理系から出発したと話しましたが、実はドストエフスキーの世界は、表面的には、私と私がまったく交わらないような世界のように見えるはずです。普通の意味では、ドストエフスキーの人物たちは〝対話〟していないからです。いわゆる近代小説では、人物たちは〝対話〟します。しかし、それは、「作者」という主体に従属しているのであり、したがって作者のモノローグなのです。ドストエフスキーの世界では、ドストエフスキーという作者が支配していません。

バフチンがいうモノローグ的世界なるものは、哲学でいえば、デカルトよりもむしろヘーゲルに見出すべきでしょう。ヘーゲルにとって、世界とは、精神の自己運動です。そこに他者は不在であり、自分の中ですべて終ってしまう。ヘーゲルの考え方は観念論ですが、たとえそれを否定して唯物論を唱えても、他者がいないのなら同じことになる。だから、いかにヘーゲルを批判しても、ヘーゲル主義的なのです。ヘーゲルに対するマルクスの批判についても、そういえます。世界を全体的に了解しうると考えることが、ヘーゲル主義なのであり、そこには外部＝他者がないのです。むろん私は、マルクスのヘーゲル批判のポイントは、いわゆる唯物論などにはなくて、世界を単一体系として見る視点（主体）を破砕したところにあると思います。その意味でバフチンは、マルクス主義者の中でももっともマルクス的な認識を深めていった人でしょう。

3

ところで、ヘーゲル的なもの、あるいはモノローグ的な世界に対する批判として、参照される思想があります。それがキリスト教です。その代表として、キルケゴールを挙げていいと思います。彼はヘーゲル哲学のモノローグ性を痛烈に批判したのですが、そのとき彼がもってきたのが「キリスト」です。キリストは神でありかつ人である。「キリストはパラドックスだ」とキルケゴールはいう。ドストエフスキーにおいても、キリストというのは一つのパラドックスとして全作品に潜在している、と考えてよいと思います。

先ほど非ユークリッド幾何学は「平行線が交わる」という公理を受け入れたところに成立するといいましたが、キリストというパラドックスを受け入れたら、どんな世界になるでしょうか。通常、神と人は平行線です。ところが、その平行線がどこかで交わってしまう、そういう特異点、すなわち無限遠点みたいなものとして、いわばキリストがいるわけですね。実は、キリストがいないならば、問題はない。いわゆる人間中心主義も、神と人間の二元性という考え方も、キリストがいなければ、ともに可能です。しかし、そこにキリストを入れると、うまくいかなくなってしまう。別の世界が出現するのです。先ほどドストエフスキーの世界は「平行線が交わる」という公理によってできている、ということを話しましたが、いいかえると、その交わる点が実はキリストなのであり、そのようなキリストを入れてしまったときに成立する世界である、と考えられます。

それをキリストといわないようにしても、結果的にバフチン的な理解はできますが、しかしドストエフスキーの側から接近したならば、おそらくキリストというポイントだけが、彼を近代小説から逸脱させた原因であると思います。といっても、このことは、キリスト教一般からくるのではありません。たとえば、トルストイもキリスト教徒ですが、ドストエフスキー的ではない。むろんトルストイは、晩年『芸術とは何か』において、近代文学を徹底的に批判しており、それがキリスト教によるものだということは明らかですが。とにかくドストエフスキーのような意味で、キリストというパラドックスに直面した人間は少ないんですね。キルケゴールなんかは、「自分が最初のキリスト教徒だ」といっているほどです。たぶんドストエフスキーもそう思っていたはずです。〝キリスト〟というようなものをそこに置いてしまうと、世界が一変してしまうということ、いわばそれが「ドストエフスキーの幾何学」ではないかと思うのです。

もちろん、キリスト教的な視点をとらなくても、このことが含意する事柄を考えることができます。キルケゴールは、キリスト教世界にキリストが欠落しているから、自分はこれを再導入するのだと述べていますが、いわばマルクスは、経済学には貨幣がまさに抜け落ちているから、自分が貨幣を経済学に導入するのだと考えたのです。それが『資本論』すなわち経済学批判ですね。ここで、「売る―買う」ということが孕む危機性、「コミュニケーション＝交換」の危機性が、初めてつかまれたのです。

つまり、古典経済学では、貨幣は、たんに価値を表示するものとして、商品の関係体系の外に、あるいはメタレベルに置かれていた。しかし、資本主義の運動は、いわばこのメタレベルにある貨幣が、それ自体として、商品世界に降りてきてしまうことになる。ゆえに、そこには古典経済学ではありえない、「恐慌」が生じる。そのような「現実」を見ようとしたのが、マルクスの『資本論』です。同様に、神が人間として降りてくるキリストをもってくるとき、「現実」は変容します。それをつかんだのが、ドストエフスキーだといえます。

したがって、もともと近代小説というレベルで考えると、作者は、小説の外にあると考えられます。それは、古典経済学と同じようなものです。しかし、ドストエフスキーにおいては違ってきます。バフチンは、ドストエフスキーの作品では、作者は観照者として作品の外にいるのではない、といいます。

《観照者も参加者となる、傍観的な「第三者」の立場からは作品の要素は何ひとつ作られていない。作品そのものの中でも、この傍観者的「第三者」は全然想定されていない。彼にとって構成上の立場も、意味上の立場もない。そこに作者の弱点ではなく、非常な強みがある。それによってモノローグ的立場を超えた新しい作者の立場が獲得される》。(『ドストエフスキー論』)

ということは、作者が、作品という単一体系の外にいるわけではなくて、その中に入ってしまうということです。これこそがまさに、ポリフォニックな多数体系的もののありようなんですね。サルトルがいったように、一つの視点ではなく、たくさんの視点をとったからといって、ポリフォニックになるわけではありません。

バフチンは、その『ドストエフスキー論』の中でカウスという人のことを引用して、こう書いています。

カウスによると、「ドストエフスキーの世界は資本主義の精神の最も純粋かつ真実なる表現であるという。ドストエフスキーの創作の中でぶつかり合っている社会的、文化的、思想的諸世界はかつてそれぞれ孤立し、閉鎖的で、その体系内でのみ意味づけられていた。それらの本質的な接触、相互浸透に必要な現実的な場は存在しなかった。資本主義がこれらの世界の隔絶をとり払い、これらの社会的場面の、内的、思想的自己充足性と閉鎖性を崩壊させた」。いうならば資本主義そのものが、ポリフォニックなものであるということです。バフチンもそれについて、こう書いています。《実際ポリフォニイ小説は資本主義期にのみ生まれ得たのだ。そればかりでない。ロシアにこそ、この小説に最も適した土壌があった。資本主義はロシアではほとんど破局的に到来し、社会的諸世界、諸集団が資本主義の緩慢な到来の過程の中で、その固有の閉鎖性を西欧のように弱めないまま、その多様性を害わなかった》。

しかし、資本主義というのは、それ以外の生産様式、工業的なもの以外の生産様式を含んでいるわけで、純粋な資本主義なんてものはありえない。むしろ不純であるから資本主義は成立しているのであって、そういう意味で資本主義は多様多種なシステムを前提しており、それらが競いあうという形で、あるいはその差異を利用するという形で存在しているものですね。だから資本主義に関しての単純なモデル、システム的なモデルはありえない。それらがありうると考えたのは古典経済学であり、いわばヘーゲル的な思考であって、資本主義はもともとポリフォニックなのです。

ところが、バフチンはカウスに対してこう書いています。

《だが、カウスの説明は一番大事なことを説明していない。「資本主義の精神」とはここでは文学の言葉、とくに小説の一ジャンルの言葉として与えられているはずで、なによりも従来のモノローグ的統一を失った多元的小説の構造的性格を明らかにすることが必要である。この課題を彼は解いていない。多元性と意味上の多声的性格（ポリフォニックな性

格──柄谷）という事実を指摘した彼は、小説の場からいきなり現実の場へと説明を移してしまう》。（前掲書）

つまり、カウスは、ドストエフスキーの小説のポリフォニーを資本主義のポリフォニーに還元してしまう、とバフチンは批判する。たしかにその通りで、バフチンの重要な点は、経済的レベルに還元しないで言語のレベルで問題を考えようとしたところにあると思います。しかし、ことさら資本主義に還元しないで、むしろそれらをパラレルだと考えればいいのではないか。つまり、ドストエフスキーの世界は、資本主義の世界とパラレルであると考えればいいわけで、べつに後者に規定されているとかそういうふうにいう必要はないのです。

それから先ほど述べたドストエフスキーにおけるキリストの問題も、たんにそういうと、ドストエフスキーはキリスト教的な観念でやっているとか、そういう話になってしまうけれども、そうではありません。言語の問題も、貨幣の問題も、〝キリスト〟と同じ問題をパラレルに持っているんだと考えれば、どちらが大事だとかの問題は、出てこないだろうと思います。

4

さて、バフチンがいっている〝モノローグ〟というのは、私の言葉でいえば、「話す＝聞く立場」あるいは「売る＝買う立場」というものだと思います。「話す＝聞く立場」の場合には、われわれが「意味」というものを体験する、という確実性から出発します。すると、「意味」というものはどこかにあり、あるいはどこかに規則がある、ということが確実に思われてきてしまう。それに対して、「教える立場」あるいは「売る立場」から見ますと、自分自身が持っている規則なり、意味なりを、前提することができない。というより、私は規則を規則として意識することがけっしてできない、ということになります。

子供や外国人のような〝他者〟に、日本語を教える場合を考えてみましょう。自分は文法を知らないし、また文法を教えるわけでもない。ただ相手がまちがった言い方をすれば、それは「日本語の規則に反している」といえるだけですね。社会的な規則なるものは、このような〝他者〟との関係においてのみ出てくるのであって、「内省」においては出てこないのです。

〝ダイアローグ〟ということでバフチンがいっている問題は、いわば「教える立場」あるいは「売る立場」というところにあると思います。それに対して、「話す＝聞く立場」というのは、基本的に「独我論」なのです。独我論の中で、「他我（他人）はいかにして可能か」というような問題が出てくる。それで共同主観性であるとか、あれこれ考えるわけですが、そういう問題自体、「意識」すなわち「話す＝聞く立場」から出発してしまうところから生じてきている。その立場は、さっきの言い方でいえば「私と私は平行線である」という公理です。「他我はどうして可能なのか」という問い方自体、交わらない平行線をどうやって結びつけるか、ということにほかなりません。

ところが、「教える立場」と私がいう場合には、「平行線は交わる」というふうに考えることなのです。「平行線は交わらない」という普通の観点をとっているかぎりは、「どうしたら交わらせられるのか」という問題が出てくるのでしょうが、ドストエフスキーの小説などの場合ですと、最初から「平行線は交わる」というところで考えられた世界だから、そういう種類の問題は出てきようがないですね。バフチンが「ドストエフスキーは独我論を超えている」というのもそうですが、たんに哲学的な反省として独我論を超えたというのではなくて、もっと根本的な変形があるはずなんで、それを私は、もともと公理系が違っている、という言い方をしたわけです。

言語は規則体系である、われわれはそれでもってコミュニケートしている、と普通は考えるでしょうが、その規則はどこにあるのか。すでに述べたように、われわれは規則というものを、はっきり意識的に持つことができませんね。もし持っていれば、規則に従うことができるけれども、実際にはそうはできない。だからして、規則に従うということは、自分が勝手に決められることではありません。ウィトゲンシュタインの考えでは、「共同体が自分を受け入れていない時は、自分は規則に従っていない」ということになるのです。

これは、自分が規則に従えば他人に受け入れられる、ということじゃないですね。つまり、母親が子供の言い方を受け入れないとき、「子供は規則に従ってない」というわけです。では規則は何かっていうと、母親も子供も、どっちも知ってはいないのです。

そういうものが規則のありようなので、何か規則なるものが自分の頭の中や外にあって、それを憶えたり、それに従うとかいうことではありません。これは、別の比喩でいえば、物を売るとか買うとかの立場を考えてみると、よくわかると思います。社会的に価格があったとしても、あるいは自分でどんな価値づけを与えていたとしても、それが実際に売れるかどうかは、まったくわからないわけですね。規則は、〝他者〟との関係においてしか出てこない。そういう危機、そういう無根拠性を資本主義は持っている。持っているから潰れるんじゃなくて、実は、持っているからこそ、絶え間ない運動として成立していくのが真相だと思います。

そういうふうに、自分の語ったことが、意味をなすかどうかが他者に依存しているということ、つまり、どうしてもそれを自分の側では決定できないこと、これがドストエフスキーにおける、すべての人物のありようを決めているんですね。その場合、他者は、私のほうでどこまで行っても見通すことができない、囲いこめない。囲いこもうとすると、さっと先へ逃げていってしまうような、そういう他者ですね。もし囲いこんでしまえれば、他者との対話といっても、結局は自分と自分の対話になってしまう。つまり基本的にモノローグになる。どうしてもそれができないものとしての他者、あるいは他者の外部性・超越性を、ドストエフスキーの小説は導入してしまっているのです。だから、ドストエフスキーにおいては、すべての言葉が他者に語られた言葉だ、とバフチンがいうことは、その〝他者〟という意味を少し変えてみないと、まことに凡庸なものになってしまうのです。ドストエフスキーを真似た人、たとえば埴谷雄高の場合でも、この意味での他者性はあまり感じられませんね。

ドストエフスキーの小説で非常に特徴的なことは、バフチンも述べているように、登場人物が相手に先廻りすることですね。『地下生活者の手記』もそうですが、それはいわば文字どおりモノローグだけれども、じつは読者に向かって喋っている。そのときに、読者がこう考えてしまうであろうということを一瞬のうちに先取りして、また喋る。そのように、先取りしなければならないという切迫感が、どの人物にもあります。それは、自分の意味を自分では決定できないため、何か言ってしまったときに、それが他者によって「意味」として成立してしまう、それが自分には耐えがたいから、さらにまた言いつのるというようなものです。

これは、ドストエフスキーの世界を特徴づけている饒舌ということになるわけですが、逆にいうと、ドストエフスキーの中には、ある種の沈黙というものが出てきます。『カラマーゾフの兄弟』の中で、大審問官に対してイエスが黙ってしまうように……。グレゴリー・ベイトソンが『精神と自然』で書いているように、分裂病（統合失調症）の最終的段階は完全に緘黙《かんもく》することです。これは自分が何かをいえば、相手に結局誤解されてしまうであろう、したがって何一ついうまいとすることからきています。

とにかく、黙っていることも、むやみやたらに喋りまくることも、〝他者〟にかかわる行為としてなされているのであって、完全に独我論的な病人なんていないというのが、ベイトソンの考えです。分裂病とは、たしかにバイオケミカルな病気ではあるけれども、本質的にはコミュニケーションの病気ですね。もしもドストエフスキーの世界が分裂病的に見えるとしたら、それはむしろ逆に、コミュニケーションというものの本来的な危機性を拡大しているからです。

5

ところで、ドストエフスキーの人物たちが、〝他者〟に対して、つねに先取りしようとして喋り続けることに関して、私は、バフチンとやや違う考えを持っています。彼は、こういいます。作者はつねに最後の言葉を留保している、と。つまり、自分が言ったことが相手に支配されてしまう、あるいはモノ化されてしまうことに対して、絶えずそれを乗り越えてゆくような自由というものが人間にはある。そういう意味で、ドストエフスキーには、モノ化されてしまう意識、モノ化されてしまう人間の存在の自由、あるいは非完結性がある、というようなことをバフチンは強調するわけですね。

しかし、これはソ連においては意味があるかもしれませんが、基本的にサルトルの考え方と似ています。それは、〝他者〟によってモノ化されてしまわないような内的な過程というものがある、という考えになってしまうのです。バフチン自身は、そのことを彼の言語学の論文の中で批判しています。まず外的な言語が社会的にある、それから内的言語があるのであって、語ることは内的言語（思考）を外部に表出するわけではありませんね。われわれはまず、外部から言語をとりこむのであって、最初からそんなものが内部にあるのではない。そういうことで考えると、相手に絶対に従属させられないような内的な過程を確保することがドストエフスキーの課題だった、とバフチンがいうのは、ちょっと転倒していることになります。

ドストエフスキーの世界では、キリーロフをはじめとして、内的な完結性を志向する人物が多く出てきます。しかし、ドストエフスキーは、そういう人物がけっして内的に完結できないことを書いています。しかも、滑稽な形で書いていますね。たいへん崇高な場面となるべきところが、キリーロフの場合でもそうだけれども、じつに滑稽な目にあわされてしまう。まさに内的な過程、あるいは自由というものを確保しようとすればするほど、逆に崩壊してしまうということを、ドストエフスキーはありありと書いているのです。

キルケゴールは、『死に至る病』で絶望こそが死に至る病であると述べて、絶望の諸形態を詳細に論じました。その一つは、自分自身であろうとすることです。〝他者〟なしに自分自身であろうとすること、つまり、自分の内的な過程を絶対化することですね。その極限まで行けば、それはキリーロフのようになるでしょう。したがって彼は、神になったと考えた。しかし、キルケゴールによれば、それこそが絶望の形態にほかならない。絶望の最終的形態とは、「絶望的に自己自身であろうとすること」と彼は書いていますが、ドストエフスキーの作品では、さまざまな観念は、それ自体として提示されているのではなく、それぞれが、絶望的に自己自身であろうとしている人物たちによって抱かれているのです。

バフチンはそれを、そういうふうに内面性を確保できるということが、まさに人間の自由だといわんばかりに書いているのですが、ドストエフスキーにとってはまったく逆になっている、と私には思われます。ドストエフスキーはすでに述べたように、キリストという特異点を持ってきています。彼の作品では、すべての人物が、それぞれ内部的に自立しようとし、他人に対して絶えず、それを上まわることで自立しようとしている。それなら、サルトルがいったような「他者とは地獄である」とかの世界が出現するはずなのに、そうならないのはなぜなのか。それはキリストという特異点があるからです。

人びとはしばしば、それをキリスト教的な観念として読んでしまいがちです。しかし重要なのは、それが観念として出てきているのではない、ということです。私は冒頭に、世界の感受性ということを話しましたが、そしてさらに、それをキリスト教的と呼んだのですが、ことさらそう呼ぶ必要も本当はありませんね。

近代小説がモノローグ的であるのに対して、ドストエフスキーの小説は対話的であり、ポリフォニックである、とバフチンは書いている。しかし、ポリフォニックつまり多声的というのは、メタファーだから注意してほしいとバフチン自身もいっているように、ポリフォニーは、多くの視点や「声」(思想)が交錯しあっていることではないのです。ポリフォニックというと、誰でもそう考えてしまうし、またドストエフスキーの影響を受けた人の多くは、そんなふうな作品を書きがちですが。さらに、対話的ということも同じですね。かりに一人の人物しか出てこなくても、対話的でありうるのです。

重要なのは、そこで近代小説＝独我論的な構えが、破られているか否かです。そして、それは〝他者〟の問題であると同時に、〝言語〟の問題です。換言すると、〝言語の他者性・外部性〟の問題にほかならないでしょう。

ドストエフスキーの小説では、人物が作者から独立しているということは、誰でも感じることですね。しかし、これも長篇小説を書く人であれば、誰でも大なり小なり感じることでしょう。ある枚数を超えると、人物が勝手に動きだすとか、思いどおりにならないとか……。だけど、それは人物が勝手に動きだすからでしょうか。それは、むしろ言葉が勝手に動くからですね。とにかく、一行書いてしまえば勝手に動くわけで、なんとかそれを回収しようとする。そういう過程が、書くということです。

ところで、モノローグというのは「自分が話すのを聞く」ことですね。つまり、それは自己意識（自己関係）であって、〝他者〟がいないのです。しかし、いったん他者に話すとなると、その言葉は、自分がどんなつもりで話しても、もう他人の所有なのであって、けっして自分で支配できない。そうすると、それを回収するために、また喋り続けることになる。書くということも、同じことです。一行書けば、書かれた言語はあらゆる方向に放散しはじめる。一行書いてしまうと、もはや書き手の思いどおりにならなくなる。書き手は自分が最初の読み手として、そこでまた書かれた世界を統御し、回収しようとするわけですね。そういったことが、人物が勝手に動きだすとかいうふうな言葉で表現されていると思うんです。本当は人物じゃなくて、言葉が動いている。だから、〝言葉の他者性・外部性〟というのは、まさにそういうことなのであって、人物が作者から独立しているとかいうようなこととは、ちょっと違うと思います。

また、ドストエフスキーの場合は、人物が独立しているということは、バフチン自身が注意しているけれども、結局のところ言語の問題です。作者が言葉を管理していない、というより、管理できないということですね。ドストエフスキーの小説をユニークにしているのは、それが心理や観念を多彩に含んでいるということではなく、言葉を、意識に従属させたり、意味に従属させたりすることができないような「社会的なもの」としてあらしめている、ということです。

6

ところでバフチンは、トルストイはモノローグ的であるとして彼を攻撃するわけですが、どうも違うのではないでしょうか。トルストイはあらゆる人物を管理していて、根本的にモノローグになっている、とバフチンはいうけど、本当にそうかなあと思うんです。あるいは、他の近代小説はモノローグ的なのに、ドストエフスキーだけが違うとか……。本当にそうなのでしょうか。そもそも根本的にモノローグ的な、つまりそのような〝公理系〟で書かれた近代小説が、はたして今までにあっただろうか。なかったはずだ、と私は思います。

バフチンは、ドストエフスキーの作品が例外的にポリフォニックであることを強調しますが、しかし、大なり小なりテクストというのはポリフォニックなわけですね。とくに小説はそうです。それが近代文学であろうと、書かれたテクストというのは、それが他者に向けられた言葉である以上、けっして自立し閉じられた体系たりえないのではないでしょうか。

〝ディコンストラクション〟といわれているのは、テクストが一つの視点、一つの意味によって囲いこまれているときに、そうではないということを示すことであり、いわゆるポリフォニックなものを回復するということですが、これはドストエフスキーでなければならないとは少しも思いません。たとえば、私は批評を書くときに、あまりこちらに都合よくできている作品については論じたくないんですね。一見してモノローグ的な作品が、実はそうじゃないというふうに考えるほうが面白いのであって、ドストエフスキーについて論じるのは、逆に退屈だと思います。たとえば、トルストイはポリフォニックなのではないかというような読み方は、かりにムチャクチャであったとしても、そう考えてとりくめば、できないことではないでしょう。

バフチンは、ドストエフスキーは近代文学を超えたというけれど、それでは、これこそが近代文学であるといえるような純粋なものが、今までにあったかどうか。私は、資本主義はポリフォニックだと述べましたが、小説もまた、もともとポリフォニックなものではないかと思います。資本主義がポリフォニックだということ、換言すれば、それが資本主義化できないさまざまな生産なり、人間なりを前提しておいて、つまり資本主義の「外部」を前提しておいて、それによって逆に生き延びていくようなものだとしますと、近代文学においてもまた、純粋な近代文学の〝公理系〟のようなものが実現されたためしなどないのであって、いわば近代文学の外部とでも呼ぶべきもの、それ以前のさまざまなジャンルであれ何であれ、そういうものをもともと含んだ形で存続してきているにちがいないと思います。

ある時期、それも一九世紀後半の、特にフランスあたりでできあがった小説だけを近代小説と呼ぶのは、明らかにまちがいです。メルヴィルの『モビィ・ディック（白鯨）』なんかを考えても、それらを不充分な近代文学であるとか、歪曲された近代文学だとかいうんじゃなくて、むしろそれが近代文学ではないのか。したがって近代文学を超えるということで、物語、ロマンス、あるいはSF、それからメニッポスの諷刺みたいなもの——それについてバフチンは『ドストエフスキー論』で強調していますが、ノースロップ・フライはそれを「アナトミー」と呼んでいます——そういうものを導入するということは、むしろ近代小説の常態なのです。

純粋な近代小説なんてものは、かつてなかったし、今後もありえない。これは純粋資本主義がありえないのと、同じことです。資本主義は、非資本主義的な部分、つまり資本主義の外部を排除するのではなく、逆にそれを利用して、それによって自分を存続させていくようなパラダイムであると思います。したがって現在の小説が変わってきたというよりは、あるいは近代小説を乗り越えたとかいうよりは、むしろ、そういうものが近代文学の性質であると思います。そういう意味において、近代文学（小説）を乗り越えることなどできはしないのです。

バフチンの考えには、どこかに近代文学を超えるとか、あるいは資本主義を超えるとかのような、あたかも一つのメタの地点があるかのように見えてきてしまうものがありますね。しかし、そういう地点は、かりにあったとしても、そこに立ってしまうことは、つまりそこからすべてを見渡すことは、ヘーゲル的であり、モノローグ的であって、ドストエフスキー的なものからは、ほど遠いといわねばなりません。われわれがドストエフスキー的な世界に生きているとしたら、けっしてそのような超越的な視点に立つことができない、ということを意味するはずです。たくさん言い忘れたことがあるような気がするのですが、このへんで終ります。

漱石の多様性

I

夏目漱石は、初期の『吾輩は猫である』や『坊っちゃん』、また『漾虚集』や『草枕』から『明暗』にいたる小説、さらに俳句や漢詩を書いています。つまり、多種多様な文体やジャンルに及んでいるのです。こういう作家は日本だけでなく、外国にもいないと思います。この多様性がどうしてありえたのでしょうか。これは大きな謎です。漱石の研究をしている人は、たとえば漱石のテクストをめぐる謎を漱石自身の実生活、なかでも恋愛体験に見出したりしますが、そんなことは「謎」と呼ぶに値しません。この言語的多様性は、たんに多芸であるとか文才があるとかいうことではすませられないものです。これはやはり「歴史」的な問題とかかわっています。どんなに文才があっても、漱石のようなことは二度とできないでしょう。

漱石の作品は、ふつう『猫』や『草枕』のような初期の作品から『明暗』にいたるところの発展、あるいは深化として読まれています。たしかに『猫』や『草枕』などの初期作品は近代小説とは異質です。しかし、この「初期」という言葉を、すでに『文学論』などを書いてきた四〇歳ちかい作家、しかもわずか一二年間の活動で死んでしまった作家について用いていいかどうかは疑問ですね。漱石がこの間に、根本的に意見を変更したはずはないからです。したがって、漱石を作品の線的な発展において、あるいは『明暗』を頂点とするような近代小説中心の視点において見るのは、まちがっていると思います。肝心なのは、漱石の言語的多様性がいかにして可能だったのかという謎なのです。

一ついいうることは、漱石が、一九世紀半ばフランスで確立された「文学」――これが彼の同時代の文壇を形成させたのですが――そのような「文学」以前のもの、つまり一八世紀英文学を研究していたことです。もう一つは、大岡昇平氏が指摘していることですが、漱石が書きはじめたころには「文」というジャンルがあったということ、そして漱石はたとえば「倫敦塔」を短篇小説としてではなく「文」として書いたということです。むろん子規の提唱した写生文も「文」です。そもそも「文」がジャンルとしてあったが故に、写生文も意味を持ちえたのです。それは必ずしもリアリズムにつながるものではないし、その萌芽にすぎないのでもない。漱石の「文」は、その後では短篇小説として読まれてしまいますが、小説ではありませんね。すでに西洋の小説をよく知っていた漱石ですから、そのことを自覚していたはずです。

漱石は『猫』を小説として書き出したのではない。『猫』は「文」なのです。そして、それを書いているうちに突如として漱石の創作活動が開始され、一〇年ほどのうちに、あのように厖大な作品群を書き残したわけです。このように、「文」から漱石の小説が生まれ、多種多様な作品が生まれてきた、といってよい。それなら、彼が「文」にこだわったことには、どういう意味があるでしょうか。ロラン・バルトに『零度のエクリチュール』という本がありますが、漱石における「文」は「エクリチュール」であり、また、あらゆる可能性を含む〝零度〟としてあったといえます。私の考えでは、漱石は「文」に、近代小説が純化していく過程で排除していった可能性を見ていたのです。

ところでノースロップ・フライは、フィクション（ノンフィクションも含む）を四ジャンルに分けて考察しています。フィクションとは彼の定義にしたがえば、散文で書かれたもののすべてを含みます。第一に小説ですね。これについてはよく知られているので、他の三つについて述べることにしますが、とりあえず小説とは、むしろ他の三つのジャンルでないものとしてある、といってもいいのです。他の三つのうちのまず一つは、「ロマンス」です。それを「物語」と呼んでもかまいません。ロマンスでは、主人公はふつうのありふれた人物ではない。美男美女であり、英雄であり、超人的な能力を持っていたりします。そこから見ると、近代小説とは平凡な人間が主人公となるものだといってもいいほどです。

また、ロマンスはある構造を持っています。それは、折口信夫がいう「貴種流離譚」のようなものだと考えてもいいでしょう。それはまた平板な世界ではなく、他界あるいは異界が存在するような位相構造を持った世界です。

そのつぎに「告白」です。告白は近代のルソーなどに始まるのではなく、たとえばアウグスティヌスの『告白録』のような伝統を持っています。注意すべきことは、これがむしろ知的なものだということです。日本にもそういう伝統がありますね。たとえば新井白石の『折たく柴の記』のようなものです。つぎにフライが「アナトミー」と呼ぶものです。これは、百科全書的なもの、ペダンティックなもの、サタイアなどを含みます。西洋文学でいうと、ラブレーとかスウィフト、あるいはローレンス・スターンのようなものです。漱石が研究したスウィフトおよび一八世紀英文学は、小説というよりはこのジャンルのものです。

ところで、注目すべきことは、漱石がこれらのジャンルをすべて書いたということです。『漾虚集』は文字どおりロマンスであり、『猫』はサタイア、あるいはペダンティックなアナトミーといってもいい。『坊つちやん』はピカレスク（悪漢小説）。『草枕』も、漱石自身が意図していたように、「小説」ではありません。きょう話してみたい『こゝろ』という作品は、どうでしょうか。私の考えでは、これは「告白」です。それは、告白的であるという意味ではありません。その意味でなら、『道草』のほうが告白的でしょう。『こゝろ』に書かれた先生の手紙には、こうあります。《私を生んだ私の過去は、人間の経験の一部分として、私より外に誰も語り得るものはないのですから、それを偽りなく書き残して置く私の努力は、人間を知る上に於て、貴方にとつても、外の人にとつても、徒労ではなからうと思ひます》。《私は私の過去を善悪ともに他《ひと》の参考に供する積です。然し妻だけはたつた一人の例外だと承知して下さい》。

これは、アウグスティヌスやルソーといった「告白」から見ると、むしろ型通りのものであることがわかります。「告白」には知的な省察があります。それは自伝的小説といったものとは違う。『こゝろ』のような作品は、むしろ、こういう近代小説以前の形式をとることによって可能になったのです。さらにいうと、『こゝろ』は、後半の先生の手紙が中心ですが、こういう形式はかなり古風なものです。一八世紀の英文学では手紙形式が多かったのですが、それはまだ近代小説の語りの形式が確立していなかったからです。いったんそれができると、手紙形式はとても古風に見えますね。だから日本の文壇では、『こゝろ』は評価されていません。先にあげた諸作品も評価されませんね。一般にはそれらのほうが読まれるし人気もあるのですが、まさにそのために軽蔑されてきたのです。それらは『明暗』のような小説にいたる以前の初期作品として位置づけられてきました。しかし、漱石のすごさは、これらのジャンルをすべて書いてしまったということにあるのです。

さて、フライはこのようにフィクションのジャンルを並列しましたが、これらは実は対等なものではないのです。一九世紀以後においては、この中で「近代小説」が支配的です。他のジャンルはあるものの、周縁に置かれてしまう。しかし「小説」は支配的ではありながらも、他のジャンルを常に必要としているのです。それは、ちょうど産業資本主義以後において、すべての生産が資本主義化されるのではなく、農業のような他の生産形態も存続するということ、のみならず産業資本は資本主義化しえない生産を不可欠なものとして前提する、ということと似ています。

現在の日本でいうと、流行っているのは物語とアナトミーですね。それは近代小説の理念が疑われてきたことと関係があります。しかし、それらが近代小説にとって代わることはありません。いかに物語やアナトミーが回復されても、それは近代小説の「内部」でそうされるのであって、そのことによって近代小説は活性化され生き延びていくのです。すでに、漱石においてそうでした。あらゆるジャンルを書き分けた漱石は、にもかかわらず、すでに近代小説の世界に属していたのであり、そうであるが故に、そこから排除されたものを回復しようとしたのです。

2

『こゝろ』は有名な作品であり、とくに話の筋について説明するまでもないと思いますが、とりあえず簡単にふり返ってみます。

まず前半では、「私」という学生が先生に鎌倉の海岸で会って、それから何となくその先生に惹かれて近づいていくのですが、どうしても先生に何かわからない部分がある。それが何であるのかわからないままに、「私」の父親が病気になって、それで帰郷している間に先生が死ぬ。後半（下）は、先生から「私」にあてた遺書という形をとっています。先生は学生のころ叔父に裏切られて、親からの財産を取られてしまった。そのことで人間そのものへの猜疑心をもち、一種の神経衰弱になっていたのですが、たまたま下宿した所に奥さんとお嬢さんがおり、その人たちとつき合っているうちに治ってきた。そのお嬢さんを先生は好ましく思っていたけれども、それはまだ恋愛感情ではなかったのです。

先生には、Kという友人がいました。先生には、Kが経済的に困っているのを助けてやりたいという気持もあり、Kの神経衰弱をやわらげてやりたいという気持もありましたが、その一方で、滑稽だとも思っていました。先生はこのKを畏敬していた。しかし他方で、自分には及びもつかないこの禁欲的な理想主義者を崩壊させてしまいたいという気持もあったのです。「彼を人間らしくする第一の手段として、まづ異性の傍に彼を坐らせる方法を講じ」て、Kを自分の下宿に連れこんだのです。これは友情であると同時に悪意ですね。先生は、いわばKを誘惑しようとしたのです。

ところが、Kが同居するにつれて、だんだんおかしくなってきます。Kは「お嬢さんのことを好きだ」とうち明けるのですが、それ以前に、Kがいるが故に、つまりKを嫉妬することで、先生はお嬢さんに対する愛を意識しはじめていました。先生は、Kから「お嬢さんを愛している」ということを先に聞かされてしまうのですが、その時に、「いや、自分こそ前から彼女が好きなんだ……」と言えばいいのだけれども、どうしても言えません。この言いそびれ、つまり「遅れ」があとで重大な事態をまねくのですが、考えてみると、「遅れ」は最初からあったのです。たとえば、先生がお嬢さんを愛するようになったのは、Kが下宿に来てからなのです。Kがお嬢さんを愛しているかもしれないような事態の中で、はじめて先生は愛を意識したのですから、Kより「先に」お嬢さんを愛していたというのは虚構ですね。先生の「遅れ」には、たんに言いそびれたというのではすまないようなものがあります。より本質的にいえば、この「遅れ」は、他者との関係においてある人間の、ある不可避的な条件なのですが、それについてはあとで述べます。

さて、Kにうち明けられたあと、先生はある日、病気をよそおって部屋にいて、奥さんに「お嬢さんをください」ということを言うわけですね。もちろん、それでO・Kなのですが、それをまたKには話せない。ところが奥さんのほうは、Kの気持をまるで知りませんから、Kにそのことを話してしまいます。その結果、Kが自殺するわけです。先生は、その罪悪感をずっと持ちながらも、そのことを、結婚した〝お嬢さん〟つまり自分の妻にはどうしても言えない。告白も、この若い「私」である学生にだけなすのであって、妻には死後も絶対に秘密にしてくれということを言い残しています。

ちょうど明治天皇が死んだ時、先生が妻に「自分たちは明治の人間で、時勢遅れになってしまった」と言うと、彼女は突然なにを思ったのか「では殉死でもしたら」と言います。そして先生は、この「殉死」という、当時ほとんど死語であった言葉に心を打たれます。そして「自分が殉死するならば、明治の精神に殉死する積だ」と答えます。ところが、その一カ月後に、乃木大将がまさに殉死したわけです。それが決断のきっかけとなって、先生は実際に自殺を考え、自殺する前の一〇日ほどの間に遺書として告白を書いた。以上が『こゝろ』の粗筋といったものです。

では、ここで先ほどいいかけた「遅れ」の問題について触れたいと思います。先生自身は、この「遅れ」を自分の卑劣さと思い、またそれ故の罪責感を抱いています。しかし、本当にそうなのでしょうか。これは、あくまでも正直で、心が清ければ、避けられるものなのでしょうか。あるいは、先生が明晰に自分の意識、あるいは欲望を自覚していたなら、こういうことが避けられたでしょうか。どうもそうではない。たとえば、先生がお嬢さんを愛するようになったのは、Kが同居するようになってからです。というより、Kがお嬢さんを愛するようになってからですね。もしKがいないならば、先生はどんなに内省しても、自分の心の中にお嬢さんへの愛を発見できないでしょう。それは、まだ存在しないからです。Kが介在することによって、はじめて恋愛が成立したのです。すると、愛を意識した時は、すでにKを犠牲にしなければならない立場にあったのです。たんに三角関係における苦悩なのではありません。「愛」そのものが、三角関係によって形成されたのですから。

たとえば、子供の部屋の隅に要らなくなったオモチャが転がっているとします。そこに他の子供が来て、それを見つけて欲しがるとする。すると、子供は急にそれにこだわり、「ダメ、それは僕のだ」ということがありますね。ふだん放ってあって何とも思わなかったものが、他の子供がそれを欲しがったとたんに、それぐらい大事なものはないかのようにこだわりはじめるのです。そして、他の子供があきらめて去れば、彼もまたそれに対する関心を失う。この子供はたんに意地悪なんだろうか。あとでふり返ってみると、自分が悪いことをしたと思うかもしれません。しかし、その時には、子供にとって嘘偽りはなかったはずです。本当にそのオモチャが大事に思えたのです。しかしその後、そのオモチャに関心をなくした以上、嘘をついて意地悪をしたことになってしまいますね。

『こゝろ』における先生の心の動きは、これとそれほど違ったものではありません。つまり、先生は一度も自分の心を偽ったことはない。しかも、それでいて、彼は嘘をつきKを裏切ったことになるのです。どの段階でも、先生としては嘘はないし、無自覚でもない。しかも彼は、結果的にはKを騙すことになってしまっていたのです。彼は父親が死んだあと、叔父に騙され財産を横取りされた。それで人間不信になり神経衰弱になったとき、下宿先のお嬢さんたちに接して、そこから立直ったということになっていますね。だから彼は、人を騙すことを極度に嫌っていたはずです。その彼が、親友を裏切ったのです。なぜ、そんなことになったのでしょうか。

先生は、人間は突然変わるのだと、学生の「私」に興奮して叫びます。「人間は金の問題になってくると突然変わるのだ、俺はその変わるところを見たのだ」というわけです。しかし、それは疑わしいと思います。たとえば、先生にとって叔父が突然変わったように見えたとしても、他の人が見たら、たぶんそんなに驚きはしなかったでしょう。よく知っている者であれば、あいつならそういうことをやりかねない、と思うかもしれませんね。問題は、叔父のようなことをけっしてしまい、人を裏切るようなことをけっしてしまいと、骨身にしみて思っていた先生のような人が、まさに「突然変わる」ということにあるのです。「金の問題」であろうが「女の問題」であろうが、肝心なことはそういう対象ではありません。他の問題でも、人間は「突然変わる」ことがありうるでしょう。注意すべきは、この「変化」が、当人が意識できないようなものであるということ、あるいは、意識しても手遅れであるようなものだということです。それでは、どうしてそうなのでしょうか。

3

これを、すこし哲学的に考えてみます。ヘーゲルは、欲望とは他人の欲望だといっています。つまり、欲望とは他人の承認を得たいという欲望である、ということですね。ここで、欲求と欲望を区別します。たとえば、腹がへって何か食べたいというのは欲求であり、いいレストランや上等のものを食べたいというのは、すでに他人の欲望になっています。性欲も生理的に欲求としてあるでしょう。しかし、美人にしか性欲をおぼえないという場合、それは欲望ですね。そもそも「美人」の基準などは客観的にあるのではなく、文化や民族によって違うし、歴史的にも違います。「美人」とは、他人がそうみなしているもののことです。すると、美人を獲得することは、他人にとって価値あるものを獲得することですから、結局その欲望は、他人に承認されたいという欲望にほかならないわけです。だからといって、自分の気持を変えることは難しいでしょう。実際には、純粋な欲求などは稀です。ある極限的な状況で、食物であれば何でもいい、水であれば何でもいいと思うことはありうるでしょうが、そうでなければ、基本的にわれわれは欲望の中にあるのであり、いいかえれば、すでにそこに他者が介在しているのです。

私たちは、模倣的であってはいけない、オリジナルでなきゃいけない、自発的でなきゃいけないなどと言います。しかし、われわれが何かを目指すときには、誰かがいつもモデルとしてあるわけです。それは、われわれの欲望が他人に媒介されているということと同じです。自発性・主体性というけれども、自己や主体というものがすでに他者との関係を繰りこむことによって形成されている、といってもよいでしょう。

ルネ・ジラールはヘーゲルの考えを使って、欲望や模倣、さらに三角関係と第三者排除を考察しました。日本では、作田啓一氏がそれを応用して夏目漱石などを論じております。『個人主義の運命――近代小説と社会学』（岩波新書）という本を読んでみてください。作田氏は、『こゝろ』における先生と「私」の関係、先生とKとの関係に関して明快な分析をしています。これまで心理学者が「同性愛的」といってきたところを、モデル―ライヴァル理論で解釈しなおしたのです。たとえば、その本の中で、こう作田氏は述べています。《Kを連れてきた理由は、苦学生の彼の生活を少しでも楽にしてやろうという友情からだ、と「先生」はその遺書で語っています。しかしこの説明だけでは何かよくわからないところが残ります。私の解釈では、「先生」は、たとえ策略のいけにえになったとしても、お嬢さんが結婚に値する女性であることを、尊敬するKに保証してもらいたかったのです。そしてまた同時に、このような女性を妻とすることをKに誇りたかったのです》。《Kは「先生」にとって判断を仰ぐ手本《モデル》でした。Kがこの娘を好ましく思うことで、先生の対象選択が初めて正当化されるのですから。しかしまたKは「先生」のライヴァルともなりうるでしょう。Kが彼女を好ましく思うようになれば、「先生」と彼女を争うことになるのですから》。

お嬢さんに対する先生の恋愛には、たしかにこの第三者のKが必要だったのであり、しかも、この第三者は排除されなければならない。たぶん、かりにそうでないように見えたとしても、恋愛は潜在的に三角関係をはらんでいると思います。かりに第三者が具体的な個人でなく、世間といった漠然としたものでも同様でしょう。たとえば、スターと結婚したがる男や女は、多くの他人の欲望の対象を所有したいのです。それは当の相手ではなく、他者を欲望しているのだといってもいい。これも三角関係ですね。

さらに、先生のKに対する友情にも、アンビヴァレントなものがあります。先生はKを尊敬しています。しかし、彼はKをモデルにしながら、Kのように徹底的にやれないと感じている。だから彼は、Kを一方で引きずり降ろしたい、堕落させたいと考えているのです。Kを「人間らしく」するというのは、そういうことです。これはべつに深読みではありません。他のところで、先生が彼を尊敬してやまない若い「私」に、こう言うのです。《兎に角あまり私を信用しては不可《いけ》ませんよ。今に後悔するから。さうして自分が欺むかれた返報に、残酷な復讐をするやうになるものだから》。《かつては其人の膝の前に跪づいたといふ記憶が、今度は其人の頭の上に足を載せさせやうとするのです。私は未来の侮辱を受けないために、今の尊敬を斥ぞけたいと思ふのです》。いいかえると、モデルとした者への関係は、やがてモデルを上回るようになった時にも、またモデルにけっして及びそうもないとわかった時にも、尊敬から憎悪に変わります。

しかし、私が考えたいのは、先に述べた「遅れ」という問題です。われわれにとって直接的（無媒介的）であると見えるわれわれの意識・欲望が、すでに他者によって媒介されたものであること、それもいわば「遅れ」です。そのつどそのつど、明晰に内省して疑いないと思ったとしても、それはすでに媒介されたものなのであり、その意味で「現在」はいつも「遅れ」ているのです。『こゝろ』というタイトルは皮肉なものでして、これはけっして「心」の中を覗こうとしているのではないのです。いや、覗いたとしてもそこに何もないということ、われわれが何かをやってしまうのは「心」からではなくて、他者との関係によってである、ということがいわれているのです。したがって、そこにはどう考えても埋まらない空虚があります。われわれはこれを、心理分析によって明らかにできるかもしれません。しかし、それによっては片づかないような「遅れ」が、どうしてもあります。

それは「歴史」にかかわるものです。事実、『こゝろ』がよく読まれてきたのは、たんに恋愛や三角関係のことが書かれているだけでなく、歴史的な問題が書かれているからです。たとえば『こゝろ』には、「すると夏の暑い盛りに明治天皇が崩御になりました。其時私は明治の精神が天皇に始まつて天皇に終つたやうな気がしました。最も強く明治の影響を受けた私どもが、其後に生き残つてゐるのは必竟時勢遅れだといふ感じが烈しく私の胸を打ちました」（傍点筆者）とあります。この「時勢遅れ」は、たんに年をとって時代遅れになったということではなくて、実は、ある「遅れ」に関係しているのです。

ここで先生のいう「明治」とは、「明治の精神」とは、何でしょうか。これをたんに一つの時代と考えてはなりません。私は先に、Kのことを禁欲的な理想主義者だといいました。『こゝろ』では、次のように書かれています。《仏教の教義で養はれた彼は、衣食住について兎角の贅沢をいふのを恰も不道徳のやうに考へてゐました。なまじい昔の高僧だとか聖徒《セーント》だとかの伝を読んだ彼には、動《やゝ》ともすると精神と肉体とを切り離したがる癖がありました。肉を鞭撻すれば霊の光輝が増すやうに感ずる場合さへあつたのかも知れません》。このようにいうと、Kはたんに昔よくいたようなタイプの求道的な青年のように見えますね。しかし、Kのような極端なタイプは、ある時期に固有のものだというべきです。それは仏教であれキリスト教であれ、それ以前のもの、あるいはそれ以後のものとは異質です。たとえば、明治一〇年代末に北村透谷はキリスト教に向かい、西田幾多郎は禅に向かった。それらはKと同じく極端なものでした（Kは聖書も読んでいました）。

彼らがそのような内面の絶対性に閉じこもったのは、明治一〇年代末に明治維新にあった可能性が閉ざされ、他方で、制度的には近代国家の体制が確立されていった過程があったからです。つまり、彼らはそれぞれ政治的な闘いに敗れ、それに対し、内面あるいは精神の優位をかかげて世俗的なものを拒否することで対抗しようとしたのです。しかし、透谷は自殺し、西田は帝国大学の選科という屈辱的な場所に戻っていきました。Kが自殺したのも、先生があとで気づいたように、たんに失恋や友人に裏切られたということではなかった。異性に惹かれるということ自体において、Kはあの精神主義的な抵抗の挫折を感じていたのですから。

4

たぶん、同じようなことが漱石自身にもあったはずです。彼はべつに政治的な運動にコミットしていませんが、明治一〇年代に明治維新の延長として革命が深化されねばならないということを感じていたでしょう。彼は、明治一〇年代に「漢文学」に一生を懸けてもいいと思ったが英文学をやることになり、しかも英文学に裏切られたような気がしたという意味のことを、『文学論』の序に書いている。そこでの「漢文学」とは、江戸時代のものではなく、したがって古くさいものでもなく、明治一〇年代の学生が持っていたような気風や思想と結びついていたはずです。一方、英文学のほうは帝国大学という制度の中にあるもので、それをやれば出世ができるというようなものでした。事実、漱石はその中で抜群に優秀だったのです。しかし彼は、そこから逃れたいという衝動をつねに感じていました。帝国大学をやめて、当時いかがわしいと世間に思われていた小説家に転じたのもそのためです。

こうしてみると、「自分が殉死するならば、明治の精神に殉死する積だ」という「明治の精神」が、いわゆる明治の時代思潮というようなものと無縁であることがわかりますね。「明治の精神」とは、いわば〝明治一〇年代〟にありえた多様な可能性のことです。たとえば、先生が乃木将軍の遺書に心を打たれるのは、乃木将軍のような考え方なんかではなくて、彼が明治一〇年の西南戦争で軍旗を奪われ、それ以来「申し訳のために死なう〳〵と思つて、つい今日迄生きてゐた」というようなことです。実は〝明治一〇年代〟の人びとにとって、西南戦争は「第二の明治維新」であり、明治維新の理念を追求するものとみなされたのです。西郷隆盛はそのシンボルとなり、のちの「昭和維新」においてもそうでした。漱石自身、「明治の元勲」なるものを罵倒してやまなかったのに、他方で「明治の志士のように」小説にとり組みたいと語っています。

すると、漱石が「明治の精神」と呼ぶものは、明治二〇年代において整備され確立されていく近代国家体制の中で排除されていった多様な「可能性」そのものだった、といっていいのではないでしょうか。つまり私がいおうとする「歴史」とは、今や隠蔽され忘却されてしまったもののことです。この可能性とは、別の観点からいえば、最初に述べたように、文学のさまざまな可能性でもあります。一九世紀西洋の近代小説だけが文学なのではない。そこに向かうのが発展なのではない。たぶん漱石は近代の「小説」中心主義に、あるいはそれがはらむ抑圧性に、抵抗しつづけたのです。私たちはそれを、たんに趣味や気質の問題として見てはならないと思います。またそれを、東洋的なものや江戸的なものへの郷愁と見るべきでもありません。事実は、その逆なのですから。

『こゝろ』という悲劇的作品において、漱石は過去を強烈に喚起することで、そこから離別しようとしたのかもしれません。マルクスも、悲劇とは過去から陽気に訣別するための手段だといっています。事実、『こゝろ』を書いたあと、漱石は『道草』を書き、当時の文壇の自然主義者から評価されます。はじめて小説らしい小説を書いたといわれたのです。そしてさらに、彼は『明暗』を書き、その途中で死にました。

この『明暗』は、もっとも本格的な近代小説として今日にいたるまで評価されています。これは皮肉なことですね。漱石は午前中に『明暗』を執筆し、午後は「漢詩」を書いていたといわれていますが、たぶん『明暗』は彼にとって望ましいものではなかったのです。しかし、自分が生き延びた以上、その方向に徹底していくほかないと思っていたのでしょう。私たちは漱石の作品を、『明暗』を絶頂とする一つの線上において見てはならないのです。そのような歴史において隠蔽されるもの、それが私のいった「歴史」にほかなりません。

江戸の注釈学と現在

I

最近は江戸ブームといわれています。これは初めてのものではありません。戦前つまり昭和一〇年代にも、一種の江戸ブームがありました。たとえば「時代小説」が広く読まれた。「時代映画」も同様です。「時代」とは明らかに「江戸時代」のことです。それらは江戸時代に現在を投射したもので、べつに歴史的な関心をもったからではありません。それどころか、「歴史」への関心の欠落、あるいは閉塞感が「時代小説」を作りだしたのです。こういう風俗は、「近代の超克」というスローガンに代表されるような思想の傾向と無関係ではないでしょう。たとえば、九鬼周造の『「いき」の構造』はたぶん初めて、江戸時代の日本人の感性や生の形式に、哲学的意味を与えようとした仕事です。しかしこれも、近代西洋の超克という課題の中で見出された「江戸」です。単純化していうと、江戸ブームは、つぎのような特徴を持っています。第一に、歴史的な意識が閉ざされること。これは「歴史は終った」という意識といいかえてもよいでしょう。達成すべき何かを持ちえないのです。戦前の場合は、マルクス主義の弾圧と崩壊の後の状態です。第二に、それと結びつくのですが、閉じられた空間の中で自足しようとする傾向。それは排外主義的ナショナリズムというよりも、西洋からとくに学ぶものは何もないというような自足感です。

現在の江戸ブームも基本的にそれと似ています。つまり、それはポストモダニズムと呼ばれる傾向と結びついているのです。べつに弾圧があったわけではないが、人びとはもう歴史が何かに到達するとか、達成すべき何かを持つという観念に心を動かされません。その意味では、「歴史は終った」という感じが浸透していると思います。さらに、それは「消費社会」と結びついています。そこでは、人びとは何か実質的なものを生産しているのではなく、たんに差異＝情報を生み出しているだけのように感じています。そして、日本人は今や西洋に対して、もう西洋から学ぶものは何もない、むしろわれわれのほうが先端を行っているのだ、と感じはじめています。

そのことは、現在の文学・思想に関してもいえます。戦後の文学では、政治的・精神的な問題が重視されていました。つまり、「重い」あるいは「深い」ものが求められた。それを否定するのがポストモダニズムです。そして、その先行形態が「江戸」に見出される。たとえば、徳川時代の末期、文化文政時代（一八〇四—三〇年）の文学では、言語遊びや言葉の戯れ、つまりパロディとかパン（駄洒落）と称されるものが支配的でした。「重さ」や「深さ」ではなくて「軽さ」や「浅さ」が優位におかれた。たとえばコピー・ライター糸井重里の「萬流」は、川柳をもじったものですが、川柳というのもまた文化文政なんですね。田中康夫がやっているようなこともそうです。遊郭のカタログのようなものがあって、何とかづくしとか、どこそこではどのように振る舞えばよいか、どういうブランドがいいかということに関する本が、すでに多量にあったのです。かつて正宗白鳥が、この時代を「白痴の天国」と呼んだことがありますが、とにかく短小にして軽薄なものの極みのようなものは日本人が一九世紀において、頂点に達するまでに持っていたものです。現在、最先端としてわれわれがやっているような事柄は、一九世紀前半まではありふれていたことなのです。

私は徳川時代の文化に関心があります。しかし、ことわっておきますが、それは「江戸」ではありません。ここではっきりさせておきたいのは、つぎの諸点です。一般に、徳川時代は江戸時代と呼ばれていますが、実際は、江戸には幕府があり政治的な中心であったとはいえ、経済的・文化的には大坂と京都が中心でした。たとえば、元禄文化と呼ばれるものは、大坂や京都にあった。そして、江戸に経済的かつ文化的中心が移り始めたのは、一八世紀後半くらいからです。それが一つの頂点に達したのが、この文化文政と呼ばれる時期なのです。

それは大坂や京都に栄えた文化とは異質でした。そこでは、町人（商工業者）が、形の上で武士に従属したとはいえ、武士から独立した文化を築いた。それが可能になった理由は、それらの都市が徳川時代以前に、長く自立都市として存在してきたこと、また、徳川時代になっても大坂が経済的に優位にあったこと、また京都が皇室や寺社をかかえて文化的な権威を維持したことです。一方、江戸が文化文政の時期に中心になったとき、以上のような背景は存在しなかった。つまり、ここでは、町人は自立的な意志をもたなかったのです。町人、つまり江戸っ子はむしろ、徳川を笠に着て威張っていた。そして、武士のほうも町人文化になじみ、町人の真似をしたがった。彼らはいわば、「消費文化」の中に浸るようになっていた。人が「江戸時代」というとき、それは徳川時代全体ではなく、江戸が中心になった時代を想定しているのです。そして、それが現在に似ていると感じるのは、現在の日本人がそのようになってきたということです。

したがって、私が今、関心をもつ徳川時代の思想とは、現在ブームになっているような「江戸」ではなく、それ以前にあったものです。私が注目するのは、伊藤仁斎に始まる儒学を中心にした思想です。むろん、儒学は中国から来た学問・思想です。日本にオリジナルなものではない。だから、何か日本に固有の思想、日本独自の哲学を見出そうとする人にとって、面白くない。専門家をのぞいて、読む人はあまりいません。

しかし、オリジナルということ、つまり起源的であることに大した価値はありません。

オリジナルな哲学などありません。それはいつも外部から来るものです。ギリシアの哲学の起源においてさえそうでした。それは外国人、あるいは全地中海の交通によって生じている。ギリシアだけでなく、インドにおいても、中国においてもそうですね。しかも、それらはたがいに影響しあっているのです。たとえばインドの仏教論理学（因明）には、アリストテレスの論理学が入っています。

徳川幕府の官学となった朱子学も、中国の南宋で、朱子が儒教と仏教（禅）を統合して形成したもので、自然学・歴史学をふくむ壮大な知的体系であると同時に、静座の行法をふくむようなものでした。ある意味で、それは中世ヨーロッパで、トマス・アクィナスが、アラビアでイスラム教がアリストテレス哲学の大系を取りいれて形成した哲学を、キリスト教神学の上に導入して、壮大な哲学体系を作ったことに類似します。こうなると、東洋・西洋という区別すら、意味がありません。また、日本でも、徳川時代最初の朱子学者、藤原惺窩はもともと禅僧でした。また、儒者は最初、僧服をまとっていました。要するに、どこがオリジナルかということに意味はありません。オリジナルな思想はむしろ、その種のオリジンを批判するところに生じます。

伊藤仁斎は、「道」とは人が往来するところだといっています。これは当り前のようにみえて非常にすぐれた認識ですね。つまり、彼は道理あるいは起源（根拠）に対して「交通」を持ってきたのですから。しかし、この認識を彼はほかならぬ『論語』から得たのです。とにかく、日本独自の哲学などという考えそのものがだめです。徳川時代の思想家たちは、そんなふうには考えていませんでした。朱子学は「世界的」思想だったし、それに対して彼らは真正面からとり組んだ。〝オリジナリティ〟は、そこからしか生じないのです。

ある意味で徳川時代の思想史というのは、朱子学という合理主義の体系に対する批判にほかなりません。「理」が「ロゴス」と同じかどうかは疑問であり、問題なのですが、とにかくそこでは「理」への批判が、ある徹底性をもってなされており、それは本居宣長において最終的な局面に達したといえます。国学ということでいえば、平田篤胤という人がいますが、彼は宣長の達した地点からふたたび「理」の方向へ逆行した。ですから宣長をもって、朱子学的思考批判の最終点に到達したと考えてよいと思います。

2

徳川時代というと、一般に鎖国時代と思われますが、それはまちがいです。公的に長崎などを通して、中国・朝鮮・オランダなどから様々な情報が入ってきていました。したがって、その当時の日本の思想家たちは孤立した中で考えていたわけではありません。今とは違った意味で江戸の思想家たちはインターナショナルだったのです。彼らは自ら漢文を読み、漢文を書いていました。事実、徂徠の本は後に中国に渡り、新しいと評価されているのです。

東アジアという世界では、ヨーロッパにおいてラテン語がそうであったような意味で、漢文は共通語でした。蘭学もありましたが、たとえ西洋の本を直接読めなくても、中国語での翻訳を読むことができた。平田篤胤などは聖書の漢語訳を読んで、「国学」を作ったのです。朱子学の「理」というものは普遍的なものだと考えられていました。日本も中国もインドも関係なく、そうだと。出発点に、こういう世界性が前提されていることが大事なことだと思います。宣長による批判も、けっしてナショナリスティックに閉じられたものではなくて、この「世界性」を念頭においています。

中国では儒教がずっと続いているように見えますが、およそ一〇世紀ほどまでは仏教と道教のほうが支配的だったのです。それに対して儒教的なものを回復しようとした運動の頂点として、朱子学がある。朱子学、というより儒教の特徴の一つは、この現実の世界内にわれわれがいる、という考えです。仏教や道教は超世間的で、どこかに隠遁するとか出家するとかが問題になってきますが、儒教では、この世界内の在り方以外のものを認めません。したがって政治ということがとても重要な問題になってくるし、人間の関係が問題になる。儒教というのは、そういう思考だと思います。

朱子は儒教と仏教を綜合したといえます。つまり、世間的な在り方と超世間的な在り方を綜合した。しかし、これはたんに頭で考えたようなものではありません。それを必要とする現実があったのです。たとえば、戦争状態が続くとき、人びとは超世間的な思想に向かいます。禅がそういうものです。一方、世間的な在り方に向かうのは、平和になったときです。それが儒教です。その場合、たんに禅を捨ててしまうことはできない。禅を含みかつそれを乗り越える仕事が必要になる。朱子のような仕事が生まれたのは、そのような時期です。

ある意味で、同じようなことが徳川時代にありました。それ以前は戦国時代ですから、知識人は禅のような超世間的な知に向かっていました。徳川家康によって戦国時代が終結したとき、彼らが向かったのが朱子学です。だから、初期の朱子学者は僧服のままでした。その場合、朱子学者は、朝鮮で発展した朱子学に依拠しました。家康がそれを官学として受け入れたのは、徳川体制を根拠づけるためですが、それだけでなく、豊臣秀吉の侵攻によって壊れていた国際関係を修復するためでもありました。朱子学は、その意味で、東アジアに共通する知的基盤であったといえます。

朱子学においては「理」と「気」とが分けられるのですが、わかりやすくするために、「理」を原理、「気」を物質と考えますと、物質的世界や自然界が存在し、かつ自然法則が存在するということです。その場合、たとえばニュートンの法則とか重力の法則とかでもいいけれど、それは一体どこにあるのか、自然界の中にあるのか、それともその外にあるのか。そういうわりと陳腐な、しかしなかなか解決しにくい問題が出てきます。そういう法則を「理」と考えますと、「理」は自然界に先立ってあるのか、後からあるのか、ということが問題になります。朱子学においては、「理先気後」といい、「理」が「気」に先行していると考えます。しかし分離して先行しているのではなく、「理」はある種の超越的なものであり、イデア的なものであって、そして自然界に内在しているのではない、と。むしろ、ある意味では「気」しかなく、その「気」の中に「理」が含まれているのだという統合の仕方をしているのです。

朱子学では、そういう内在的＝超越的ということが特徴になっています。それは、天とか地とかいうのは超越的であるけれど、同時に人間に内在しているということですね。ヨーガや仏教の考え方がそうですし、西洋でもエックハルトのような神秘主義者もそう考えています。心理学のユング派もそうですね。我《われ》の下にもっと大きな我《われ》があって、だから自分を見つめて行けば大きな我《われ》として内々につながっている、という考え方をします。いいかえれば、自己認識というのは自分の中にあるもっと大きな自分、つまり世界そのものに到達すればよく、その根拠は、われわれ自身が神なのだからと考えるのです。朱子学というとたんに理論的に見えるけれど、ある意味では、禅とよく似た修行の方法でもあったのです。

さらに朱子学では、存在は当為であるといえます。自分が在る在り方と在るべき在り方とが同じであるということは、その在るべき在り方に自分は到達できる、ということなのです。つまり簡単にいえば、人間は誰でも修行によって聖人になることができる、ということですね。聖人については「修身斉家治国平天下」といいます。自分の身を修めることから始めて天下を治める、という考えです。そういう考え方は、徂徠によって徹底的に攻撃された。今の政治家でも、よく自分の身を正すことから始めるといいますが、それは江戸時代でも同じで、経済的にうまくいかなくなると、まずは倹約から始めるのです。大名が自分から率先して倹約をするのですが、そんなことをしてもどうしようもないことが、徂徠にはわかっているのです。殿様が倹約をしているのだから、われわれも贅沢をしてはいけないというような締めつけで財政的困難を解消しようとする発想は、かえって下の連中に圧迫を与える結果になってしまうだけだからです。

つぎに、物理と道理に関してですが、物理というのは物の理であって、道理のほうは道徳のことです。「道」は天道、地道、人道とに分けられます。これは全部、同心円的につながっています。西洋における中世の「存在の鎖」に似ていまして、ミクロとマクロとが同心円になっており、だから、自分の身を清めるとそれは世界を清めることになるのです。反対に、世界が乱れると人間も乱れる。それを直すには、自分の身を修めていけばよい。それは一種のコスモロジーであって、江戸時代には、基本的に朱子学のコスモロジーがあったわけです。それがちょうど江戸の階級社会と結びついていて、下の階級も上の階級も、世界も宇宙も、すべてパラレルで同心円的になっているのです。

ここで、念のためにつけ加えますが、中国の朱子学と日本の朱子学とを一緒に考えることはできません。中国の場合、たとえば朱子などの連中は科挙によって世に出てきた人たちですね。科挙というのは中国の高等文官試験のようなものですが、唐代からはじまって二〇世紀まで基本的に続いています。科挙においては、とにかく能力さえあれば、どんな階級出身者であっても上級官吏になれました。士大夫などと呼ばれたそのような人びとは、いわば読書人であり、文人であり、政治家として新しい階級を形成したのです。この連中は基本的に階級を超えていますから、彼らが、人間には等しく神が内在すると考えたとしても、それは当然のことだったのです。

また、彼らの思考は、徹底的に儒教的な合理主義でした。ですから、鬼神とか、あの世とかいう土俗的な宗教的思考に対して、すごく批判的です。「怪力乱神を語らない」のですから、とても合理的で進歩的な連中なのです。さらに、彼らは物理に関しても、この自然界にはちゃんと「理」が存在するのだと信じており、その「理」を究めようとしました。先ほどは内面的な修行のことばかり話しましたが、朱子学はまた、自然界そのものの「理」を探ろうという思想でもあるわけです。

現在、日本語の中で、「理」という文字の入った言葉といいますと、論理、原理、真理、理性、そして理窟とか道理などがあげられると思います。このように、われわれは「理」

という言葉をいろいろ使っていますが、これらを英語やヨーロッパの言葉に訳すと、それぞれまったく違った言葉になりますね。反対に、こういう言葉の翻訳として「理」を使ったところに朱子学の影響力の大きさが知られますし、いかにわれわれが朱子学の理論体系の中でものを考えているかがわかります。それゆえに「理」に対する批判ということも、こういうことの総体として、いろいろな局面について批判を行なっていかなくてはならないでしょう。

3

「理」への批判について述べるまえに、もう一つ述べておきたいことがあります。実は、朱子の思想が日本に入ってきたのは、徳川時代が初めてではありません。後醍醐天皇による建武の中興(一三三三年)のまえに、朱子の「正統」という観念が日本に伝えられて、熱狂を呼びおこした。そのとき、北畠親房が『神皇正統記』を書いたわけです。そして彼らは王政復古をめざす運動を始めた。日本史を正統性の理念によって解釈した結果、天皇親政をめざすようになったのです。

これは昭和初期に、インテリが猫も杓子もマルクス主義に熱狂したのと似ていますが、その時期に現実に資本主義から生じた社会問題があったように、建武の中興にも、それを支える現実的基盤があった。しかし、主導的なものは理念だったと思います。政権の交替に合理的な根拠を与えられるかどうかは、権力の中央部にとっては重要な問題であって、日本では、それをうまく説明するためにいつも天皇をひっぱり出してくる。しかし、それがきちんと理論的になされたのは、建武の中興の時であり、それは朱子学によるものでした。

ところで、一般には国学から天皇主義が出てきたといわれていますが、それは違います。たとえば、幕末のころの「尊皇攘夷」という考え方は、本来は水戸学から生まれたのですが、その水戸学派というのは朱子学なのです。朱子学は、将軍を「天皇の将軍」として、つまり天皇によって幕府の正統性を基礎づけたのであって、彼らにとって尊皇主義はあくまで形式的なものにすぎません。これを倒幕派が逆手にとっただけなのです。朱子学がなければ、〝万世一系〟の天皇主義はありえなかったでしょう。徂徠や宣長らは、そのような朱子学に対する批判者であって、だから宣長にしても、その種の尊皇思想や尊皇攘夷とは関係がないのです。むしろ「尊皇攘夷」とは、オーソドックスな朱子学の思考です。「攘夷」という考えは、南宋の朱子が地方のモンゴルに対して唱えたことからはじまっている

朱子学が徳川体制の哲学として輸入されたとしても、現実の日本は封建社会であったのですから、理論的な言葉と、現実世界に生きている人間とが、合うはずがありません。人

間は本来的に宇宙とつながっているとか、超越的なものが人間に内在しているとか、そういう発想は、中国のように科挙を通して能力によって選ばれた人びとだけが持ちうる観念であって、徳川時代のような身分社会では妥当しえない。そのために仁斎や徂徠らには、むしろ朱子学の一つ一つがインチキくさく映るわけですね。武士と朱子学というのが、そもそも合いません。武士は何といっても武力によって権力を得たわけですから。一方、仁斎などは町人の生活から出発して考えていますから、彼にとって朱子学が空疎に見えるのは当然なのです。彼らはそのような、言葉と自分たちの生活のズレについては、意識的であったと思います。ただし、現実の生活から思想を批判できるかというと、それは無理だと思います。

伊藤仁斎が偉いのは、彼が生活思想といったものを持ってきたからではなくて、朱子学という体系の批判を、その学問体系の中で行なったということにあります。たしかに朱子学は日本において、ある部分ではかなりうまくいくけれど、他の部分では、現実的なものとまったく合致していないという制約を、最初から持っていました。しかし、朱子学における「理」に対する批判なるものは、むしろその内部で論じられるべきであり、その口火が仁斎によって切られたといえるでしょう。

これまでに私が読んだ範囲でいえば、江戸思想史の研究は二通りあります。最も代表的なのは、丸山眞男の『日本政治思想史研究』です。この本で彼は徂徠を最も重視しており、徂徠のいわば非合理的な姿勢が日本近代を準備したという観点から、近代は、朱子学的な合理主義を批判する形で出てきたと述べています。けれども学者の間では、それとちょうど反対の発想や見方が大勢となるように進んでいるようです。

そういう見方を代表するのは、源了圓です。この人は、むしろ朱子学の合理主義から近代が出てきたと主張します。丸山眞男は、朱子学がまずあって、その後に反朱子学が出てきたというヘーゲル的な論理展開を考えていますが、丸山眞男自身も後に述べているように、実際には逆に仁斎のころから朱子学は広がりはじめたのです。つまり、最初に朱子学があってそれから反朱子学が現れたというのではなく、むしろ朱子学者のほうが仁斎とか徂徠を吸収していった、というべきです。日本の朱子学そのものも、ある程度柔軟に変わってきています。たとえば、蘭学を学んだ人びとも、ほとんど朱子学者なのです。新井白石などがそうです。彼の合理主義は、今日からみても驚嘆すべきものです。新井白石は徂徠と同時期の学者ですが、おたがい政治的にもライヴァルでした。

この新井白石より後の幕末になると、佐久間象山などが出現し、西洋科学を朱子学の中で理解しようとします。たとえば「物理」という言葉がそうですね。彼は「フィジクス」に「窮理学」という訳語をつけた。そこからでもわかるように、そもそもこの世界は合理的であるという朱子学の前提の上で、西洋科学の摂取が行なわれたのです。また、朱子学的発想から佐久間象山の有名なスローガンである「和魂洋才」という考えもあらわれた。

「大和魂」と「西洋の技術」という二分法は、いまだに現在の日本にも残っている思考だと思います。日本人が科学やテクノロジーに対してとても大胆で、なんの苦もなくそれを受け入れて発展させていけるといわれているのも、そのためでしょう。たとえば生物学とか生命のことを研究している中では、日本の研究者が最もラディカルなのだそうですね。本来なら、「才」の部分と「魂」の部分が交錯して悩むべきはずのところで、日本人は悩まないからです。おそらく、それらも日本的朱子学の思考の延長だろうと思います。

　もちろん、合理主義が自然科学の発達を可能にしたということは、西洋の場合にもいえることです。デカルトやベーコンにしてもそうですね。ベーコンは、一般には帰納主義、経験主義といわれていますが、彼も、この自然界には真理が存在し、それが現れてくるのだという考え方を暗黙に前提していたのです。西洋の合理主義の根本には、この世界には真理が内在しており、本来なら見えるはずの真理が見えないのはわれわれの無知のせいである、という信念があります。それが西洋科学を発展させてきたし、また革命理論にもつながっていった。

　先にもいったように、中世のトマス・アクィナスには、朱子と類似するところがあります。彼の場合、理性的であることと、信仰的であることとは、一体化されています。それに対してプロテスタントは、信仰とは理性によっては到達不可能なものである、と主張することによって、逆に神を超越化していこうとします。同様のことが、日本では朱子学への批判としておこったということができるでしょう。たとえば、仁斎は内在＝超越のつなぎめを切断していきます。誰でも聖人になることができるというのが朱子学だとすると、それに対して仁斎は、聖人は人間以上のものである、と考える。つまり、内在＝超越ということの超越のほうを強調していくわけですね。それは洋の東西に共通したことであって、その意味で、仁斎の仕事はルターの仕事と比較できると思います。

それについては後で述べる予定ですが、およそ朱子学批判というのは「理」というもの、すなわち真理や原理が人間に内在しているという思考に対する批判である、といってもよいと思います。しかし朱子学批判は、けっしてそのような〝思弁〟から始まったのではありません。丸山眞男も源了圓も、それをたんに哲学の中だけで考えていますね。それでうまくいかないとなると、〝現実〟を接ぎ木して説明しようとするのです。

4

仁斎を説明するときによく引用される言葉に、四書五経の中の『大学』にある「惻隠《そくいん》の心は仁の端なり」という言葉があります。「惻隠の心」とは、他人に対して憫みを持つとか、同情するとか、他人の痛みを感じるとかを意味します。また「仁」とは愛のことですが、「仁の端なり」とは、朱子学では「仁のあらわれ」と考えます。つまり「仁」という本質があって、「端」はその表出ということです。そうした朱子学の考えに対して仁斎は、「仁」とはもともとどこかにあるものではなく、「仁の端」とは「仁が始まる」ということであると考えます。具体的な生活の中で、たとえば誰かが死にそうになっていたときに思わず手助けをしてしまうという行為が「仁」の始まり、「仁の端」であって、「仁」というものがどこかに「理」として存在するのではない、というのです。

本質が先にあり、それが現れるという考え方に対して仁斎が提出したのは、実際の行為であって、それが結果として「理」になるだけだ、ということです。つまり「理先気後」をひっくり返して「気先理後」としてみても、それは観念論を唯物論にしたということと同じであって、本当の転倒にはならない。貝原益軒などはそれを「気先理後」とやってしまうのですが、それでは「理」と「気」という二項対立的な構え方自体を変えることはできませんね。それに対して仁斎は、「理先気後」だろうが「気先理後」だろうが、それらは結局のところ理論の領域にすぎない、と考えます。そして、理論の領域や究理の領域に対して〝実践〟の領域をとり出してくる。また仁斎は、「天道」とか「地道」といった領域をカッコに入れます。すべてが「人道」にあるというわけです。いいかえれば、人間と人間の関係に焦点を定めるのです。ちょうどカントの弁証論に似ているのですが、仁斎は、世界の始まりがあるか否かについては、どちらでも言えるのだとする。あるいはその種類の問題について、われわれは勝手に言うことができないのだとして、仁斎は、天や地の

「理」を追究する方向を捨てていきます。

朱子学のほうは、原理というものが存在するはずだとして〝物理〟を探究していくのですが、仁斎は、そういう「理」を人間が勝手に想定するのはおかしいということで、もっぱら「人道」の探究に集中していく。原理や理論に対して、もう一つの理論を対置させるのではなく、実践的なものを持ってくる。それは、たんに「理」を否定することではなく、あるいは観念が先か物質が先なのかということでもなく、それらは理論的な問題にすぎなくて、本当に重要なことは実践的なことなのだ、行為なのだ、ということですね。したがって仁斎にとって、儒教とは「徳行」として、まさに行為としてあった。そしてまた、「道」は「道理」としてあるのではなく、「往来」すなわち「交通」の中に見出されることになるのです。

朱子学においては、個々の人間に「理」が内在している、超越的なものが個々の人間に内在している、と考えるわけですね。換言すれば、個々の孤立した人間が、それぞれ本来的には、仏教でいえば仏性といいますか、誰しも仏であるというのと同じことです。キリスト教のヒューマニズム化された形態では、ヘーゲルの場合がそうですが、個々の人間が神であるということになる。これを中国風にいえば、個々の人間が本来的には聖人なのだということです。したがって、修養していくならば、どの人間も聖人に到達できるということになる。そうなると、仏教の場合は、歴史的なブッダというのはいらないわけですね。

みんながブッダなのですから。私は、本当はそうではないと思っていますけどね。ブッダという他者は、イエスと同じように、実在していなくてはならないのですが、人間がことごとく本来的には仏である、神である、ということになってしまうと、歴史的なイエスとかブッダなんて不必要になってしまいます。

　これは、朱子学においても同じことで、朱子学は本来的に禅なのです。仏教といっても、中国の場合は禅ですから。浄土宗も、禅の中に含まれる。朱子学は、儒教側からみた禅に対する批判ではありますが、朱子学という体系は、基本的に禅と同じ構造を持ってしまう。そうしますと、孔子のような人はいらないのです。朱子学においては、歴史的な孔子は必要じゃない。したがって『論語』なども、注釈はするものの、『論語』は朱子学という知的体系に従属しているにすぎず、また孔子はただそれを表現した人である、という程度にしかなりません。

　仁斎による朱子学の批判は、まず一言でいうなら超越性あるいは外部性の発見だと思います。それは、神とか天とかを超越化したということではまったくない。そんなことなら朱子学だってしているわけですから。仁斎が本当に見出したところの超越性とは何かといいますと、単純に「他者」のことなのです。朱子学における「本性」というものを、彼は「生まれつき」と読みます。「生まれつき」とは、人間はそれぞれ違うんだというわけですね。孟子は「性は善なり」といっているけれども、孔子は「性相近し」といっただけです。

ウィトゲンシュタインは「ファミリー・リゼンブランス」という言葉を使いましたが、いわば家族が似ている程度に似ているということです。それぞれが似ているが、共通のものは何もない。つまり人間の本性、生まれつきというのは、多種多様である。それぞれの人間に同一の「理」が内在しているとか、「性」が内在しているとか、善なるものが内在しているとか、そんなことはないのだ、ということです。

結局、彼が見出していく超越性、外部性というのは、単純に「他者」が自分とは違う、自分とは絶対に同一化できないような他者がいる、という認識だったと思います。朱子学では、「性」が本質的で「情」は現象的である。すると、「仁」は「性」であって、「愛」は「情」になる。情としてその人を愛しているのはまだ未熟の段階で、もっと「仁」として人を愛さなくてはいけない、ということになるわけですね。しかし仁斎は、われわれには本質としての愛、「理」としての愛はない、「仁」なるものはそういうものではない、愛しかないのだと考えます。つまり、朱子学が軽蔑しているところの現実の愛、もっと具体的なものとしての愛こそが始まりであり、終りであるという。始まりであり、発端にすぎないといわれているところの愛のほかに、「仁」はないというのです。それは他者に対する関係というものを、まさに本来的な問題としてとり出したことであると思います。

仁斎という人は——中国の朱子もそうでしたが——もともとは禅をやっていた人で、朱子学と同じように、最初は「心」から出発しているわけですね。すなわち、それぞれの人間の内的な状態から出発した。そこから悟りにいくとか、悟った状態に到達するという考えになるのですが、それが禅にほかなりません。ところが、そういう内的な状態というものは存在しない、と。われわれは他者との関係に置かれている、そしてこの他者はけっして自分と同一ではないのだ、と仁斎は考えたのです。つまり自分と他者との間に、同一のロゴスが存在しているのではない、と。

　仁斎は、まさにその異質なもののコミュニケーションというところに、言語を置いてくる。もし、人間にもともと「理」が内在しているならば、「教え」というものはいりませんね。それぞれが勝手に自覚するでしょうから。だから朱子学においては、「孔子の教え」はいらないわけです。ところが仁斎は、まさに「孔子の教え」こそが大事であると考える。われわれのコミュニケーションの中に、つまりまったく異質なものの関係の中に、同一性を見出しうるようなものとして「孔子の教え」があったのだ、ということになるのです。したがって孔子は、仁斎においては聖人になる。この聖人は、誰でも聖人になれるという意味での聖人ではなくて、いわば「絶対的な他者」ですね。キリスト教でいえばイエスみたいなものになります。孔子以前の人は、仁斎にとっては聖人ではないのです。

　これは徂徠なんかとも違いまして、徂徠は孔子を聖人（先王）の末端にすえるわけですが、仁斎にとっては孔子だけが聖人です。儒教においては孔子以前の人も聖人と呼んでいますが、それに対して仁斎が主張するのは、孔子という聖人が出現したことの意義、まさに孔子の出現において開かれたもの、彼の言葉でいえば「愛」ということになると思うのですが、それを見るべきであるということです。朱子学あるいは理論的な体系というものにおいては、聖人は必要でもなければ、聖人が出現した意義すらもわかっていないというのが、仁斎の朱子学に対する批判にほかなりません。

話をもとに戻しますと、徂徠、宣長にいたっても同じですが、仁斎がこういうことを考えるようになった契機として、実際に『論語』を読むという行為から始めたことが大切なのです。

丸山眞男は、仁斎は内面的・主観的で、徂徠はそれをこえた外在性としての制度や言語を見出したと述べています。たしかに徂徠に関してはその通りだし、彼は言語についても明確な方法論を提示しています。たとえば徂徠は、漢文を弟子に教えるときに、はじめから漢文の意味を与えることはせずに、まず中国音であきるまで読ませます。そうすれば、そのうちに中国音に慣れてきて、意味もわかるようになると考えたのです。

『論語』を読むときも、彼は、朱子学のように明確に言葉の意味を定義づけるところからは始めません。『論語』だけを読んでいてもだめなのであって、同時代やその前後のあらゆる文学や文献を読まなくてはならない。そうして言葉に慣れることにより、はじめて『論語』に何が書かれているかわかるというのです。そのことは、言葉の意味を定義づけようということではなくて、「意味」というものをまず一度消してしまおうということです。ウィトゲンシュタインの言葉でいえば、言葉の用法を体得していくということです。しかし、方法論的に明示されなくても、仁斎はすでにそういうことをやっていました。しかも仁斎が徂徠と異なるのは、彼が『論語』を、それ以前またはそれ以後のテクストとは決定的に異なるテクストとして見出したことです。彼は、『論語』の言葉は古今最高のものだといいます。それは何を意味するのでしょうか。

『論語』をよく読んでみるとわかりますが、内容に矛盾することが多い。なぜなら、『論語』の形式が、誰かがいったことに対する孔子の返答という形をしており、内容が、その場の相手との関係や文脈によって規定されているからです。たとえば「朋あり遠方より来たる、また楽しからずや」という言葉は、どういう文脈でいっているのかを考えないと、わかりません。それは、自分と同じようなことを志し、考えている人がいてくれたのかという、発見の喜びではないかと私は思います。しかし、字句をどんなに見ても正しい解釈はできませんね。ある時、ふっと孔子の言葉が腑に落ちる瞬間がある、というようなものです。それは『聖書』の場合も同じで、イエスの言葉には必ず相手があり、文脈を持っているのです。それは断片、すなわち文脈をぬきにすれば相互に矛盾するような断片からなり、これをキリスト教という教義の中にまとめることはできません。それはトマス・アクィナスのような神学とは、まったく異質です。

仁斎が『論語』の言葉に注目したのは、その「対話性」であるといってもいいと思います。いうまでもなく、それはプラトンの「対話」とは違います。もし、対話ということをプラトン的な意味で理解するならば、プラトンの「対話」は、自己と同じロゴスを内在している他者との対話ですから、共通している同士の対話ですね。ですから、彼がソクラテスに「共同の探究」という言い方をさせているように、他者と対話しているものの、結局は自己との対話にほかなりません。したがって、対話（ダイアローグ）が本当は「モノローグ」になっているわけで、それが「ダイアローグ」といえるには、他者、すなわち自分と異質な者と出会うのでなければならない。なによりも『論語』は、そのような「対話」です。それに対して、『孟子』は対話形式をとったモノローグであり、だから学者にはわかりやすいのです。

しかも重要なことは、仁斎の塾がまさにそのような「対話」によってなされていたということです。彼の塾は、師弟関係を排したセミナー形式でした。これは江戸時代はもちろん、たぶん現在でも存在しないようなものです。徂徠などは、一方的に講義するだけだったでしょうから、朱子学者と同じようなものです。仁斎の言語論は『論語』の読み方においてあらわれているし、のみならず、彼の「教える」方法そのものにおいてあらわれています。丸山眞男のような政治学者には、そういうことがわからないだけです。

したがって、仁斎によって『論語』をテクストとして「読む」ということが始まった、といえるのです。言葉の意味というのは、定義によって決められているのではなく、その具体的な用法から徐々に浮かび上がってくるものだということを、仁斎はわかっていた。仁斎は、語義を明らかにするといったスタイルの本を書いていますが、それは三〇年も四〇年もそういうことを門弟（という形ではない）との対話によって練りあげていった後のことです。実際に仁斎の孔子理解というのは、非常に文脈的な理解の仕方をしていまして、これはこういう相手に対してこういうふうに言っているのだとか、あるいは言いたくないのだとか、答えたくないと言っているのだとか、そういう解釈をしているのです。

5

さて、仁斎による「理」の否定というのは、いいかえれば、テクストを蔽っている意味の否定ということです。昨今の批評などでよくいわれていることも、本当はこうした種類の文献学とか、注釈学などから来ているのだと思います。デリダにしても、彼がエクリチュールを問題にする場合の〝テクスト〟という概念は、本来なら大文字で表記されるべきですね。つまり、テクストとは『聖書』を意味しているのです。よく、テクストを解放せよと言う人がいますが、テクストとはそういうものではありません。

むしろ、テクストの中にはすべてが入っているのだと考えないかぎり、テクストをそれを蔽う〝意味〟から解放することなど、できるわけがありません。そのためには、信念がなくてはならない。つまり『論語』の中にはすべてが書かれているんだと考えないと、『論語』を囲っている朱子学的な理論体系を批判することはできないのです。ですからテクストは任意のテクストではなく、いわば大文字のテクストでなければならない。その意味では、仁斎が『論語』をテクストとして、すべてがその中にあるのだと考えて「理」の批判を行なったことは、すごく重要なことなのです。江戸思想のもっとも注目すべき発端は、こうして仁斎によって、そのような意味でのテクストが見つけ出されたことにある、と極言してよいと思います。

仁斎にとっては、「天道」とか「地道」とかのいわば〝物理〟というものは、どうでもよかったのです。くり返せば、彼にとっては「人道」、つまり〝人間の道〟だけが問題でした。彼は「道」を他者との関係、あるいは他者への「仁」において見出した。これはたんに「主観的」な道徳ではありません。だから仁斎は「道」を人びとが交通する場に見たのです。一方、徂徠は「道」を、社会的な制度あるいは政治に見出した。そして、中国古来の先王たちが作った「道」を社会的な制度とみなし、仁斎については、仏教的で内面にこだわっていると批判しました。しかし、そうでないことは明らかです。逆に、徂徠の政治学からは、仁斎にあったような倫理性が消えてしまいます。それは、いいかえれば、『論語』が世界宗教でありうる唯一の可能性を奪ってしまうことになります。

徂徠は、仁とか愛とかはけっして道徳的問題や内面的問題などではない、それは治国安民、国を治めて民を安らかにすることだ、というのです。丸山眞男は徂徠を、政治的責任や政治的倫理を持ち出してきたという意味で評価しています。マキアヴェリは、君主は道徳者である必要はなく、ただ道徳的に見えていることが大切であるといっていますが、徂徠もまた、そういう種類の政治的倫理が大切であって、君主が個人的に道徳的であるかはどうでもよいのだ、といいます。君主がどんなに儒学を学んでいようと、政治家に可能なことは、治国安民を実際になしうるかどうかだけです。

徂徠のときの将軍は、犬公方で悪名の高い徳川綱吉ですが、彼は熱心な儒教徒で、儒学について自ら講義をしたのです。殿様が講義をするから、家臣は皆聞かなくてはなりません。本人は得意でしょうが、家臣にとっては迷惑なことだったろうと思いますね。動物の愛護令（生類憐みの令）などもそうですが、綱吉自身はとても道徳的な人でした。しかし、それが現実に引き起している事態は、それとは反対にひどいものだったのです。ですから、徂徠の考えの中に、そのような綱吉に対する批判が含まれていたことは確かだと思います。道徳的な君子ほど困るものはない。その意味で、内面性や道徳性から離れた政治性、制度性というものを徂徠がとり出したということが、近代的な思考の発端になったのだと丸山眞男は評価しています。

しかし徂徠は、マキアヴェリとは異質です。また、「法家」の韓非子とも異質です。つまり彼にとって、政治はあくまで儒学の中にあることを忘れてはなりません。つまり彼にとって、政治はあくまで「礼楽」にあったのです。この点を忘れて、徂徠を近代政治学の祖のように考えるのは、二重の意味でまちがいです。なぜなら、この儒教的な政治学の中に、丸山眞男が見なかったような、人間に関する、あるいは人間の欲望に関する洞察もまた含まれていたからです。

朱子学ではよく「人欲を去って天理につく」といいます。しかし、私の見るところ、徂徠は「欲」という言葉を「欲望」という形で捉えたと思います。朱子学において、人欲とは、孤立してある人間に内在する欲求のことです。したがって、ある認識なり修業なりによってそれを捨てていけば、「明鏡止水」という境地になりうると考える。ところが「欲望」というものは、ヘーゲルのいうように、他人の欲望なのであり、すでに他者に媒介されているのです。そういう意味で、孤立した人間における欲求であれば、それを超えられるかもしれませんが、まさに欲望がつねに他者との関係を含んでしまっているのなら、修業によっては超えられないことになります。また、欲望を持つということは、個人の自由や責任の問題でもないわけですね。

具体的にいうと、徂徠は『政談』という文章でこういうことを書いています。当時の元禄時代の江戸では、武士がみんな町人の真似をする。また、農民が各地から江戸に出てくる。江戸の人口が膨れ上がる。そして、各人の身分差が不明確になるだけでなく、誰もが流行にしたがって、どんどん贅沢になっている。これは、その時代の「欲望」が、朱子学では捉えられないようなものになっているということです。さらにそれが発展していけば文化文政のようになるでしょうが、ともあれ消費社会における「欲望」は元禄時代にはっきり出てきているわけです。これに対して、身分社会は抵抗のしようがありません。これは貨幣経済の浸透とも関係ありますが、朱子学が考えたような、人欲と天理の対立といった二元論ではどうしようもない事態です。他人の欲望あるいは他者に媒介された欲望という形の競合現象が、身分社会をこえて広がってしまっている。それが結果的に、徳川体制の経済的な困難をまねいていたのです。それに対して、徂徠はどう考えたか。

徂徠の政治学が韓非子系統のそれと異質であるのは、儒者である徂徠にとって、政治はあくまで「礼楽」にかかわるからです。彼にとって「仁」とは、仁斎がいったような「愛」の問題ではなく、政治技術の問題にほかならない。古代の聖人たちは何代にもわたって、そういう技術をつくってきた。その具体的な技術とは何か。それが「礼楽」なのです。法律とか刑罰とか、そんなことではありません。それは、より具体的に述べれば、身分制、つまり武士は武士、町人は町人というような差異をはっきりさせることです。士農工商という身分制はあっても、それは建前だけで現実的には「商」が支配的となっていた。他人の欲望によって動かされ、実際にはみんな同じことをしている。それが競合現象を起していて、封建体制は経済的に破綻しかけているのに、その勢いを止められない。商人はそれでもいいかもしれないけれども、徳川体制は崩壊することになるだろう。

これをどのようにして抑えればいいか。それは「礼」を回復することである。つまり、たがいに競合する差異化によってとめどなく促進されてしまうような同一化を阻止するには、身分社会にふさわしい「礼」を確立するしかない、と。「礼」を確立すれば、このような消費社会的な進行はくい止められるであろう、と徂徠は考えたのです。むろん、それはうまく行きませんし、行くはずもなかったのですが。

このように徂徠は、人間の内部にはそれを律しうるものが存在しない、と考えたのだと思います。それは「礼楽」という制度によってしか抑えられないのだ、と。誰かを責めたてて、「お前たちはそういう欲望を持ってはならない」と言ったところでむだである。まさに欲望を起してしまう差異、あるいは同一性というものを止めてしまえば、誰もそういう気にはならないだろう。したがって政治というのは、個々人の内面、倫理に訴えるのではなくて、技術として、それを外部から制度として行なえばよい、ということになるわけです。これは、近代の政治学とは似て非なるものだと思います。

6

まとめて話をしていますので偏った言い方になるかもしれませんが、「理」の批判という観点からしますと、宣長の場合は、仁斎、徂徠の立場をもっと徹底化したのだということができます。仁斎や徂徠の場合、彼らの文献は『論語』をはじめ、四書五経が中心でした。それに対して、宣長のテクストは主に文学です。『古事記』であるとか『源氏物語』、あるいは基本的には和歌です。

伝統的な知・情・意の分類でいいますと、仁斎の場合は、知の領域すなわち理論や真偽などは問題ではなく、意の領域が重要だったわけです（もちろん知・情・意という構え自体が、ふたたび一つの知の中に入ってしまい、仁斎はその外で考えているというべきなのですが）。とにかく仁斎は意の領域、真・善・美でいえば、善の領域で考えようとしていたと思います。だから、情とか美の領域については、だいたい無関心なのです。美の価値づけとなると、往々にして「理」にもとづいた理窟づけを行なってしまうのです。その点では、宣長に先行する国学者の賀茂真淵もそうですね。

それでは、昔から歌がなぜ重要なのかといいますと、それは人の〝真心〟を歌っているからです。誠《まこと》の心を歌っているから、それは神の心をも動かすのだ、と考えられたわけです。それはすでに『古今集』の紀貫之の序文において述べられていることです。江戸時代、一八世紀ごろの香川景樹や賀茂真淵らの考えは、歌が素晴しいのはわれわれの誠《まこと》、真心を表出しているからだというものです。もちろん仁斎は、「真心がある」と考えているのではないのですが、われわれの誠《まこと》の心を表しているということで、文学を擁護するのです。

それはある意味、現代でもなされていることです。この文学は「現在の状況を捉えている」というような、文学を状況論で理解する方法がそうです。そこでは状況のほうが、真なのです。そして、文学という虚構はその真理を表しているからこそ優れている、ということになる。そこでは結局、文学は誠《まこと》・真理に仕えているのです。文学や詩を擁護している人は、哲学などとは違う形ではあるが、文学もまた真理を実現しているのだ、あるいは文学こそ実現できるのだ、と擁護するわけです。

ところが、宣長はまったく違います。それでは、宣長にとって真心とは何だったのか。もちろん、姦淫の心や邪悪な心ではありません。宣長は、何かあるものを指して、真心であるといっているのではありません。むしろ、真心というものに含まれている〝真なるものと偽なるもの〟という区別自体を、潰したかったのです。その点は仁斎も徂徠も同じです。彼らも、言葉が真理や知に仕えているという考えを批判したのです。しかし宣長においては、その批判は別の次元に移されています。

先ほど、知・情・意といいましたが、宣長は情の領域を重視します。彼は「もののあはれを知る」という言葉を使いましたが、それは感情の領域です。ふつう、パッションにしても感情にしても、哲学の中では統御すべきものですね。いわゆるモラリストは、自分の情念をどうしたら制御できるかという問題意識を持っています。それに対して宣長は、情を、知の領域の外にあるものだとか、知によってつねに縛られていなくてはならないものだという考えを批判します。そこから、有名な「もののあはれを知る」という言葉が出てきます。これは「ものを知る」ことでも、「もののあはれがある」ということでもありません。むろん「もののあはれを知る」とは、それ自体ひとつの知のあり方です。しかし、それは対象を認識するとか、真偽・善悪の区別という形での知ではない。それは基本的に審美的なものです。

宣長は、いわば情の領域に「知」をみとめ、のみならず、それが真や善よりも根源的だと考えたのです。宣長の「もののあはれを知る」という場合の「あはれ」とは、悲しさだけでなく、あらゆる種類の感情を指しています。認識論的な領域に対して、もっと根底的な次元での経験を、あるいは認識論的な判断に先立つ「純粋経験」というものを、宣長は「もののあはれを知る」という一言でもっていおうとした、と考えていいでしょう。

宣長が「神の世」とか「古の道」と呼ぶものは、ある面で、徂徠のいったことを日本の文脈に置きかえたものです。しかし、そこに真偽だけでなく善悪を超えるような認識が出てきています。たとえば彼は、こういうことを述べています。人は死ぬと、善人も悪人もすべて皆、黄泉の国へ行く。それはたしかに矛盾であるが、仕方がない。けれども、死とはただ悲しいだけのものであり、それを善とか悪とかに分けて勝手に正当化したり、あの世での慈悲を期待するという考え方はまちがっている、と。そういう考え方を宣長は、仏意《ほとけごころ》とか漢意《からごころ》と呼んで否定したのです。

では、われわれの本来のあり方はどうであるかというと、人間の死はただ悲しいだけで、それ以外はいずれも理窟にすぎないというのです。しかし、ただ悲しいだけですむはずがない。それ以上の何かを人は求める。ゆえに、死後の世界や〝最後の審判〟などを持ち出してくる。実際、宣長の後の平田篤胤になりますと、ほとんどキリスト教を導入した神道になってしまいます。そして、ふたたび善悪二元論に戻るわけです。

宣長はそのような二元論を斥けます。彼が「もののあはれを知る」というのは、いわば、「善悪の彼岸」に立つことです。その意味で宣長の思考は、仁斎から始まった「理」に対する批判を極限にまで突きつめたものだと思います。

丸山眞男は、仁斎をカント的、徂徠をヘーゲル的だと類推的に考えていますが、その意味では私は、仁斎はキルケゴール的、徂徠はマルクス的、宣長はニーチェ的だと思います。ニーチェはギリシアの文献学をやった人であり、それを通して、キリスト教とプラトニズム以前の「古の道」を見出そうとしたと考えてもいいわけですね。彼は『悲劇の誕生』において「悲劇」、つまり芸術による認識を根底に置くことによって、プラトン的な知（哲学）に対する批判の視点を持ってきた人です。その意味でも、宣長という人はニーチェに似ているといえるでしょう。

しかし、いうまでもなく、本居宣長が、最後の、頂点に立つ思想家なのではありません。私はむしろ、伊藤仁斎を最も好ましく思います。ただ、この三人を並べてとりあげたのは、日本に、しかも徳川時代に、徹底的に思考を追求した人たちがいたということを言いたかったからです。最初に述べたように、現在は、「江戸の思想」というと、軽い、ポストモダン的な知の戯れが思い浮かぶ時代ですから。

きょうの講演は、そうしたことを皆さんに知ってもらい、これから何かあったときに、ちょっと覗いてみようという興味を持っていただけると嬉しいと思い、お話ししました。

これで終ります。

「理」の批判——日本思想におけるプレモダンとポストモダン

I

きょうは、三島由紀夫の話から始めたいと思います。これは三島が、たぶんあなた方フランス人のあいだでもっともよく知られている現代作家であるというだけでなく、最近の日本において、ある意味を帯びて復活しかけている記号でもあるからです。もちろんそれは、彼がほぼ一五年前（一九七〇年）、自衛隊の兵士の前で「天皇親政」のためのクーデターを呼びかけ、そのあと切腹したという、あの事件と結びついています。

三島は作家であり、彼の作品はあの事件と切り離して読まれるべきだ、という意見があります。それは正しいのですが、そのように分離するとき、人は逆に、あの事件の謎にとらえられるのです。したがって私は、あの事件そのものを見たいと思います。あの事件が喚起してきたのは、一言でいえば「天皇」という記号です。

マルクスは『ブリュメール一八日』の冒頭で、こう述べています。
《死せるすべての世代の伝統が、夢魔のように生ける者の頭脳をおさえつけている。また、それだから人間が一見、懸命になって自己を変革し、現状をくつがえし、いまだかつてあらざりしものを作りだそうとしているかに見えるとき、まさにそういった革命の最高潮の時期に、人間はおのれの用をさせようとして、こわごわ過去の亡霊どもから名前とスローガンと衣装をかり、この由緒ある扮装と借物のセリフで、世界史の新しい場面を演じようとするのである》。

たとえば、明治維新（レストレーション）において喚起されたのは、「天皇」という亡霊です。江戸時代、封建体制の下で、ほとんど名目として存在していたにすぎない「天皇」です。だが、この明治維新は、そのようなスローガンと衣装の下に、実現すべき課題を持っていました。すなわちブルジョア革命であり、封建体制の近代的改編です。

つぎに、それにならって「昭和維新」をとなえた皇道派の青年将校たちは、実現すべき何かを持っていたでしょうか。それは、悲劇ではなくすでにファルスではなかったか。しかし、彼らはすくなくとも、一つの課題を持っていました。それは農地改革であり、明治維新のブルジョア革命がなしえなかったものを実現することです。しかし、皮肉なことに、これは一九四五年の敗戦後、アメリカの占領軍によって実現されたのです。だが、この皇道派の青年将校のスローガンと衣装を借りた三島由紀夫は、実現すべき何を持っていたか。

何もないのです。彼のいう「日本文化の防衛」という言葉さえも、何の内実もありません。彼の行動と死は、きわめて空虚な感じをあたえます。

むろん三島自身が、このことをよく自覚していたといえます。彼がクーデターの直前に完成した四部作『豊饒の海』の最後の作『天人五衰』の終りごろに、主人公の透は、女からこんな詰問を受けます。《松枝清顕は、思ひもかけなかつた恋の感情につかまれ、飯沼勲は使命に、ジン・ジャンは肉につかまれてゐました。あなたは一体何につかまれてゐたの？　自分は人とはちがふといふ、何の根拠もない認識だけにでせう？》。

自分が贋物であり、何の〝必然〟も持たないことを知らされた透は、自分が本物であることを証明するために、自殺を企てて失敗します。こうして、歴史の四度めの反復は、ファルスと化し、『豊饒の海』は、そのタイトルとは逆に〝空虚の海〟に終るのです。この主人公と三島を同一視することはできませんが、すくなくとも、三島があのクーデターにおいて、彼をつかんでいたものが「何の根拠もない認識」であることを自覚していたことは、明らかです。しかし、おそらくこの空虚さゆえに、三島は今、〝意味するもの〟としてあるに違いないのです。われわれは、彼の行動の背後の意味を探ろうとします。心理学的にも、政治的にも。しかし、それは三島のしかけた罠にはまることだと思います。彼は、彼の行為の「空洞」中に、大量の解釈の風が吹き寄せられることを予期していたはずですから。

彼は、天皇制を、日本文化の防衛の核心だと考えました。しかし、それは、天皇がいつも無力であり空虚な記号であるがゆえなのです。天皇は、政治的権力ではなく、逆に、政治的権力として無力であり空虚であるがゆえに、政治的にもっとも有効に働くのです。日本の天皇は、この意味で、中国の皇帝とも、ヨーロッパの皇帝とも、決定的に違います。それは政治的に強力であるがゆえに、一五〇〇年も存在し続けてきたのではなく、逆に無力だからです。むしろ力を持たされることのほうが、天皇制の危機なのです。ところで、天皇は、歴史的には大陸から来た征服者であり、また天皇という観念は、中国から来たものです。つまり、日本的ではありません。

しかし、それでは、日本人とは何か、日本の文化とは何なのかと問いなおすと、何一つ積極的なものが見当らないのです。中国人なら、あると言えるでしょう。しかし、歴史的に中国文化の影響下にあった日本において、何か独自なものを、〝積極的に〟言明することができません。「日本文化の防衛」を考えたとき、たぶん三島は「守るべき」ものが実体的には〝何もない〟ということに気づいていました。むしろ守るべきものは、〝何もない〟ということそれ自体なのです。

しかし、われわれにとって不可解なのは、なぜ三島が一九七〇年の時点で、あのような行動に出たのか、ということです。彼が守るべきと考えた「日本文化」とは何なのか、ということです。そう問うとき、私は、やはり「何もない」という空虚を感じます。むしろ三島は、「何もない」がゆえに、その空虚そのものを体現しているものとして、「天皇」を喚び出したのではなかっただろうか。

三島が死んだのは一九七〇年、つまり六〇年代の高度経済成長や新左翼の運動がそのピークを超えた時点です。三島は、いわゆる右翼とは無関係であって、むしろ左翼の過激派にシンパシーを持っていました。それは、過激派が、それまでの左翼とちがって、何か積極的に実現すべき理念や利害を持たず、むしろそれを拒否することによって、無目的的な行動の過激性を追求していたからです。三島は、そこに〝何もない〟がゆえに、共鳴したのだと思う。実際、彼は、新左翼の集会に出かけて行って、「君たちが天皇と言ってくれさえしたら、今すぐにでも連帯したい」と言明しています。つまり三島は、立場は別としても、その当時のラディカリズムのあり方と深く結びついていたのです。

この一九六〇年代のラディカリズムは、日本の文脈においては、実際そう語られているのとちがって、マルクス主義的タームだけでは説明できないものです。それは、学生の運動であり、しかも労働者階級と結びつく意図や希望をあえて放棄していました。いいかえれば、この無目的的な過激性は、三島がそう見抜いたように、その形式において、過去のラディカリズムと類似していたのです。私は、これを江戸時代に遡行して述べてみたいと思います。三島自身が、それについてよく語っていたのですから。

三島の晩年、つまり一九六〇年代は、「昭和元禄」と呼ばれました。元禄とは、一七世紀末から一八世紀にかけて、江戸封建体制において商業経済が浸透して支配的になり、支配階級の武士が深刻な危機感をいだいた時代です。文学者としては、俳句の芭蕉、演劇の近松、小説の西鶴などが輩出しています。この「第二の元禄時代」という命名は、今から考えても的確だといえます。一九六〇年代は、高度経済成長の中で、農業やそれとつながる伝統的な生活様式・生産関係が急速に崩壊していった時代で、そのころの文学作品は、そういう崩壊・空虚感をそのまま鏡のように映し出しています。それに対して、三島は批判的だったのです。江戸の元禄時代に、商人資本の支配、封建的体制の衰退において、武士階級が深刻な危機感をいだかされたとすでに述べましたが、三島は彼らと同様に、それを「何とかしなければならぬ」と考えていたようです。もちろん、三島の問題は経済的なものではなく、精神的な空洞化に対するものです。

「第二の元禄時代」に、ラディカルな学生運動や三島の事件が起ったわけですが、面白いのは、最初の元禄時代にも似たようなこと、つまり赤穂浪士の討入りが起っていることです。この事件の反響はすさまじくて、たとえば、それは間もなく人形浄瑠璃に劇化され、やがて『忠臣蔵』という歌舞伎となって、現在でも最も人気のある芝居となっています。この浪士たちは、主君のために集団で仇討ちをしたのです。この時期の侍は、もはや戦士ではなく、ほとんど官吏化していたため、彼ら浪士たちの侍らしさが人びとを驚かせ、感動させたのです。しかし、侍らしさといっても、かつての侍は別の意味でもっとプラグマティックでした。武士は、けっして無駄な死に方を求めなかった。また、武士は他人を「力」によって支配しているのであって、「正義」によって支配しているとは考えていなかったのです。

ところが、江戸体制が一〇〇年もたつと、武士はただのサラリーマンであり、官吏となっています。そして、彼らが何をもって他の階級を支配しうるのか、という「理論的」正当化が必要となってきました。その一つが、武士道です。これは、一七世紀後半の思想家によって、純粋化された観念です。赤穂浪士のリーダーはそのような思想家、山鹿素行の門弟でした。

もう一ついえば、三島由紀夫が死ぬ前、熱烈な解説書を書いた山本常朝の『葉隠』の中には、「〝武士道〟とは死ぬことと見つけたり」とあります。武士の本質は、たんに死ぬこと、いかなる理由があろうとなかろうと死ぬことにある、というわけです。というより、むしろ「理由」があってはいけないのです。この「理由」（レゾン）は、あとで述べるように、哲学でいう「理」（理性）と関係しています。非合理的な死だけが、武士の存在を合理化するのです。無駄な死、不条理な死こそが武士の死に方であり、他の階級にはできないことである、と考えられました。この意味で武士は、元禄時代において、完全に表層的存在となっていたといえましょう。また、他の階級のように合理的な実体性を持たないがゆえに、徹底的に表層的であることが、逆に彼らの独自性と独立性を保証するものだったのです。

ところで、一九六〇年代を「元禄時代」となぞらえることは、多くの意味でとても示唆的です。一七〇〇年ごろの元禄時代は、商業経済が、徳川封建体制の根拠を奪ってしまうほどに浸透しただけでなく、日本社会が、鎖国の過程で、中国の直接的な影響力から離れて、自律的な言説空間を形成した時期です。一九六〇年代についても、同じことがいえるでしょう。この時期は、経済成長とともに農業人口が急速に減り、それまで基本的に持続していた生産関係とそれに付随する思惟形態が根こそぎにされてしまった時期であるとともに、日本人が、西洋を規範とする思考から離れ、自律的な言説空間を持ちはじめた時期なのです。このことは、左翼運動についてもいえます。ソ連に従属していた、あるいは経済的な問題だけを考えていた共産党は権威を失い、日本の生の現実に立脚しようとする自立的な新左翼の運動が優位に立ったのですから。

注意してほしいことは、およそこの時期から、日本は以前にも増して西洋の文物を摂り入れながら、しかし実際には、ある鎖国的な自閉的な言説空間を持ちはじめたということです。「西洋から学ぶものは、もう何もない」という言葉が聞かれ、また西洋を規範とする知識人が、ある軽蔑の眼で見られるようになったのです。これは、とりたてて排外主義的ではありませんし、また、ナショナリズムとして明示されるようなものでもありません。この傾向は、以後ずっと今日にいたるまで続いています。むしろ、それが深まったといえるでしょう。むろん一九八〇年代の日本は、六〇年代と質的に違ってきています。この過程は、常識的にいえば、工業社会からポスト工業社会、情報社会への移行です。ところで、六〇年代を「元禄時代」となぞらえる視点から見れば、八〇年代は、「文化文政時代」に対応するといえます。これは一八世紀末から一九世紀初めにかけての時代で、元禄時代に上昇的でいわば健康的であった町人ブルジョアジーが、行きづまった封建体制をくつがえす力もなく、その力を消費社会的な爛熟に投資していった時代です。そして、このころの小説・演劇・絵画その他は、その洗練とデカダンスの極致に達しています。一九六〇年代から現代にいたるまで、わずか一五年しかたっていません。しかし、この間の変化は、「元禄時代」から「文化文政時代」への一〇〇年間の変化によく似ています。一九八〇年代に日本に顕著にあらわれたのは、いわゆる消費社会の異様な昂進です。それは、現代の文脈ではポストモダニズムと呼ばれるでしょうが、日本史の文脈では、いわば「文化文政」的なものの復活だといえます。

ポストモダニズムとは、モダニズムあるいはより根本的に西洋形而上学の構えの脱構築として、位置づけることができるでしょう。そこでは、主体が不在化され、中心は非中心化(または多中心化)され、深層は表層に、オリジナルはコピーに、創造はコラージュまたはパスティシュにとって代わられる。この意味で、ポストモダニズムは、西洋世界の骨格を揺さぶる運動に対する名称である、といってよいでしょう。

しかし、日本におけるポストモダニズムは、やや違っています。それは、むしろ「文化文政」的なものの復活を意味しています。というのは、文化文政的なものは、今しがたポストモダニズムについて述べたような特徴を、すべて備えていたからです。明治以後の一〇〇年、日本人は、主体や内面やオリジナリティを確立することを課題としてきました。ところが、今やそれが軽蔑されるべきものとなったのです。たとえば、フランスのポスト構造主義の思想が、日本において一昨年、社会的な大ブームになったことがあります。しかし、それはもはや真剣な関心の対象ではありません。こんなものなら、日本のほうが西洋より進んでいるではないかという意識が、そこに付随しています。

日本におけるポスト構造主義あるいはポストモダニズムは、言葉の上ではフランスなどからきた概念で語られているとはいえ、実際には、それはすでに西洋という他者を持たないような、自足的な空間の中で機能しているのです。そこには、もともと日本にあり、近代化や西洋化の目標や規範の意識のなかで抑制されていた諸傾向が、露出してきているのです。もちろん日本社会も、近代の諸制度・認識論的装置に囲いこまれ、また現代資本主義がどの国においても強制するところの諸作用の下にある以上、われわれがフランスやアメリカと問題を共有することは事実なのですが、別の面では、それとは無縁な、日本に固有の文脈があるのです。そしてそれは、江戸時代においてできあがっています。

2

きょう語りたいことのポイントの一つは、日本が西洋に対してとってきた姿勢は、江戸時代に日本が中国に対してとってきた姿勢と共通している、ということです。そして、それを見るためには、一般的な比較文化論ではなく、もっとその中身にふれてみなければなりません。ポスト構造主義的な思想をきわめて大雑把に述べれば、デリダがいうように、「ロゴス中心主義のディコンストラクション」というふうに要約できるでしょう。ところで、私がいいたいのは、いわばロゴス中心主義の批判にあたる仕事が、日本においては先ほど話した元禄時代に始まるほぼ一世紀（一七世紀後半から一八世紀後半）の間に、ある徹底した形でなされていた、ということなのです。

一言でいえば、それは「理」の批判といえます。私は、この「理」という語を、フランス語に翻訳しないで使いたいと思います。それは、ロゴス、レゾン、ラティオといった語に対応しますが、そう訳してよいかどうか疑わしい。むしろそれを定義するよりも、実際の用法から見てみようと思います。たとえば、「理」という語を含むつぎのような語群があります。道理、原理、真理、論理、理念、理性、理由……そして「理」の批判というとき、「理」は、このような諸概念をすべて含んでいるのです。

さしあたっていえば、「理」の批判は、朱子学の批判なのです。朱子学は、一二世紀の中国で、仏教（禅）や老荘の哲学を取りこみながら、それを儒教の中で体系的に統合しようとした哲学です。それは、存在論・倫理学・歴史学をふくむ壮大な体系です。そこにおいて「理」は、世界に内在し、われわれ自身にも内在するところの理性（レゾン）なのです。さらに「理」は、現象に対する本質であり、言葉に対するイデア（超越論的なシニフィエ）です。朱子学に対して、もう一つの理論なり原理なりを立てることは、その形而上学に所属することにしかなりません。もちろん、そのような批判者はたくさんいましたが、私がこれから話す仁斎、徂徠、宣長といった人びとの「理」の批判は、それとは異質です。だからまた、今日においても重要なのです。

いうまでもなく、中国における朱子学と日本のそれとは、置かれている状況が違います。中国において朱子学は、科挙という、すべての階級に開かれた官僚登用テストの制度と、それにもとづく士大夫という、文人＝政治家集団が形成する階級によっています。しかし日本では、それは武士階級の支配する身分社会のイデオロギーにほかなりません。したがって日本の朱子学は、すでに日本化したものです。しかし朱子学は、このような差異を隠蔽するほどに強力な理論体系でした。それは、江戸時代の最初の一〇〇年のうちに、それなしにものを考えることができないような枠組となっていました。ちなみに、明治維新のイデオロギーとなった反幕府的な「尊皇攘夷」の観念でさえ、もともと幕府の公認理論なのです。もっと遡っていえば、「万世一系」という天皇制のイデオロギーも、朱子学の「正統論」にもとづいています。それは、歴史に「理」を見出すことです。

むろん、この理論に対して異議をとなえる者はいました。たとえば、さきほど述べた山鹿素行は、朱子学的な世界の中で見失われる武士の本来性を、「武士道」として理念化しましたし、山崎闇斎のような人は、排外主義的な神道の理論体系をつくりました。しかし、これらは結局、朱子学の中での、変形にすぎないのです。それは、朱子学の、あるいは「理」の、批判ではなく、別の「理」＝理論の提出だからです。したがって、そう見えるほどには朱子学から離れているのではありません。

朱子学に対する本質的な批判は、町人階級にとどまり、どんな官職にもつかなかった伊藤仁斎によって初めてなされた、といってよいと思います。重要な朱子学批判者は、仁斎、徂徠、宣長の三人です。ただ、前もっていっておきたいのは、朱子学が、彼らの批判によってくつがえされたわけではなく、自らの内部で柔軟に変容しながら、近代哲学につながっていった、ということです。

朱子学の合理主義は、啓蒙主義的であり、宗教的あるいは呪術的な思考を排除するとともに、「世界に「理」がある」という信仰に似た前提が博物学を動機づけ、また、のちに蘭学（洋学）を動機づけました。実際、江戸時代に西洋の自然科学を受け入れて近代的思考をとりはじめたのは、朱子学に批判的な者よりも、朱子学的な人びとだったのです。徂徠の政治的ライヴァルであった新井白石が代表的です。もちろん、近代的な合理主義は、この種の合理主義を一度否定しないかぎりありえません。しかしデカルトの合理主義が、トマス・アクィナスの合理主義とつながっているように、朱子学は、それに対する批判をも吸収しながら、明治にまでいたったといえます。もちろん、人びとはすぐに朱子学を忘れ、中国への尊敬を捨てました。西洋が、それにとって代わったのです。

したがって明治以後の、西洋の思想に対する日本人の姿勢は、江戸時代における中国の思想に対する姿勢とほとんど同じです。何より重要なことは、西洋の哲学的概念が、すべて朱子学的タームによって翻訳されたことです。今日の日本人は、そのことをほとんど自覚しないのですが、われわれは、かりに西洋からきた諸概念を用いていたとしても、その言葉そのものにおいて、朱子学とつながっているのです。それゆえにまた、日本における西洋の形而上学に対する批判は、かつてなされた朱子学に対する批判を、暗黙のうちに想起させずにはいないのです。

私は、元禄時代が、町人ブルジョアジーがその力を確信し、自らの生存を、創造的な表現形式において確認しはじめた時期であると述べました。仁斎もその一人です。しかし彼は、直接に、何らかの哲学を語ったわけではありません。むしろ彼は、「哲学」を斥けた。彼は、朱子学のような哲学の中で新しい理論を創るのではなく、『論語』の注釈に専心したのです。彼は哲学者であるよりも、詩人であり、文献学者でした。

『論語』の注釈には、長い伝統があります。さらに、朱子自身にも注釈書があります。しかし、仁斎にとっての注釈は、そういうものではない。ミシェル・フーコーは注釈について、「注釈するということは、その定義からして、「シニフィアン」よりも「シニフィエ」が過剰にある、ということを認めることだ」と述べています。大切なのは、この意味での注釈です。朱子において、『論語』の注釈は、『論語』を彼の哲学体系に、あるいは一定のシニフィエに従属させることです。ところが、仁斎にとっては逆です。『論語』というテクストを、哲学的体系すなわち「理」によって囲いこむことのできないものとして見出すことです。というより彼は、『論語』を初めてテクストとして見出したのです。実際に『論語』は、孔子の言行録であり、それはつねにある文脈で、ある特定の他者に語られているので、一つの一貫した意味から見ると、矛盾に満ち満ちているわけですから。

仁斎が注目したのは、『論語』の言葉であり、その対話性とイロニーです。孔子は、けっして積極的な命題を語りません。孔子の言葉は、むしろ、何であれ積極的に語られた命題に対するイロニックな応答なのです。それに較べると、『孟子』は、すでに、孔子の言ったことを定義し解釈するものであり、いわばそれを哲学化するものでした。朱子学は、さらにこれを哲学化したわけです。仁斎の、朱子学あるいは「理」に対する批判は、哲学の言葉が、それがどんなに弁証法的であっても、対話性あるいは他者を失い、モノローグ化していることに向けられているのです。

さらにいえば、朱子学においては、すでに孔子という人物の事実性は失われています。孔子は、ある理念の外化（理＝本体の発現）なのですから。しかし仁斎にとって、孔子は不可解な他者としてあります。まさにその意味で、孔子は「聖人」なのであり、彼だけがそうなのです。仁斎が『論語』に見出したのは、きわめて単純なことであり、それは「他者を愛せ」ということです。いいかえれば、仁斎において儒教は、「世界宗教」的な意味を帯びて蘇生したのです。したがって比喩的にいえば、仁斎の朱子学に対する批判は、キルケゴールのヘーゲルに対する批判に似てきます。

それに対して、徂徠は、仁斎の主観性を批判して、道（理）が人間の関係の客観性として、制度としてあることを主張しました。しかし仁斎の方法は、それに対立した、徂徠にも、宣長にも、受けつがれていきます。たとえば、仁斎が『論語』をテクストとして選んだのに対して、徂徠はそれに先行する「五経」を、宣長は日本の『古事記』をテクストとして選び、それに対する注釈学的読解を生涯にわたって持続したのです。一言でいえば、仁斎が朱子学に対して開いたのは、「注釈学的世界」というべきものです。このようにして、古代中国のテクストは、現在に生きるものとして、あるいは、現在の思考が蔽い隠している人間の条件を明らかにするものとして、蘇生したのです。

時間がないので、徂徠については簡略に述べますが、彼は、仁斎が道——道徳や真理——を個人の主観的レベルにおいて見ていることを批判しました。道とは、歴史的・政治的な制度の問題だといいます。つまり彼は、個々人の意識を超えた社会的諸関係を客観的に見ようとした、と考えられます。ただし彼も、ただちにそのことを主張したのではなく、それをテクストの注釈としてとり出した。彼らは、ある点で共通しています。それは、彼らが朱子学の「理」中心主義への批判を、テクストを見出し、かつそれを読解するという方法を通して行なったという点です。彼らの差異は、むしろ彼らの選んだテクストの差異です。一般に江戸思想史は、仁斎から徂徠へ、徂徠から宣長へと、論理的な発展として捉えられます。しかし私の考えでは、彼らは、いずれも朱子学に対する基本的な批判者として、並列されるほかありません。

3

この三人のうち誰が優れているか、誰が最後的であるか、と問うことは無意味です。彼らはそれぞれ、人間の条件をべつの角度から徹底した形でとり出したのであって、それぞれに他を批判しうるでしょうが、誰も最後的な立場に立ちえないのです。朱子学をヘーゲル哲学とすると、仁斎はキルケゴール的で、徂徠はマルクス的で、宣長はニーチェ的だと申しあげれば、朱子学に対する彼らの批判のあり方が、ある程度理解できるかと思います。しかし、今日の時点では、宣長がもっとも興味深いと思います。仁斎と徂徠は、元禄時代の思想家です。彼らは、この時期の文芸がそうであるように、非合理的なものの肯定が、まだ若々しい活気に満ちていた時期の思想家です。また徂徠の場合、商業経済に追いつめられてはいたものの、封建体制を政治的に建て直すことがまだ可能である、と信じられる最後の時代にいたのです。それが一八世紀後半になると、もはやこのような若々しい活気も実践的な可能性も失われ、また、中国に対する緊張も失われています。逆にいえば、これは江戸文化が閉鎖的な自律性において爛熟していったことを意味するのです。

こういう文化的爛熟とデカダンス、政治的な可能性への絶望あるいは拒絶という状況を前提にすると、本居宣長の思想が理解できるでしょう。すでに述べたように宣長は、日本の『古事記』をテクストとして選びました。彼の仕事は、『古事記』の注釈につきるのであり、彼の認識もまたそこからきます。彼の認識は一言でいえば、「漢意《からごころ》」の批判です。しかし、ここに排外主義を見てはなりません。彼の学問を、彼自身はたんに「古学」と呼んでいたのです。後にそれは「国学」と呼ばれるようになり、実際にナショナリストの、あるいは復古的な神道イデオロギーにつながって行ったのですが、彼はそれらとは違います。ニーチェがナチズムと違うのと同じ意味で。

「漢意」は、べつに中国人の思考を意味するのではありません。マルクスが『ドイツ・イデオロギー』を書いたとしても、それがとくにドイツ的思考を意味するのではないように。「漢意」とは結局、朱子学的な「理」なのであり、理論、真理、原理……などを意味します。いいかえれば、矛盾に満ちた過剰な現実を、何らかの体系的な意味に還元してしまう思考そのものを意味するのです。しかし、このような思考は、もはや哲学者だけのものとはかぎりません。

宣長は、こう述べています。

《漢意とは、漢国のふりを好み、かの国をたふとぶのみをいふにあらず、大かた世の人の、万の事の善悪是非《よしあしさ》を論ひ、物の理をさだめいふたぐひ、すべてみな漢籍《からぶみ》の趣なるをいふ也、さるはからぶみをよみたる人のみ、然るにはあらず、書といふ物一つも見たることなき者までも、同じこと也、そもからぶみをよまぬ人は、さる心にはあるまじきわざなれども、何わざも漢国をよしとして、かれをまねぶ世のならひ、千年にもあまりぬれば、おのづから意《こころ》世の中にゆきわたりて、人の心の底にそみつきて、つねの地となれる故に、我はからごゝろをもたらずと思ひ、これはから意にあらず、当然理《しかあるべきことわり》也と思ふことも、なほ漢意をはなれがたきならひぞかし》。（『玉勝間』巻一）

ちょうど、ニーチェが『道徳の系譜学』において書いたように、宣長は、われわれはすでに道徳的な倒錯の中にあるのだ、というわけです。宣長の仕事は、系譜学的に、このような「漢意」の根を洗い出すことでした。そして、その場合のテクストが、八世紀に書かれたとされる『古事記』でした。『古事記』は、それまでほとんど読まれておりません。公認された歴史書（『日本書紀』）は漢文で書かれ、かつ儒学的イデオロギーによって整理されていました。たとえば古代の日本の天皇たちが、儒教的な君子のように描かれています。ところが『古事記』では、人間も神々も、はなはだアモラルなのです。宣長は、このような神々の「道」(「古の道」)を肯定することから始めます。それは「善悪の彼岸」にあるのです。

さらに注意すべきことは、宣長が、朱子学者や儒学者だけでなく、神道のイデオローグに対しても敵対したことです。というのは神道のイデオローグは、基本的に、朱子学的理論で「神話」や「歴史」を整理したからです。最も日本中心主義的で、排外主義的な彼らこそ「漢意」に侵されている、というわけです。だから宣長は警告します。われわれは直ちに『古事記』に向かってはならない。その前に「漢意」を洗い出す訓練がいる。それには歌や物語、とくに『源氏物語』を読まねばならない。そのことをもって、理論的に、あるいは道徳的に物事を見る態度から、「もののあはれを知る」態度へ変更しなければならない、と。

いいかえれば、宣長は「知・情・意」あるいは「真・善・美」のうち、「情」あるいは「美」を、「知」の基底に置こうとしたのです。真偽や善悪ではないような情・美の領域を、知に反するものとしてではなく、それこそが知の基底だと考えたのです。

ニーチェは、『悲劇の誕生』の中で、「本書で説かれているような純粋に美的な世界解釈、世界是認に対立するものとしては、キリスト教の教義よりも大なるものはない。キリスト教の教義はたかだか道徳的であるにすぎず、またそうであろうと欲しているにすぎず、そしてその道徳的な規準、たとえば神の真実性という規準それだけで、はやくも芸術を、どんな芸術をも虚構の国へと追放する――すなわち芸術を否定し、弾劾し、断罪する」と述べています。キリスト教のかわりに、朱子学（儒学）といえば、ニーチェの述べたことは、宣長にも当てはまるでしょう。つまり、宣長は朱子学に対して芸術を、すなわち姦通小説であり、近親相姦の小説であるところの『源氏物語』を、対置したのです。『源氏物語』が、江戸封建体制のモラリティにまったく反しており、密かにしか読まれなかったことは申すまでもありません。

重要なことは、宣長が徂徠や先行する国文学者と違って、文学を「誠＝真の心」を表しているがゆえに擁護したのではない、ということです。人が「真の心」といえば、好色な心も「真の心」ではないのか、と宣長は反問します。つまり「真の心」という言い方には、まだ「真理」すなわち「理」が支配している、というわけです。『源氏物語』は、紫式部という女性によって書かれたものであり、その世界は、武士や儒者から見れば、まことに女々しいものです。しかし宣長は、そのようなフェミニニティを肯定し、のみならず、文学・芸術の本質はフェミニニティにある、といいます。フェミニニティによって彼が意味するのは、むしろ、あらゆる多様性をそのまま認めうる繊細な「知」であり、いいかえれば「真理」や「善意」に固執する思考に対する批判なのです。

ニーチェは、「女は真理を欲しない。女の最大の技巧は嘘をつくことであり、女の最大の関心は見せかけと美しさとである」と述べています。宣長は、「ますらをぶり」あるいは「誠＝真心」に価値を置く批評家たちに対して、『源氏物語』や『新古今集』のような虚構性そのものに「真の道」を見ようとした。むろん、それは、デリダがニーチェについて、次のようにいう意味においてです。《女性の真理というものは存在しないが、しかしそれは、この真理からの底知れぬほど深い遠ざかり、この非－真理が、「真理」だからである。女性とはこの真理の非－真理の名称である》。（『尖筆とエクリチュール』白井健三郎訳）

宣長が『古事記』に見出す「神の道」は、もはや真理ではなく、「真理なるものの非真理性」を開示するところの真理です。彼は、矛盾に満ちた「自然＝生成」を肯定します。また彼は、「御国にて上古、かかる儒仏等の如き説をいまだきかぬ以前には、さやうのこざかしき心なき故に、ただ死ぬればよみの国へ行物とのみ思ひて、かなしむより外の心なく、これを疑ふ人も候はず、理屈を考る人も候はざりし也」と言いています。

つまり、善人も悪人も死ねばたんに「よみの国」に行くだけであり、死はたんに悲しむほかない事実であり、「悟り」とか「安心立命」などは「理窟」（理）にすぎない、と。これは、仏教であろうと神道であろうと、「彼岸」あるいは「背後世界」を想定するすべての宗教的思考への批判です。そして、これはニヒリズムではありません。彼はこの世に存する「罪・不正・矛盾・苦悩」を直視し、肯定する強さをこそ「たおやめぶり」と呼んだのであり、真理に対して芸術を立てたのです。彼が、「古の道」「神々の道」を示すとき、それは復古主義的な意味を持っていません。あるいは彼は、封建体制に対立して、天皇の親政回復をとなえる革命的ナショナリストではありません。彼はむしろ、それらを「漢意」と呼ぶでしょう。

しかし、宣長のような認識を持続するのは、困難です。「理」が徹底的にディコンストラクトされた状態にとどまることは、容易なことではありません。人はすぐに「原理」を、「意味」を、「目的」を求めるからです。宣長の弟子と自称する平田篤胤は、キリスト教を導入して、新しい神道(神学)を築き、また天皇親政の「復古」を唱道したのです。まさに、ここから「明治維新」(復古)への道が始まります。そうして、それは革命的な青年将校たちによる「昭和維新」へ、さらに彼らを模倣した三島由紀夫の行動につながっていきます。いうまでもなく、これらは、宣長から見れば「漢意」にほかならない。しかし、「漢意」は、それを簡単にぬぐい去れるようなものではありません。

西洋におけるロゴス中心主義のディコンストラクション、あるいは、どんな言い方をしてもよいのですが、近代的な制度・思考のディコンストラクションは、すでに述べたように、われわれもそれらがドミナントである世界に住んでいる以上、共有せざるをえない問題です。しかし私は、日本の文脈においては、それがきわめて複雑な形をとる、ということをいいたいのです。くり返していいますと、「理」の脱構築は、仁斎から宣長にいたって、ある徹底した形をとって実現されましたが、まさにその時点で、別の理＝漢意＝イデオロギーが蘇生してきたのです。そこにおいて天皇は、この時から有力な記号となったといえます。つまり、最も日本的なものに見えるものこそ「漢意」だということになる。

現在の日本では、いましがた述べたような、消費社会的なポストモダン的なブームはすでに終っています。しかし、そこには何か新しいものがあるのではなく、何か空洞が拡がっているという感じです。三島由紀夫という記号が復活してきたというのも、そういう空洞と関連しています。私は、記号としての三島を拒否します。しかし、この空洞感を共有していることは、否定できません。

日本的「自然」について

I

きょうは日本的「自然」ということで話をすることになっているのですが、とりあえず文学のことから話したいと思います。

周知のように丸山眞男は、「作為と自然」という対立概念で江戸思想あるいは日本の思想史を考えたのですが、大体において、それは政治的な領域を対象としています。私は（文学）批評というものをやってきました。何を考えるにしても、いつもそこから出発して考えてきました。文学から出発するということは、いいかえれば、言葉から出発するということです。たとえば本居宣長も、今日の言葉でいえば批評家ですね。宣長の考えたような「自然」の意味は、やはり言葉について考えたところからきていると思います。それを批判するにしても、たんに政治的な視点でのみすますことはできません。

その丸山眞男は戦後に、「超国家主義の論理と心理」という有名な論文を書きました。それは、日本の超国家主義、ファシズムを分析した論文です。丸山氏によれば、その特徴は、一言でいえば無責任の体系、すなわち責任主体がいない、ということです。ドイツのナチの場合、戦犯として追及されたときに、われわれは正しい、われわれは負けたけれども正しいのだと、ニュールンベルク裁判においても主張したわけです。しかし日本の戦争責任者は、それは自分の意志でやったのではない、命令でやったというだけです。ところが、命令の最後の主体であるところの天皇に関しては、天皇はたんに利用されただけだ、ということになる。どこにもはっきりした主体、責任主体がないわけですね。誰も彼もが、自分の意志でやった人間は一人もいない、と。そこで出てくるのが結局、「自然《じねん》」という言葉なんです。

自然《じねん》というのは、対象としての自然《しぜん》ではなく、一種の働きとしての自然なんですが、自《おのず》から然《しか》らしむることですね。自から成るという、いつの間にかこう成ったんだ、自分の意志ではない、誰が働いたわけではないが、いつの間にかこう成ってしまった、と。そういう言い方になってきますと、どこにも主体がなくて、何か自然というべき働きがあって、その結果としてこう成ったのだ、ということになるわけですね。

こういう「主体」の欠落を政治的に批判するのは、たやすいことです。しかし、言語について考えていくと、必ずしも、ことはそう簡単ではありません。たとえば、どの作品にも作者がいます。しかし、作者がその作品の責任主体というるだろうか。作者は、書きながら、まさに言葉に動かされていくのではないだろうか。言葉は、作者の「意図」を裏切って、別の構造を形成してしまうのではないでしょうか。そうすると、言葉が「主体」だというべきではないか。作品は「作られる」のではなく、「成る」のではないだろうか。おそらく、そういう問いが生じてきます。もちろん、現代の西洋の批評家や哲学者もそう考えています。けれども、彼らがそう考えるようになったのは、比較的近年のことですね。日本の批評の場合、本居宣長は一八世紀後半ですが、すでにそういう認識に到達しています。それは、ことのほか宣長が、あるいは日本の批評が、より進んでいることを意味しているわけではないのです。ただ、日本の文学のありようが、西洋の文学のありよう、あるいは中国の文学のありようと、違っていたということです。

このことは、古典や近世の文学についてだけいえるのではありません。「近代文学」、すなわち西洋近代文学を全面的にとりいれた段階、あるいは今日の段階においても、さほど事情は変わっていないのです。日本の文学は、文芸雑誌を見てもわかりますが、ほとんどが短篇ですね。中篇といわれているものだって、本当は短篇です。「私小説」という言葉がありますが、広い意味でいえば、すべて私小説だといってもよいかと思います。私小説の特徴は、世界全体を構成しないということです。

日本の庭園の中で、借景という言い方がありますね。庭を造るけれども、その背後の山とか、あるいは庭の外にある樹木だとか、そういう景色を借りることが借景です。たしかに庭は庭として造られるんですが、庭だけで自立することはなく、その背後に実際の自然風景を借りているわけです。そうしますと、日本の作家の書くものは、いわば借景にもとづいているといえるでしょう。それは、なかば外的なレファレントにもとづいているので、言葉だけで自立しようとしていない。つまり世界全体を構成しようとすることが、まずないわけです。そういう人たちがいることはいます。それは「戦後文学派」と呼ばれていますが、この人たちはマルクス主義の系統から来ています。つまり、そこに日本的なものとは違う要素を持っていまして、世界全体を構成せずにいられないわけです。しかし、一般的にはそうではありません。

このことは、日本の近代文学の特徴ではなくて、一般に過去に遡ってもそうなのです。世界を構成するという場合には、この世の外まで含むことになりますね。世界全体なのですから、当然あの世も全部含まなければなりません。ところが、それに対する関心というのは、日本ではほとんどないのです。

これは後に親鸞のことで話しますが、その親鸞も、地獄とかそういったことはどうでもいい。彼は、極楽も地獄もないと思っています。『源氏物語』もそうですが、「この世の外」というようなことに関心がないのです。ところが中国、インド、西洋世界、ダンテの『神曲』でもそうですが、地獄に関してたいへん詳しい構成がなされていますね。何番目の部屋には……、何番目の門には……、というふうに。ユートピアについても、そうです。ユートピアというのは語源的に考えて、どこにもない世界ということです。どこにもない世界に関しても、彼らは徹底的に構成します。日本の場合は、浦島太郎に出てくる程度であって、ユートピアなるものを明確に構成するような意欲を持っていない。

それは、この世界を構成するということに対する必要を、ほとんど持ってこなかったからだと思います。結局、それは地理的な問題であると思いますが、たとえば日本には国境がありませんから、世界を人為的に区切ることをやらずにすみますね。韓国でも中国でもそうですが、彼らはつねに国境線を引かなければならない。国家とは、人為的なものです。それに対して日本の場合は、境界は海岸線みたいなものですから、自然と同一化されてしまいます。人為的に引かれた線の場合には、外にも確実に世界はありますから、外部の世界に対して、きちんと考えないわけにはいきません。それに対して、線を引くといいますか、境界を作るということ自体に対する嫌悪が、日本人の中にあると思います。

小説でも、よく構成された小説、あるいは世界全体を構成しようとしている小説に対しては、日本の文芸評論家はすごく点が辛いのです。短篇で、それこそ自然にできあがったようなもののほうがいい、ということになります。作為的なもの、人為的なもの、構成的なものに対しての嫌悪が、根底にあるような気がします。現在、ディコンストラクションといわれるものは、コンストラクションに対する批判なんですが、最初からコンストラクションに対する嫌悪がこの国にはありまして、一見しますと、日本人の思考は非常にディコンストラクティヴなんですね。したがって、西欧的なレベルで語られていることを日本に持ってきますと、それはもうすでに全部なされている、ということになってしまいます。言葉に関してでも、そうです。西洋であれば、構成的であるということは、いわゆる意味によって言葉を支配しているというようなことになりますが、日本の文学において意味が支配しているということは、ほとんどありません。まず言葉がある。基本的にいって、言葉遊びですね。シニフィアンのつながり、自然《じねん》にできあがっていくようなつながり、その中でなされているわけで、けっして意味の支配というものが貫かれたことはないと思います。

意味が支配するというのは、マルクス主義とかスターリン主義のような場合です。日本では意味をもって強制する否定力に対しては、しばらくは興奮したとしても、すぐそんなものは耐えがたいというふうになっていく。他方、西洋のように、地獄に対するあれだけの構成力があるとするならば、実際に生きた地獄もつくれるわけです。アウシュヴィッツにしても、ソ連の収容所にしても、生きた地獄ですね。日本では、人間をあれだけ合理的・計画的に排除するということをやったことはない。一時的・発作的な排除ならありますが。

戦前の日本の弾圧において、左翼はほとんど転向させられましたが、その転向でさえ、

「転向します」と言えばすむわけです。「転向します、日本の天皇制を支持します」と言えばよい。あるいは、「政治活動をしない」と言えばよい。しかしアウシュヴィッツでも収容所でも、そんなことを言ってもむだなんですね。「私はユダヤ教をやめます」と言ったところで通じない。また収容所に関していえば、「スターリンを支持します」と言ってもむだです。なぜなら、彼らは囚人という労働力が必要なのですから、何人集めてこいといわれれば、すぐに何人かの政治犯をつくり出さなければならない。だから、いくらでも政治犯をつくれるわけです。つまり人数が必要なのであって、収容所というのは一つの産業形態にほかなりません。もちろん今の日本の刑務所だって、産業形態の一環です。どういうものを現在つくっているのか知りませんが、私の経験では、一〇年ほど前まで入学試験の問題は刑務所で印刷していました。現在は造幣局です。大学の入学試験は刑務所の囚人労働力によって成立していた、ということになるわけですね。ソ連の場合には、もっとさらに収容所そのものが彼らの産業形態に不可欠の構造をなしていた、ということです。

　こういう構成力が、日本の中から出てくることはありえない。だからそれを批判したところで、べつに大して意味はありません。しかし、そういう世界がだめであるとすれば、同様にわれわれの世界もだめなのです。もっと違った形での、ファシズムあるいはスターリニズムがいくらでもありうる、ということをいわなくてはならないと思います。

2

こういう話は一種の日本人論みたいなもので、本当は退屈な話ですね。きょう話したいのは、「自然《じねん》」に対する、もう少し理論的な解明です。たとえば日本語では、自然《しぜん》という言葉を、もっと昔には自然《じねん》と呼んでいたわけですが、それらの区別をどういうふうに考えたらいいかといいますと、自然《しぜん》というのは、対象物の自然ですね。自然《じねん》というのは、一種の働きなのです。自から成るという働きです。

これは日本だけの特別のことではなくて、西欧でも、ギリシア語でピュシスという言葉——英語でいえばフィジクス——があります。それはハイデガーによれば、だんだんと対象物といいますか、普通にわれわれがいう自然《しぜん》というものの意味になってしまいましたが、本来的には、それはある働きのことをいうのです。ハイデガーはそれらを、ものとしての自然《しぜん》のほうを「存在者」、働きとしての自然《じねん》のほうを「存在」として区別したと思います。したがって、「存在者の存在」という言い方になるわけです。「存在者」と「存在」を区別すること、その差異を差異たらしめること、これがハイデガーの存在論の核心になります。ハイデガーが書くと難しそうになるんですが、簡単にいえば、自然というものを、ものとして見るか、働きとして見るかという問題だと思います。

最近は「構造主義」ということがよくいわれますが、それは基本的に数学からきている、というよりも純粋に数学的な概念にもとづいているのであって、それ以外の「構造」概念の使い方は誤りなのです。普通に人が「構造」というときには、ものの形を意味しますが、数学上の「構造」はそれとは異なるものです。数学的構造にはいろいろなタイプがありまして、群（グループ）というのがその一つなのですが、それらはすべて変換の規則なのです。

これに関しては、構造主義の入門書よりも数学の入門書を読めばいいと思います。たとえば、遠山啓の『無限と連続』（岩波新書）がよいでしょう。遠山さんは、フランスのブルバキ・グループの影響を受けた人です。ブルバキは、構造主義の考え方を確立したのです。なぜフランスから構造主義が出てきたのかといえば、ブルバキのせいです。たとえば、レヴィ＝ストロースは『親族の基本構造』を書くとき、ブルバキのリーダーであるアンドレ・ヴェイユ（シモーヌ・ヴェイユの兄）の協力に依っていました。そういうわけだから、安直な構造主義入門などを読むよりも、遠山啓の数学入門書を読むほうが構造主義の考え方がよくわかるはずです。構造主義の批判といっても、数学のレベルでよくわかっていないと、見当違いになります。

その遠山啓の本の中にもわかりやすく書いてあることですが、結局のところ「構造」とは働きである、ということです。ものの形ではないわけです。その中で重要なことは、

「働き」とは「変換する規則」をいうのですが、変換あるいは置換するときに、「何もしない」ということも「働き」の中に入ります。「働き」の中には「何も働かない」ということも入るわけです。無為も為すことである、ということですね。何もしない、ということが一つの働きとして認められるわけです。この考え方は、いわば老荘のいう「無用の用」のようなものです。「構造」を「置換する規則」として見た場合に、何もしないというものが最も重要である、という考えが構造主義から出てきます。別の言葉でいうと、これは「ゼロ記号」と呼んでもいいと思います。

数字を並べ換える簡単なゲームがありますね。一箇所、ブランクがある。それは何もない場所です。しかし、そのブランクが一つあるために、並べなおすことができますね。それを別の観点から見ますと、何もないという記号（＝ゼロ記号）が動きまわっている、ということになります。それでそのゲームが成立しているのです。1から11までの、あるいは15までの数が重要なのではなくて、16番目の何もない空いた場所、あるいは空いたものの「働き」がゲームを成立させている、と考えるべきなのです。逆に考えるなら、その「ゼロ記号」が動きまわっている、ということになります。

この考え方を、レヴィ＝ストロースはとても巧みに使いました。未開社会では「贈与」という制度があるんですが、人に物を贈与すると、贈られたほうは、どうしても返さなくてはいけないわけです。返す必要があるのは、私たちが思うような義務感とかによるのではなくて、物を貰ったら「マナ」が付いてくるから、それが呪いをもたらすがゆえに、どうしてもお返ししなくてはならない。その場合、「マナ」は超越的な力ですが、レヴィ＝ストロースは、超越者という概念をやめてしまいます。それを彼は、いわばゼロ記号の働きとして見るのです。贈与というゲームを成立せしめている超越者とは、実はそこに存在しないもの——つまりゼロ記号ですから存在しないわけです——の働きなんですね。つまり、今まで「超越者」ということでいわれてきたものは、実は何もないことの働きだ、「無為」ということの働きだ、ということになります。レヴィ＝ストロースの「構造主義」とはそういうものです。しかし、それと同じようなことを、昔の日本人は考えていたのです。

たとえば、自然《じねん》という概念を考えていきますと、無為の働き、何もないものの働き、ということが出てきます。日本では、鎌倉時代に法然や親鸞の浄土教と、それに対立するようにみえる禅宗が出てきています。それらは一見すると、まるで違うふうに見えますね。つまり、禅宗はいわゆる自力で、浄土宗、浄土真宗は他力であるといわれる。後者では、超越者に任せていくこと、超越者に帰依していくこと（南無阿弥陀仏）がいわれていますが、禅宗にはそのようなものはない。ひたすら「空」に向かっていくわけです。

そこで親鸞を普通に読みますと、なんとなくキリスト教に似ているように見えます。しかし親鸞自身は、そんなことを考えてはいないのです。彼は、こういう言い方をしています。「無上仏と申すは」と、つまり、無上仏とはこれ以上ない仏ということで、超越者です。そして「形もなくまします」と、つまり、形がないということです。それは形ではない、ものではない、或る主体として在るわけではない。実体として在るわけではない。つまり、働きとして在ります。「形もましませぬ故に、自然《じねん》とはまうすなり」、形がないゆえに自然と呼ぶのだ、というのです。だから自然《じねん》というものは、形がないものをいうのであることは、ここでも明白です。つまり形のない働きを知らせようとして阿弥陀仏と呼んでいるのだ、というわけですね。「弥陀仏は、自然《じねん》のやうを知らせむれうなり」。すなわち、阿弥陀仏というのは「方便」にほかならないのです。

皆は、阿弥陀仏を主体として存在する者のように考えるかもしれないけれども、それは存在しないんだ、と。しかし、とりあえず或る自然《じねん》の働きを了解させようとすれば、それを超越者のようにみなしたほうがわかりやすい、ということです。むしろ逆に、超越者なるものを思い浮かべてやっていけば、その中で自然《じねん》の在りようが見えてくる、と。これは一見しますと「自力」とまったく反対のことのように見えますが、禅宗のほうでも、実はそう考えています。べつに自分の力で「自然《じねん》のやう」(=空)に到達するわけではないんです。自然《じねん》の在りように身を任せるということ、それが「悟り」ということですね。浄土教では、それを超越者という〝形〟を立てることで自己主体を還元していって「働き」としての自然《じねん》に到達する。これらは結局、同じことになるわけです。

もちろん鎌倉仏教では、両者は対立していたわけですが、中国の仏教では、実際において浄土宗と禅は一緒だったのです。事実、同じ寺院において存在していた。インテリ向けには禅で、大衆向けには浄土宗だったのです。ただ相手のレベルによって「方便」として違ってくるだけで、同じことだと考えられていました。中国の仏教は、老荘と仏教の合成のようなものです。「自然《じねん》」という言葉も「大無量寿経」の中に頻繁に出てくる言葉ですが、これはインドの仏典にはありません。中国人が付け加えたものです。だからといって、それが本当の仏教でない、とは私は思いませんが。とにかく中国でできあがった仏教なしに、日本の仏教はありませんからね。その意味で、鎌倉仏教における禅・浄土教は、老荘とすごく密接につながっています。

したがって、一方は超越者を持ってくる、他方は否定するということは、本当のところは問題でないということになります。「自然《じねん》」ということが肝心なことです。「自然《じねん》」をもっとわかりやすい言葉でいいますと、「自己差異化」と呼んでいいかと思います。「自己差異化」といっても、まず自分があって自己差異化するのではありません。「自分」と「自分でないもの」との差異化のことをいいます。そこから「自分」が出てくるわけですから。「自己差異化」というのは、意識よりももっと基底にあるということになります。

これは、日本的文脈でそういっていると何か奇妙なことのように見えるかもしれませんが、ハイデガーならば、絶えまない自己差異化のことを「実存」と呼んでいます。それは、実存の側からは「時間性」といわれるわけですね。絶えず自己差異化していくことだからです。西田幾多郎のような人は、禅と浄土教とハイデガーとを合わせたようなことを述べた人です。それらの共通性を、西田は非常によくつかんでいると思います。

3

「悟り」について、少し述べたいと思います。

人が何かを悟るということは、日常的によくあることですね。禅宗で悟るというのを聞きますと、何か神秘的な気がしますが、本当はそういうことではありません。悟った人間が特別な人間になれるわけではないのです。つまり、われわれは日常において、主体と客体に二分された世界にいるんですが、自己差異化のレベルまでもう一度降りると、この世界が変容を遂げることになる。われわれは今、世界を分節しているわけですが、その分節形態がまったく変わってくる。そのようにして世界をもう一度見直すということ、それが「悟り」といわれています。

親鸞の場合でも、浄土はどこか外にあるのではない。南無阿弥陀仏という念仏を唱えて、自然《じねん》に到達すれば、この世界が違って見えてくる、それが浄土なのです。そのように意識のレベルから下降していけば、自己も非自己もない、ただそれらの差異化だけがある。その差異化している主体は自己ではありませんから、ただ差異化しかないのです。差異化の中から自己が出てくるのであって、自己は主体ではない。それは、別の観点からみれば、何か超越者がいる、ということです。つまり、ゼロ記号は超越者だと先ほど述べましたが、何も無いものが何かをさせているとすれば、その何も無いものが超越者である、ということになります。だからいつでも、「無」と「超越者」とが入れ換わりうるわけです。肝心なのは、無の「働き」だからです。それを、「空」と呼ぼうと「超越者」と呼ぼうと、違いはありませんね。

くり返していいます。主観と客観といった日常的な意識からより基底に降りてくると、人間を根底において動かしているものは何も無い。何も無いものが、動かしている。つまり無為が動かしているということになるので、それをある意味で「超越者」と表現することもできます。実際に自己差異化というのは自己超越なのです。

レヴィ＝ストロースは『親族の基本構造』の中で、「自然と文化」について書いていますが、文化というのは、そのすべてを自然に負わないものである、といっています。人間が文化を築くということは、自然に対するある禁止（近親相姦の禁止）によってである、と彼はいう。しかし、その禁止を「人間」がなしたのか。そうではない。逆に、その禁止の結果として、初めて人間は「人間」なのです。ちなみに、嫉妬であるとかの心理的な理由によって近親相姦を禁止したのかというと、それは違います。「自然」に対立するものとしての「文化」が、どうして成立するかが問題になってきたときに、レヴィ＝ストロースは、自然が自己超越するという言い方をしています。自然自体が自己差異化するのだ、と。つまり、それ以外の言い方はできないのです。

江戸期の思想家である荻生徂徠は、近親相姦の禁止を含めて、さまざまな文化の根源にある事柄は、聖人たちが作ったと述べています。これは奇妙な言い方かもしれません。そのようなものは人間が作ったのであるというのと、聖人が作ったというのとでは、人間が作ったというほうが近代的に見えますし、徂徠のように、聖人がそのようなものを作ったなんていうのはおかしい、と見えるかもしれない。しかし、その「人間」こそ「文化」の産物なのですから、それを作ったのは明らかに人間ではありませんね。

レヴィ＝ストロースが「自然」が自己超越したというのに対して、徂徠は、聖人たちが、つまり聖人というのは人間以上のものですから、「超越者」が作ったという言い方をするわけです。いわばレヴィ＝ストロースの文化論のほうが禅宗的で、徂徠のほうが浄土教的です。しかし結局、同じことをいっているのです。とにかく、人間が文化を作ってきたのではない。何かその根源には、人間の意志などというもの――意志そのものは結果にすぎませんから――の以前に、何かが起っていなくてはならない。それを求めていきますと、自己差異化ということが出てきます。いろいろな思想家がいろいろな言い方をしていますが、差異化というものを根底に見出すことでは共通しています。

ハイデガーならば、先ほども話しましたようにギリシア的なピュシスといいますか、フィジクスですね、それを見失っていることが存在の喪失だというわけです。日常的な意識というのは、無の働き、自然《じねん》の在りようを忘れているということです。それが彼にとっては、プラトン以来の哲学に対する批判になります。日本において、宣長の考えたことはそれに近いのです。一般にわれわれの意識は、中途半端に構成的である。それに対して、もっと根底にある自然《じねん》のようなものを宣長はいうわけです。宣長は、実は徂徠の考え方を受け継いでいます。つまり、この世界を作っているのは神々であるという考え方です。神々が動かしているというのは、聖人が作ったというのとパラレルです。われわれが意図的に行なっていることよりも、もっと根底のところでは自然が動いているのだ、という考えです。それを別の言葉でいえば、「無が働いている」というのと同じことです。そこに表れてくる言葉が「自然《じねん》」であると思います。

神道に立つ宣長の考えは儒者の徂徠と同じだといいましたが、同様に、徂徠の考え方は、いわば親鸞の考え方と同じです。言葉の上で「形」は違うが、「構造」は同じなのです。結局、彼らは自然《じねん》の働きを見出すために、超越者を持ってくるわけです。こうしてみると、「自然《じねん》」というのは、日本の思想の文脈だけではなく、世界の、とくにギリシア的な思想の背後と共通したものがある、と考えることができます。

もう一つ付け加えますと、宣長は、自然《じねん》の在り方を「手弱女《たおやめ》ぶり」すなわち〝女性的〟

といいました。男性的がどういうもので、女性的がどういうものであるかの定義は、とりあえずおきます。宣長にとっては、われわれの日常において優位にある意識のレベルは「漢意《からごころ》」の世界であって、それを還元していくと見えてくる在りようが「やまとごころ」ということになりますが、その「やまとごころ」は女性的なものである、と。彼の場合、とくに『源氏物語』を中心にやるわけですね。『源氏物語』に書かれている世界の姿は、真理であるとか、虚偽であるとかということではありません。善であるとか悪であるとかということでもないのです。そういう真偽・善悪という区別以前にある「自然の在りよう」を知ること、それが「もののあはれを知ること」になります。人間の本来的な在りようがそこにある、といっているわけです。

私は西洋哲学のことをいろいろ考えていますが、われわれ日本人がたいへん好ましく思うような哲学は、かえってだめではないかと思います。別の言い方をすれば、ある種の哲学というのは、「自然」ということをいいたいだけだと思いますね。われわれの日常的な意識、物象化された意識を超えて「自然」に到るべきだ、ということをいいたいだけなのです。

たとえば「関係主義」とか「生成」とかのことが、しばしばいわれています。「生成」とは「成る」ということですね。「自己差異化」していくということが「生成」である。それは、主体が「作る」というのとは別のことです。そういう意味での生成＝自己差異化

他者＝神…………………空＝神

差異…………………同一性

非対称…………………対称

他者の先行…………………自己差異化

愛…………………暴力

言語ゲーム…………………独我論

共同体の間…………………共同体

歴史的…………………非歴史的

多数体系…………………単一体系

ということが根本的なのである、という考えになります。この世界を実体として見ているのは、間違いである。それは一つの関係システムでできているのであって、その関係システムを絶えまなく変形していくのは、自己差異化である。その自己差異化の戯れ、無の働きに自分の身を任せれば、この世界は変容する、とそれらは考えるわけです。私の考えでは、まさに丸山圭三郎氏の言語論というのはそれですね。図（一五五頁参照）の右側に列挙したものの中に、現在の哲学の特徴が出ていると思います。私は、これを徹底的に否定したいのです。

4

私自身ずっと考えてきたことですが、「他者」という問題があります。それは、図の右にあげた事項の中からは出てこない問題です。

フッサールは、周知のように「超越論的自我」をいいます。これは日常の意識のことではありません。日常意識ではそれぞれの私がありますが、「私は思う」ということをもっと基底的に捉えれば、万人に妥当することであって、それを「超越論的主体」というわけです。フッサールは、超越論的主体から「他者」をもう一度構成しようとしますが、その場合、他者というのは実は自分の移入であると、自我の変容であると考えます。フッサールにおいては結局、一つの自己しかない、ということになってしまいまして、「他者」が出てこないようになっているのです。ハイデガーは、それに対して「共同存在《ミットザイン》」をいいます。いわば、人間は根底的に共同存在なのだ、と。しかし、ここでも「他者」は現れませんね。ハイデガーはナチに加担したわけですが、ナチズムにおいては、ゲルマン共同体の回復は、ユダヤ人という他者の排除を伴っています。ハイデガーからは、そのような他者を見出す視点がけっして出てこない。「共同存在」は美しい言葉ですが、「他者」を消去してしまっているのです。そのことについて深く考えたのは、いうまでもなくユダヤ人のエマニュエル・レヴィナスでした。

注意しておきたいのは、共同存在・社会的制度・共同主観性などをいうことは、けっして「自己」を超えたレベルに行くことにはならない、ということです。「他者」が欠落しているかぎり、「自己」から出発しても「共同体」から出発しても、同じことです。それらはパラレルですね。この意味で、つねに支配的な思考は共同体の思考である、ということになると思います。それは別の観点から見れば、ナルシシズムであり、あるいは「独我論」であると呼んでかまわないでしょう。

かりに禅宗でもなんでもいいのですが、「悟った」人の意識が勝手に変容して世界が新しくなったとしても、その横にいる他人に対しては、そのことはまったく関係ないわけです。自分が良くなればそれでいいのだから。したがって「自然《じねん》」の論理というのは、ナルシシズムと共同体、決まってそういうものと結びついていると思います。そして、まったく〝非歴史的〟なものだと思います。自己差異化というのは、自分と自分でないものとの差異化ですから、非自己が「他者」であるかどうかなど、どうでもよいわけです。結局、自分だけのことなんですね。それらが他者と呼んでいるのは、自己―非自己の差異化における非自己のことであって、いつまでたっても他者が他者性として、超越性として、外在性として、現れてこない。これは、自分の中だけの世界です。まさに、これこそ図の右列に示した世界ですね。そこには、他者の他者性は存在しません。そこにおいて神とは、自我理想（フロイト）のごときものです。換言すれば、ナルシシズムです。

しかし、それに対して世界宗教なるものは、エゴイズムを否定したのではなくて――どんな共同体の宗教もエゴイズムを否定するのですから――ナルシシズムを否定した、ということができます。なぜなら共同体を共同体たらしめるものこそ、ナルシシズムにほかならないからです。私は、そのようなものとして、ここでユダヤ教について考えたいと思います。

『旧約聖書』を読めばわかりますが、あそこに出てくるエホバというのは、われわれのことを考えてくれる神ではありませんね。われわれが思い浮かべるところの全知全能の神ではないわけです。全知全能の神というのは、われわれが考える超越者ですが、エホバは、訳のわからない「他者」と考えたほうがいい。この他者は、われわれと「契約」するわけです。契約というのは、「他者」でないとできません。親子において契約はしませんね。親子も契約するとすれば、親子どうし他者であることがはっきりしている場合です。共同体の人間には、契約はありえません。共同体の外に出たときに、つまり商業もそうですが、共同体と共同体の間で出会ったときにはじめて契約ということができるわけで、共同体の内部では契約はない。したがって、ユダヤ教のエホバの神というのは、必ず共同体の外に人間を引っぱりこむといいますか、契約の場に引き戻そうとします。

モーゼの話でもそうですが、モーゼがシナイ山から降りてくるのが遅れると、他の連中はいずれも神々に祭壇を設けて、金の仔牛の偶像を造ったり、神々に祈りはじめるわけです。彼らのいうことを聞いてくれる神様に祈るのです。自分の願望の実現であり、自分の能力の理想化としての神ですね。これも同じように超越者ですが、それはユダヤ教の神とはまるで異質なわけです。ユダヤ教の神は、そのような共同体の神々に向かう連中に対して、けっして向かわないということを契約させます。人間がそれを裏切ると、徹底的に報復するわけです。後でどんなに許しを乞うてもむだです。

神が「他者」であるということは、それを唯物論的に翻訳しますと、いわば「他者が神である」ということになります。図の右欄では、神は「空」であって、「独我論」になるのです。ユダヤ教的世界では、神とは「他者」なのです。いわば、神と他者とが相互に入れ替われるような世界である、といっていいと思います。神は、共同体の外に、人間を引っぱり出そうとしている。つまり「砂漠」ですね。砂漠というのは、何もない所ということではなくて、共同体の間ということです。そこで交通することで商業が成り立つわけですから。「砂漠に来い」とは「共同体の外に出よ」ということです。「諸々の共同体の間に立て」ということです。ここから共同体に戻る人間のことは、徹底的に許しません。現在のイスラエルも、はたしてエホバが許しているかどうか疑わしい。ユダヤ教徒の中には、イスラエルを認めない人たちがたくさんおります。したがって、現実のユダヤ教やユダヤ人であるということと、ここで私が述べていることとは、あまり関係がないことだと思って聞いてください。

一般に共同体あるいはナルシシズムの神は、多様であっても共通しているのですが、それに対して、ここに奇妙な神が現れたわけです。その神は、換言すれば「他者」なのですが、その世界では共同体的な、独我論的な世界はけっして許されないということになります。

レヴィナスという人は、ある意味で、ユダヤ教的な考え方を徹底しぬいている人だと思いますね。彼はハイデガーとフッサールを批判します。ハイデガーやフッサールは、結局のところ暴力の哲学である。他者を排除する哲学、他者を中性化（消去）してしまった哲学である、というのです。他者を消去するというのは、けっして他者を認めないことではありません。むしろ、他者を自分と同質であり、対称的な関係にある、と考えることです。

その場合、他者との対話は、自己自身との対話（モノローグ）と同じことになります。プラトン以来の弁証法はそういうものですね。そこでは、他者の他者性が消えてしまう。「他者」というときに、たとえば、犬ではなく猫を想像してみるとよいと思います。つまり、こちらにはまるで無関心な他者ですね。こちらが考えていると同じようにむこうも考えている、ということがけっして想定できないような「他者」です。

いずれにせよ、他者との関係は、非対称の関係であるといえるでしょう。私が最近ずっと書いてきている「教える―学ぶ」という関係もそうなのです。「売る―買う」もそうです。これは絶対に〝非対称〟の関係でありまして、その非対称性を対称性と考えてしまいますと、同じ価値があるから交換しているのだ、ということになります。そうではないですね。実際には売る側は、本当に売れるかどうかはわからないわけです。コミュニケーションについていえば、対称的関係では、ある規則でもって互いにやっている、ということになります。それは結局、独我論と同じです。自己自身との対話と同じことです。本当は他者と対話をしたときには、自分の言っていることが相手に通じるかどうかは不確定なんです。

われわれは、最初から言語を持って生まれてきたわけではありません。われわれは言語を学ぶのであって、つまり「他者」のほうが先行しているわけです。したがって親子の関係というのは、非対称の関係です。ところが、図の右欄の神＝空のモデルには、そういう意味での非対称の関係はまったくない。最初から人間にはその根底に何かがあって、それでそのような自己差異化がなされている、という考えになってしまいます。左欄のモデルでいえば、われわれの関係は非対称の関係です。それこそが根底的な関係です。むしろ対称的な関係を結んだと見えるようになるのは、後のことです。すでにわれわれは、非対称の関係の中で生まれてきているのです。そして、それがコミュニケーションの原型であり、したがって、「他者」との出会いの原型ですね。

均等である対称的なモデルを考えますと、他人に言えることは自己についても言える。したがって、自分のことを考察すれば世界を考察することになる、という関係になってしまいます。それが「独我論」です。それを共同体のレベルでいうとすれば、日本で考えていることは世界についても妥当するはずだ、というのも独我論です。日本の政治家の発言などによくありますが、ここで言えるのだからと思っていても、別の文脈に入ってしまうと、まったく通用しない。それは他者がいるからです。

5

ここでもう一度「自然《じねん》」について考えてみたいと思います。「自然」に対しては、一般に「作為」が対立させられます。丸山眞男は西洋派として、日本的「自然」に対して、

「作為」の重要性を主張したわけですね。しかし、「自然」の対立概念は、「作為」ではありません。作為と自然は、対立しあいながら、結局は「自然」の中に入ってしまうのです。たぶん本居宣長は、このことをわかっていました。儒教の「作為」と老荘の「自然」の対立ではなく、それらの対立をも吸収してしまうような「自然《じねん》」を見出したのですから。そうだとすると、「自然」の対立概念とは何でしょうか。それこそが「他者」にほかなりません。

このことをさらに、江戸思想史のレベルで考えてみましょう。丸山眞男は、徂徠が「自然」に対して「作為」を持ってきたのに、宣長は「作為」を「自然」に解消してしまった、という言い方をしています。しかし私は、徂徠は朱子学の「作為」性に対して、むしろ「自然《じねん》」を見出してきた人だと思います。むろん、超越者（聖人）の作為性を強調することによってです。朱子学のように、人間の作為性・主体性をいうのではなくて、その逆なのです。超越者が作為しているということは、「無が働いている」ことと同じですから、そのまま宣長につながるような認識なのです。

ですから、「作為」を持ってくることで、「自然《じねん》」に対抗することはできないのです。自然《じねん》に対抗しうる原理は、どうしても「他者」ということになると思います。それは、日本的な自然《じねん》に対してだけではありません。すべての共同体は（イスラエルも含めて）、自然《じねん》の原理を持っているわけですから、それに対立するのは、共同体の外へ出ようとすること、あるいは、そのような神、そのような他者にかかわることだけですね。それ以外のものは全部、自然《じねん》の原理だと思います。

丸山眞男は『古事記』の分析をしまして、日本人の思考にはもともと「成り成りて」というようなもの、つまり、「生成」なるものが基底にあると考えます。それを、彼は「古層」と呼んでいますね。しかし、それは日本だけの特徴かといいますと、そうではなくて、ギリシアだってそうなのです。そこでも、「生成」という考え方が支配的です。プラトンやアリストテレスはむしろ少数派であって、ギリシア人の根底的な考え方は、ほとんど生成論です。このように「古層」と呼ばれているのは、どこの国においても基本的には同じになりますね。共同体であるかぎりは、生成論なのです。それは、日本では徂徠、宣長あたりが、歴史的に古《いにしえ》に向かうというよりも、一種の超越論的な還元によって、現在的な構造の、そのさらに基底にあるものとして見出したと考えられます。それを過去に投射すれば「古への道」ということになるでしょうし、またそれを別の言葉でいえば、「女性的」ということになります。

したがって、この構造のあるかぎり、「フェミニズム」の問題でも何でもそうですが、「女性的なもの」の位置づけが、必ずこの構造の中でなされてしまうことは確実ですね。フェミニズムの問題に関していえば、女性のほうが根底である、という考え方でやったのが日本のフェミニズムの特徴でしたが、それは日本だけではなく、ある意味ではクリステ漢《から》ヴァも同じようなことを考えているわけです。この生成＝自己差異化というものは、意《こころ》すなわち父権社会的な意識によって抑圧されている。その根底にある本来的な自己差異化の戯れを、女性的なものとして見るというような議論は、すでに宣長によってなされているのです。この考え方が「共同体」の思考であることに、よく注意してほしいと思います。

プラトンの考えでは、人間はもともと一つだったけれども、男と女に分かれた、だからお互いに求め合っている、というわけです。つまり、男女という性差の根底には同一性があって、それが差異化しただけなのであるから、本来の状態に回帰しよう、という考え方です。この考えが、基本的にフェミニズムであろうとなかろうと、われわれの考えを貫いているものだと思います。これは換言すれば、自己疎外論にほかならないでしょうね。それに対してレヴィナスは、その同一性を認めません。男と女の性が、ある同一性から分裂してきたものである、したがって愛とは融合するものである、というような同一性を認めないということです。ユダヤ教というのは、男性中心主義ではないかと思われるかもしれませんが、そして、たしかに実際のユダヤ教的世界はそうかもしれませんが、こういう「他者としての神」という世界では、男女の性差は、まったく違った意味を持ってくると思います。

もう一度くり返しますが、男と女が本来的に同一であり、それが差異化して二元的になっている、そして、いつかは同じになるという発想が一方にあるわけです。それに対して、女が基底にあるという考えは、あたかも対立しているかのように見えるかもしれません。しかし、実は同じ圏内にあると私はいいたいのです。レヴィナスのいう「性差」は、そういう階層をつくらない。彼は「女性的なるもの」とは「身を隠すもの」であるといいます。ちょっとロマンティックな女性論に似てきますが、彼はそういう意味でいっているのではありませんね。レヴィナスの考える女性的なるものは、実際に男であるとか女であるとかのことと関係ないことです。つまり、女性性とは「他者性」ということです。したがって、かりに女が男に対して他者性を感じるならば、同じことですね。それは、女性がこうだということでは全然ないのです。

男女が融合するとか、本来的に同一なのだといった考えに対する批判としては、イリイチのジェンダー論がありますね。それは、実体的な男女二元論です。これは結局、共同体の思考にほかならない。さらにそれに対して、女性的なるものが最も基底的で最も根源的であり、それを理性が抑圧しているとかいうような発想があります。それもまた、いわば「自然《じねん》」論的なものです。それらは、必ず「共同体」へ帰着しますね。原理的にそうならざるをえないようになっている、と私は思います。

「自然《じねん》」に対して「他者」を持ってくるという、私がすでに述べた考え方でいえば、性差の問題は、まさに他者性の問題としてあるということができます。それについては、この席であまり詳しくは述べられませんが、少なくとも、男女は根本は同一である、それから分裂しただけである、という発想を否定しておく必要があります。それは、男はこうで、女はこうだ、ということではありません。要するに、性差とは差異であって、また差異しかないのです。うまく表現しにくいのですが、このような考え方をとらないかぎりは、何を考えても同じことのヴァリエーションにすぎないと思います。

さっき黒板に existence と書きましたが、その ex とは外に出るという意味です。つまり、共同体の外に出るということが、本来の existence だと思います。自己の外へ出る、ということ。しかしこれは、一般には神に出会うことになってしまう。恍惚あるいは法悦状態です。すなわち、エクスタシーということですね。無であれ、神であれ、それと合一することです。したがって、このような世界には「他者」は出てこない。神と合一することは、自分の本質を実現するという意味にすぎないのです。これは結局のところ、自分だけの世界であり、また共同体の世界でもあります。そしてさらに、ナルシシズムの世界ですね。それに対して、レヴィナスは excendence という言い方をしています。これはいわば、横に超越するということです。「外部」に出るという意味ですね。外部的に在ろうとすること、そういう実存の在り方を excendence と呼ぶのです。

図の左欄に書いた事柄は、たしかにレヴィナスがそうであるように、ユダヤ教の世界で執拗に問われてきた問題だと思います。しかしそれは、べつに西欧の思想の問題であるとは私は思いません。われわれが物事を追いつめていくと、必ずこういう問題が出てくることになっているのではないでしょうか。日本的「自然」だけではなく、世界全体が、共同体およびナルシシズムの中に自分を閉じこめていく、という状態が現在において起っていると思います。そういう中に、おそらく「フェミニズム」も入ってしまうでしょう。それに対して自己を、共同体の外部に出ていくという在り方において、あるいは「他者」とかかわる在り方において、問い詰めることが必要です。そのことが、今後もっとはっきりしてくる問題なのではないかと思います。それに関しては、フェミニズムであろうと、宗教であろうと、同じ問題を持っているのではないか。私はそのように考えます。

世界宗教について

I

私がきょう話してみたいのは、世界宗教のことです。世界宗教というと、ふつうユダヤ教、キリスト教、イスラム教、仏教、儒教などが考えられますね。実際それらは世界的に広がっていますが、私が「世界宗教」というのは、世界的に広がっているという意味ではなく、いわば「世界」という観念（スピノザ的な意味で）を提示した宗教のことです。それは共同体の宗教とは違います。

それに対して、「共同体の宗教」と私が呼ぶのは、人間が集団として、共同体として生きていくために強制されるようなさまざまな構造・システムのことだといってもいいでしょう。この場合、宗教的であることは、文化的であるということとほとんど同じことですね。この領域は人類学や記号論によって扱われているし、また扱うことができます。たとえば、共同体は外に対する内としてある。それは外部の混沌としたもの（カオス）に対して秩序（コスモス）としてある。しかも、共同体はその外部から異者を導入することによって活性化をはかる。これが祭式です。また、共同体はスケープゴートをつくり、それを排除することによって自らを活性化する。

おそらく、このような共同体のメカニズムは古来から変わっていません。私の考えでは、世界宗教は共同体の宗教に対する批判であり、また、最初の宗教批判は世界宗教として現れたのです。つまり、世界宗教とは、内部と外部という共同体の空間に対して、もはやその外部がないような「世界」を開示したのです。私がいう「世界」とは、そういうものです。私の知るかぎり、世界宗教の始祖たちは単純なことしか語っていないという気がします。それは、二つの言葉でいい表すことができます。一つは、「神を畏れよ」ということであり、もう一つは「他者を愛せ」ということですね。

この場合の「神」というのは、共同体の神々のことではありません。「神を畏れよ」とは、むしろ共同体の神々を斥けよという意味です。あるいは、共同体を出よという意味です。共同体にとって外部はおぞましい、不気味なものですが、世界宗教は共同体の外、いわば共同体と共同体の間に出立します。それが「世界」であり、この世界には外部も内部もありません。そして、「他者を愛せ」という場合の他者は、不気味な異者ではない。この「世界」でのみ、見出され出会うような当り前の他人です。あるいは交換しあうような他者です。世界宗教が都市、あるいは商人の間に生じてきたのは、その意味で当然ですね。たとえば、初期の仏教を支えたのは商人階級でした。儒教の場合、孔子のような人は、むしろ言論そのものを売って歩くような連中の一人です。

異者ではなく「他者」が見出されるには、共同体の空間の外において、しかも諸共同体を包みこむような「世界」においてでなければならない。そのような「世界」が「無限」として、すなわち「無限定」とはちがう「実無限」として把握されたのです。それが世界宗教における「神」ですね。だから「神を畏れよ」というのは、「世界において在れ」というのと同じことです。

たしかに、いまあげたような世界的な宗教は、それが存続するかぎりにおいて共同体の宗教と同じ形式を持っています。仏教の場合はいうまでもないでしょう。仏教は死後の世界とか先祖神など認めないのに、実際はそれと結びついています。また、カソリックの場合、パンと葡萄酒を食するという聖餐の儀式がありますが、これは象徴的に神を自分の身につけることを意味するわけで、フロイトはそれを、トーテム動物を食べることと同じだと述べています。つまり、どんな世界宗教もそれが存続するかぎりにおいて、プリミティヴな共同体の宗教の形態を帯びているといってもいい。

一般に「宗教批判」といわれるのは、そのような宗教の「共同体の宗教」的形態に関するものです。しかし、世界宗教は、そういう共同体の宗教への批判として現れたのではないか、と私は思います。したがって、世界宗教はどんなに共同体化しても、決まってそれを否定するというか、ディコンストラクトする契機を残しています。また、いろんな宗教批判があるけれども、その中で本質的なものは、むしろ「世界宗教」と似てくるのです。たとえば、宗教に対する批判として、誰でも口にするのは、「宗教は民衆のアヘンである」というマルクスの言葉です。が、しかし、この言葉が出てくる文章の前後を読んでいる人はほとんどいませんね。というのは、「宗教は民衆のアヘンである」という言葉を使う人、およびそれを批判する人のほとんどが、それをまちがって受けとっているからであり、であれば読んだことがないに違いないからです。ここでマルクスが主張しているのは、宗教を馬鹿げた非合理的な思考として批判する啓蒙主義ではなく、逆に、そのような啓蒙主義を批判することだったのです。たとえば、民衆はアヘンまたは宗教によってしか除去しえないような痛苦や矛盾をかかえている。それを合理的な、あるいは科学的な啓蒙によって否定することはできない。その痛苦は、現実に根ざしているからだ。それが何であるかを見きわめ、それを解消するのでなければならない。したがって、「宗教批判」は「現実の批判」にとって代わられねばならない、というのが、マルクスの言い分です。

ちなみにイエスにしても、親鸞にしても、いつも現実的な痛苦の中にいる人びとと共にあり、その痛苦を見すえていました。そのような人びとは、さらにまた宗教的な教義や制度からも排除されていたのです。二重に、救われようのない人びとだった。なぜなら彼らは、宗教あるいは共同体がその存続のために、禁じたり蔑んだりしていたような人びと、あるいは共同体のスケープゴートになるような人びとだったからです。イエスや親鸞の場合、既成宗教への批判は、そういう「現実の批判」であったといってもいいでしょう。要するに、宗教の問題は、非合理的な思考として片づけられるものではなく、われわれの生を形成する現実的な構造に根ざしているのです。

ところで、マルクス主義も宗教の一形態にすぎないという人がいます。それはその通りです。しかし、もしそれがインテリの考えではなく、民衆の宗教だとすればどうだろうか。それを啓蒙主義によって根絶することはできませんね。たとえ先進資本主義国でマルクス主義が宗教としての力を持たなくなったとしても——むろんマルクスの思想は宗教ではないから、それでマルクスが葬られたということにはならないのですが——今なおマルクス主義が、世界各地で民衆の間に生きていることは事実です。われわれがポストモダニズム・ポストヒストリーを語ろうと、彼らはマルクス主義的信念を手離さない。なぜなら、それを必要とする「現実」があるからであり、その「現実」は、「歴史は終った」とうそぶくインテリのいる先進資本主義国の経済や政治とかたく結びついているのです。それに対して、啓蒙主義的にマルクス主義を批判することなどは、とうてい批判になりえない。それは「現実の批判」にとって代わられねばならない、と。つまり、現在の文脈においては、マルクスのいうことはそういうことになるでしょう。いずれにしてもマルクスは、宗教に関して真正面から向かっていません。彼の宗教批判は、宗教それ自体ではなく、われわれを強いている生存の構造に向き換えられているのです。

マルクスがいったのは、宗教であれ何であれ、われわれがそう思っている世界の外に「世界」がある、ということです。どんな観念によっても蔽《おお》いつくすことができないような世界がある。逆にどんな観念も、その「世界」の内部から来るのだ、と。こういう認識は、たぶんスピノザから来るものです。スピノザは、このような外部のない「世界」、その意味で「無限である世界」を、神と呼びました。スピノザはしばしば無神論者と呼ばれていますが、それは彼が人格としての神をたんに想像物とみなしたからです。しかし、そのような人格神への批判が、神＝世界の認識と切り離せないことは明らかです。つまり、スピノザの宗教批判は、「世界宗教」の中で可能だったのです。具体的にいって、それはユダヤ教的な認識の中で出てきたのです。

マルクスとかフロイトのような人は、直接的にスピノザの系統の中に属するといっていいと思いますね。フロイトは、宗教を集団神経症として捉えました。というより、彼にとって、人間は根本的に神経症的なのですが。フロイトは、集団神経症にかかると、個人神経症が治るということを指摘しています。たとえば宗教に入ると、放縦な堕落した生活や、まさにアヘンのようなものに耽溺《たんでき》するような生活が、改められるということがありますね。宗教がないから若者はだめになった、という人もいます。それは軍隊がなくなったからだめになったというのと、同じようなものです。事実それはその通りかもしれない。アメリカでもドラッグや犯罪から人を立ち直らせるのは、やはり宗教です。しかし、それはフロイトの考えでは、集団神経症になることによって個人神経症から解放されるだけである、ということになります。それは本当の治癒ではない。

精神分析は、フロイトにとってたんなる精神医学ではなく、「世界」的な運動でした。ここで、神経症を物神崇拝や神々への拝跪《はいき》として見ると、フロイトの「精神分析運動」が、いかに世界宗教としてのユダヤ教とつながっているかがわかります。むろん、彼はユダヤ教を集団神経症として批判するのですが、それにもかかわらず、そのような認識そのものがユダヤ教、というよりもその「世界」認識に根ざしているというほかないのです。

2

さて、ここからはユダヤ教について、というより、フロイトの『モーゼと一神教』について話そうと思います。彼は『トーテムとタブー』において共同体の宗教の起源について語ったとするなら、この本において、世界宗教の起源について語ろうとしたということができますね。むろん、そう要約していいかどうかはわかりません。とにかくこれは奇妙な本です。なぜ彼がモーゼについて書いたのかということに関しては、いろんな解釈が可能です。ある人は、フロイトは自分とモーゼを同一視していたという。また、ある人は、フロイトはモーゼをさまざまな戒律を強いるユダヤ共同体の祖として見ていたという。また、彼がこの本を書いたのは、モーゼがユダヤ人でないと主張することによって、当時たかまっていた反ユダヤ主義を緩和しようとした、という意見もあります。しかし、とりあえずこれは面白い本だから、ぜひ読んでみてほしいと思います。

フロイトはこの本で、モーゼがエジプトからユダヤ人を脱出させる『旧約聖書』の「出エジプト記」を分析し、「モーゼはユダヤ人ではなく、エジプト人であった」と推理する。この推理は下手な推理小説よりはずっと面白いので、かなりワクワクするような感じで読めると思います。紀元前一三五〇年ころ、世界帝国になったエジプトの第一八王朝のときに、イクナートンという若い王が出てきて、これが一神教を採用します。それまでエジプトは、それ以後もそうですが、オシリス信仰というものがあって、不死に対する信仰といいますか、ミイラでもそうですけど、いろいろな技法までふくめて、ある水準にまで達していたのです。そこに突然、一神教的＝普遍的な宗教が一人の王によって採用されたわけです。

それはアートン信仰といわれるのですが、アートンというのは太陽神のことらしい。しかも、月の神があったり太陽の神があったりするのではなくて、またゼウスがいて他の神もいるというのではなくて、ただアートンだけという完全な一神教なのです。この信仰は、生贄とか儀礼とかの、共同体に固有の宗教性というものを、ことごとく排除してしまう。いわば、偶像崇拝の禁止ですね。神の姿を描いてはならない。神の名前も唱えてはならない。こういう一種の徹底した一神教が、エジプトの紀元前一四世紀に出てきた。それが、その王が死ぬと、とたんに崩壊してしまいます。そこで、ふたたび元に戻るわけです。ただ、その間に空位時代といいますか、王位をまだ継ぐ者のいない時代がありました。ユダヤ人がエジプトから脱出しえた時期というのは、ちょうどこの空位時代です。もしそのときエジプトに権力が確立していれば、そんなことはありえなかったでしょう。

モーゼというのは、伝説上はたしかにエジプト人に拾われて、王族のもとで育てられたとなっているわけですが、フロイトの推理では、事実はエジプトの王族だというのです。しかも、挫折した宗教改革を存続しようとした男だった、と。そのときに、エジプト人はもう当てにできないと考えたモーゼは、ある民族を選んだ。それがセム族つまりユダヤ人であった、というふうにフロイトは考える。人間が神を選ぶという例はあるものの、神が人間を選ぶというのは、ちょっと例がない。そういう意味でいうと、モーゼがある民を選んだということが、特異な事件でなくてはならないわけですね。

それで、フロイトによれば、たぶんモーゼはユダヤ人に、お前たちをエジプトから脱出させてカナンの地に解放する、だから一神教を採れ、というような契約を結んだ。エジプト王朝はその当時ガタガタですし、モーゼはすでに王と直結したような権力者でもあったから、彼がセム族を連れて外へ出るということは、そんなに難しいことではなかった。ただし、これはモーゼのような立場にいればこそ可能のことだ、とフロイトは考えます。

フロイトは本の中で、さらに細かい分析をしていますが、それは、エジプトを出た連中がもともと外にいた連中と合流したということです。もともと外にいた連中とは、ミディアン人というのでしょうか、その彼らが持っていた信仰はヤーヴェという神だったのです。ヤーヴェあるいはエホバというのは、火山の神です。ある意味では、ローカルな神様ですね。つまり、民族的な神であり、共同体の神であり、国家の神なのです。さらにフロイトは、「モーゼは、セム族の連中に殺された」と書いている。それで、その二つ――エジプトから出た者とそうでない者――が合流した時点では、モーゼはすでに消されており、たんに伝承としてしか残っていない状態だったというわけです。したがって、モーゼが持っている神とヤーヴェの神とは、本質的に違うのですが、どうもヤーヴェのほうが強くなった。実際にはヤーヴェの神というのは、先に述べたように、他の民族が持っているような共同体の神と違いがありません。ですから、カナンの地にユダヤ人が定着したときには、モーゼの神はすでに失われてしまっていて、ヤーヴェの神が支配的になっていたのです。

そこでなぜ、消されていた、あるいは殺されていたモーゼの神が、それ以後に現れたのかについて、フロイトは精神分析を使って説明しています。ちょうど、忘れられていた、つまり潜伏したままであった幼・少年期の体験が、思春期になってまた現れてくるというようなことと結びつけて、説明しています。いずれにしても、モーゼの神がつぎに現れてくるのは、ユダヤの預言者においてですね。預言者というのは、イザヤとかエレミアとか、そして最後にイエスという人もその中に入ると思います。

ユダヤ教そのものについては、われわれはモーゼの神とヤーヴェの神が混合したものを、『旧約聖書』の中に見ているわけです。ですから、二つの神があると考えてもいいでしょう。それを記述する連中は、何かそれに統一性を与える必要から、ちょうど『古事記』と同じようなもので、その異質なものを重ね合わせようとしたわけですが、どうしてもモーゼの神とヤーヴェの神とは合わないようになっている、と思います。

たとえば『旧約聖書』の預言者エレミアのところを読みますと、彼はモーゼの系列にあることがわかります。「ユダヤ人は、みんな共同体の神々に戻ってしまっている。それを自分は許さない」と神はエレミアに告げます。そしてエレミアに向かって、「お前が私にとりなしてもだめだ。とりなすことも禁じる。さらに、彼らのために嘆くことも禁じる。私はもう滅ぼすことに決めたのだ」ということを何度もくり返す。それに対してエレミアのほうは、そのことを伝えろと命じられて、その通りにすればするほど、みんなに嫌われてしまう。「滅びる」とばかり言うわけですからね。

一般に預言者やシャーマンといった人は、共同体の利害をある形で予知するのであって、こうすれば助かるとか、何が問題なのかということを直観的に察知して、その救済案を持っているものですが、エレミアは何も持っていませんね。当時も、他にシャーマン的な預言者はたくさんいました。偽の預言者と呼ばれていますが、むしろそれが普通の共同体のシャーマンだと思います。エレミアは、彼らとまったく違っています。彼はたいへん嘆くわけですが、その彼に語る神がモーゼの神なのです。イエスなどの場合でも嘆くわけで、最後に「神よ、どうして自分を見すて給うのか」という言い方をしますが、この神もモーゼの神の系統です。

それに対して一方では、ソロモン、ダビデのような、ユダヤ国家を隆盛に導いたり、あるいはそのための戦争や儀式をするといったことと結びついている系統があるわけです。『新約聖書』とかでは、それはパリサイ派などというふうに出てきますが、それ以前に「創世記」の中でもたびたび、神は生贄を要求しています。しかるにモーゼの神は、生贄を否定している。ですから、根本的に異質な神が混ざり合っている、ということですね。では、そこにおいて、それをどちらかに純粋化することができるかというと、それはできないと私は思っています。

フロイトは、モーゼがエジプト人であり、そして殺されたということを精神分析的に解明していって、その結果として何がいいたいのかというと、宗教は神経症の症状から説明しうる、ということです。ただ、そうはいいながらも、ユダヤ教あるいはモーゼの一神教が、他のあらゆる世界における宗教あるいは共同体と違ったものをもたらしたのはなぜかを、フロイトは問わねばならない。「偶像崇拝の禁止」ということ一つをとっても、これは大変なことなのです。キリスト教の場合は、たちまち偶像崇拝に戻っている。いろいろな神々を摂り入れています。まずマリア崇拝というものがありますが、これはすでに多神論です。しかも、そのほかにセイントへの崇拝もあるわけです。日本の仏教の場合もそうですが、もともとは人間にすぎないのを何とか仏ということにしてしまって、どこそこに行けば病気が治るとか、どこそこに行けば試験に通る、といった分業ができているわけですが、カソリックの場合もそれに似ています。

そういう多神論の場合の神というのは、自分は無力だが、その無力を何とかカバーしてくれるもの、結局のところ、自分自身の本来あるかもしれない力なりを外的に思い浮かべたもの（自己疎外したもの）ということになりますね。それは、ある意味ではナルシシズムと呼んでもいいと思います。ですから、同時にそれはいつも呪術的なものです。つまり、祈れば何とかしてくれるのであり、祈るということが自分の願望を実現することになるのですから、そういう場合の宗教というのは、本質的には呪術だと考えられます。

どんな宗教でも、一般的に流行っているときは、必ず呪術的なものがあると思います。信仰に入ったおかげで、病気が治ったとか、商売がうまくいったとか……。うまくいかなくなると捨てて、次のところを探す。そういうふうに、宗教を遍歴する人が多いですね。これはある意味では、健康法を遍歴する人が多いのと同じことです。普通に考えられる宗教というのは、どうしてもナルシシズムの延長になります。ここで念のため注意しておきますが、ナルシシズムとエゴイズムは違います。ナルシシズムは、しばしばエゴイズムを超えたものとして現れます。理想のために死ぬとかいったぐあいにですね。共同体の宗教は、そのようなナルシシズムとして、エゴイズムを否定するのです。

ところが、モーゼの神というのは、どういうわけか共同体に対する徹底的な否定を持っている。つまり、そういうナルシシズムに対する徹底的な否定を、最初から持っている。モーゼの神は、ユダヤ人が共同体の側に行くことを怒るのです。フロイトのある部分を読んでみますと、今のイスラエルのように、戦争によって別の国家に侵入して国を建てるというようなことはモーゼの神なら許さない、と述べているわけです。すると今のイスラエルはまさにそれをやっているのだから、これはもう一方のヤーヴェの神がやっているのだろう、とでもいうほかありません。「世界宗教」と私が呼ぶのは、もちろんモーゼの神のことです。

たとえばスピノザは、ユダヤ教会から(実際には教会とはいわないのですが)、すなわちユダヤの共同体から破門されていますね。もちろん彼はキリスト教にも入らない。にもかかわらず彼は、神を愛し神を認識するという、そのことだけを説いたのです。しかし、その神は心理的な神ではない。人格的なイメージを持つような神でもない。依存する神でもない。むしろ「自然」といいかえてもいいのです。彼は「世界」そのものを神と呼びます。

当然、この「世界」には、それを超越するものはありえない。その外部はありえない。人格神は人間の想像（表象）にすぎない、とスピノザは考えます。

そこで、彼は「奇蹟」ということに対して面白いことをいっています。ユダヤ教であれ何であれ、奇蹟、すなわち反自然的なことが起った時にだけ、それが神の仕業であるというのはおかしい、と。なぜならば、自然的な出来事、毎日太陽が昇ること、あるいはごく普通のありふれた自然界の現象のほうが神の仕業ではないのか、と。そのことのほうが奇蹟なのです。つまり彼にとって、そのような神の仕業を探究することが自然科学ということになるわけですね。ウィトゲンシュタインが同じことを述べていまして、「神秘とは、世界がいかにあるかではなく、世界があるというそのことである」という。つまりこの世界、別の言葉では自然といってもいいのですが、そのことが神秘（奇蹟）だというわけです。その中に、あるいはそれを超えて、特別に神秘があるわけではない。それは私の考えでは、スピノザから直接きているような考え方だと思います。あるいは、それがユダヤ教、モーゼの神の系統の考え方だと思います。ふつう、神の仕業などと言ったときには、何か呪術のようなものとつながって行きますね。それに対して、モーゼの神をもってきますと、神々とかあるいは何か神秘的なものに働きかけて動かそうとするような思考が、ことごとく否定されてしまいますから、ある意味で徹底的な唯物論になるのです。

話がフロイトからスピノザのほうへ外れましたが、フロイト、スピノザ、マルクス、ウィトゲンシュタインといった人たちはユダヤ人であるけれども、それは人がいうところのユダヤ人であって、彼らはユダヤ教徒あるいはその共同体に属していないのですから、非ユダヤ的なのですね。

3

アイザック・ドイッチャーという人が『非ユダヤ的ユダヤ人』(岩波新書)という本を書いています。つまり〝ノン・ジューイッシュ・ジュー〟non-Jewish Jewですね。この言葉は、とてもうまい言い方ですから後でも使いたいと思いますが、いましがた述べたフロイトなどは、みな〝ノン・ジューイッシュ・ジュー〟です。狭い意味でのユダヤ教、ユダヤ人ではない。ふつうの意味で、自分はユダヤ人である、というアイデンティティも持ってはおりません。フロイトは、「ユダヤ人のアイデンティティとは、いかなるアイデンティティをも求めぬということのアイデンティティである」と述べています。つまり、いかなる共同体への帰属をも否定し続けるということの反復がユダヤ人のアイデンティティなのだ、と。

ところが、これは現実のユダヤ人とは違いますし、あるいは今でいえば、イスラエルという国家として実現されている民族的な共同体としてのユダヤ人とも違うのです。そういう〝ノン・ジューイッシュ・ジュー〟のようなものが、先ほど述べた人びとに共通した性格であるということは、近代の、たとえばスピノザ以来の特徴なのかといえば、どうもそうではない。

たとえば、先ほどのエレミアのような預言者でも、ユダヤ民族に対しては、まったくその利益に反することを語っていますね。しかも彼は、何の超能力も持っていない。ただ、ユダヤ人社会はこういうことをやってきたのだからもはや滅びるよりない、と言っているだけなのです。そういう人は〝ノン・ジューイッシュ・ジュー〟ですね。神は——モーゼの神と呼ぶべきでしょうが——エレミアだけを選んで、その他は滅びろと告げている。どうもモーゼの神が好んでいるのは〝ジュー〟ではなくて〝ノン・ジューイッシュ・ジュー〟らしい。そしてここに、モーゼの神が、人間が考えうるあらゆる神の中で唯一にして、しかも奇妙な神であるということの一つの証拠がある、と私は思います。

そこで、フロイトの仮説をめぐってですが、「モーゼがユダヤ人ではなく、エジプト人であった」という仮説はかなり説得力があるし、歴史的な事実からしても、どうもそうでなければエジプトからの脱出は不可能ではないかという気がします。聖書に描かれているように、海が真っ二つに割れたとかいうような〝奇蹟〟で脱出できるわけがない。もっと実際的な能力がいるはずですね。そういう脱出を実現するだけの政治的な権力なりを持っている〝奴隷〟の親玉がいると想定するのは、まことに非合理な話です。

モーゼがエジプト人であり、しかもエジプトの王家の人間であるというふうに考えれば、わりと納得がいく話なのですが、ただこの場合、その仮説で大事なことは、モーゼの神が、生贄、祈願、祭祀といったあらゆる共同体的な儀礼を、あるいは物神化、偶像を否定する神であるというだけではなくて、「モーゼは外国人である」ということです。一神教か否か、ということはさほど重要ではありません。多神教においてさえ、多くの神々の中で「神性」は一つしかありえない。ですから、多神教も暗黙に一神教を孕《はら》んでおり、逆にどんな一神教も、すでに述べたように多神教的なのです。したがって、一神教そのものはことさら珍しいものではないと思うのですが、モーゼの一神教は、それらと根本的に異質ですね。どうしても共同体を否定してしまう、共同体的であるということを許さない神です。こういう神を考えますと、具体的に「他者性」というか「外部性」がそこに入っているのではないか、という気がします。

フロイトがいうように、実際にモーゼがエジプト人であったかどうかは、わかりません。しかし彼が、当時のユダヤ人に対して〝外国人〟のようにあったことだけは確かなように思われます。モーゼがユダヤの共同体の外部にある「他者」であったということ、このことが、多神教の中から現れてくるような一神教とはまるで異質の何かを孕ませているのではないか。したがってモーゼの神は、人びとに対して「共同体から出よ」と、いわば「砂漠に逗《とど》まれ」と告げるのです。モーゼは、「カナンの地に入れない」と神に言われますね。

それは、カナンがモーゼにとって「約束の地」ではなく、砂漠こそそのような地であることを意味するのです。この「砂漠」は、必ずしも物理的な砂漠という意味ではなく、いいかえれば「共同体と共同体の間」という意味です。

では、砂漠に住んで何をしているのかというと、商人をしているわけですね。つまり、砂漠を渡るということは、商業的な行為にほかなりません。ですから、「砂漠」といっても「海」といっても、同じことです。とにかく、共同体と共同体の間にいるということは、同時に商業的でもあるということです。「交通」ということです。このように、モーゼの神は、人を必ずそのような砂漠に在らしめようとするわけですが、それは一神教一般の特徴ではありません。一神教であることからの直接的な帰結というわけではない。むしろそれは、モーゼがユダヤ人の共同体に属する人間ではない、ということと密接に結びついていると考えるべきです。

モーゼにとっては、共同体そのものは滅びたところで構わないのですね。ただ、自分についてこい、自分と一緒に砂漠に逗まれる者だけを護《まも》ってやる、と。それが「契約」ということです。『旧約聖書』、『新約聖書』というのは、古い契約と新しい契約ということであり、その契約の問題を書いてある書物のことです。そういう意味で「契約」は根本的な概念ですが、それは必ず、共同体の外部へ出よ、共同体と共同体の間にいよ、という他者との契約なのですね。モーゼの神以外にはこういう契約をしたものはないし、他の宗教でも見当らないだろうことは確実です。

ユダヤ教の話をすると、われわれはユダヤ教ではない、ユダヤ人でもない、と考えてしまうことになりがちです。それは確かにそうなのです。つまりモーゼの神ではなくヤーヴェの神であるならば、それはユダヤ民族を繁栄させる神であり、ことさらにわれわれを超えたものでも何でもありませんね。同じようにそれに対応するものとして、日本では天照大神などがいるわけですから。そうなりますと、ユダヤ人が選ばれた民族であるならば、同じく日本民族も神によって選ばれたのだ、ということができます。最近の日本では、そうしたことをいう人がとみに多い。日本は特別であるとか、日本人には特別に何かあるのではないかと主張する人たちは、暗黙にそう考えていますね。そのような意味で、ユダヤ人あるいはユダヤ教を、先ほどのモーゼの神に対するヤーヴェの神というようなレベルで見てしまうならば、それはどの国家にも存在するような神であり、つまりは国家そのものである、という結論になりかねません。

ところが一方、モーゼの神といわれているものは、先にも名前をあげた人たちが〝ノン・ジューイッシュ・ジュー〟であるように、基本的には国籍に関係のない問題です。彼らは事実上、いつも消されていく人たちです。モーゼ自身が殺され、消されてしまいましたが、フロイトのように「抑圧されたものの回帰」といった言い方をしなくても、後代の人間は、その痕跡的な記憶をたまたま見つけたり、あるいは考えているうちにそういうものに突き当るといったように、それを必ず思い出してくるのです。
共同体の神々をただ否定するのであれば、唯物論的であるとか合理的であるかぎりは誰にでもできることですが、しかし、どこかで人間が共同体に完全に従属している場合、それはすでに暗黙に神々を持っているのだと考えるべきですね。したがって神々を否定したところで、何も条件は変わりません。宗教を批判しようが、宗教をことごとく否定しようが、そんなことでは、この問題は変わらないのです。つまり、現実として共同体がある、国家がある、そういう条件が変わらない以上、その外部へ出よという命令、あるいは契約といったものは、変わろうはずがないからですね。そして、フロイトやマルクスといった、神とかそういう宗教的な形態に関して否定してしまうような人たちのほうが、むしろモーゼの宗教に近いと私は思います。

4

最後に、デカルトの話をしておきましょう。デカルトといえば、主観―客観の二分法であるとか、心身の二分法であるとか、近代哲学であるとか、そういうことがいわれます。そこで、フッサールはそれをもっと根源的に考えようとしたし、ハイデガーはそれを根本的に超えようとした、という見方があります。どの本を読んでも、デカルトが悪者なのですね。ですから、デカルトを批判していれば正しいように見えてくるのですが、私は、どうも違うのではないかと思ったことがありまして、そのつもりで『方法序説』を注意深く読んでみました。

デカルトはその『方法序説』の中で、さまざまな旅をしたり、いろいろな古代の文献を読んだことを書いています。旅をするといっても、実際には、デカルトはオランダに亡命しているのであり、彼は、オランダという場所について、世界でもっとも発達した商業都市であり、「砂漠」であるといっています。砂漠というのは商業都市でもあるという話を先ほどしましたが、デカルトの場合は実際に砂漠へ行くのではなくて、オランダに行っている。しかもそのオランダが商業都市であり、砂漠であると述べているのですね。

考えてみますと、マルクスはロンドンに亡命していますが、当時のロンドンも世界最大の商業都市であり、砂漠なのです。つまり商業都市というのは、いわば砂漠そのものと思っていいでしょう。デカルトが——『旧約聖書』を読んだからというのではないのですが——オランダにいてオランダで考えるということを、砂漠にいることだと考えたというのは、とても暗示的に思われます。それは、モーゼが「そこに、いよ」と告げた、その場所だからです。なぜデカルトだけが、突然そういうことをしたのでしょうか。『方法序説』には、その理由が丁寧に書いてあります。

デカルトは、「疑う」ということに関しても、もう一度疑ったほうがいいと考えます。

たとえば、自分の考えていることは夢ではないか、と疑うわけですね。夢の中の現実のほうが、目覚めている時よりもはっきりしていることがあるのだから、客観的であるということが、そのまま夢ではないという証拠にはならない、と。つまり、客観的ということは、共同主観的ということです。共同体で全員に慣習として認められているものが、客観的に存在するわけです。デカルトがいうには、あれこれの地域を旅すると、それぞれの地域で真理が存在していて、それらはいずれも、その国の人びとにとっては疑いようのない現実のように見えている。しかし、それは夢を見ているだけではないのか、と。また、自分自身も夢を見ているだけではないのか、と書いています。

「夢を見ているのではないか」というのは、つまらない懐疑論の問題ではなくて、自分がその共同体に属しているのではないか、という疑いですね。したがって、この疑いは、「私が思う故に私が在る」ということとは違います。「私が思う故に私が在る」という言い方であれば、誰にでもいえることです。ところがデカルトの疑いは、そうではない。疑うということは、必ず一つの共同体から出ることであり、相異なる多数の共同体の差異を自覚することです。いいかえれば、自分の住む共同体の任意性といいますか、必然的ではないことを知ることですね。それが「コギト」にほかならない。スピノザは、デカルトの「我思う、故に、我在り」は三段論法ではなくて、「我は思いつつ在る」ことだと述べています。つまり、デカルトの「コギト」とは、そのような「外部性」として在ることなのです。

先にエレミアなどの預言者の話をしましたが、「我疑う」ということは、共同体の外部に出ているという形で自分が在る、ということです。まさに実存的な問題なのですね。「我が思っているから我が在る」などという呑気な問題では、まったくありません。しかも、それは一般的な主観の問題ではなくて、まことに単独的・私的な実存の在り方です。誰も支えてはくれないし、何の保証もない。デカルトは、まさにそのために、神の存在という問題をもちだすわけです。

デカルトに関する批判を一番よくやったのは、近年でいえば、たぶんレヴィ＝ストロースですね。しかし皮肉なことに、そのレヴィ＝ストロースは最もデカルトに近い。彼は人文科学の始祖としてルソーをもってきますが、実際に彼がやっているのは、数学的な構造の仮説をつくって実験にかけるという、まさにデカルトの方法なのです。また彼は、人類学者というものはどこにも存在しないもの、何者でもないものとしてあり、そのような眼で世界を見るべきだというのですが、それはデカルトの思想とまるで同じです。レヴィ＝ストロースは、デカルトにルソーを対立させて、デカルトをけなします。これは、レヴィ＝ストロースのまったく中傷に近い誤解ですね。彼は、ルソーよりずっとデカルトに似ているのですから。

デカルト主義批判が出てくるのは、先にもいった「我思う」ということからです。「私は疑う」という場合の場所が、共同体の外部という意味を持っているのに対して、「私は思う」というときは、それを内面化してしまっている。そのとき、共同体の側に戻ってしまうのです。スピノザは、まったくデカルト的に、デカルトに忠実に、デカルトを批判していくのであって、それはデカルトに対する批判というよりも、その当時すでに支配的であったデカルト主義に対する批判そのものです。

私は最近、「精神」という言葉を使ってデカルトについて書きました。つまり普通においては、精神と肉体というような二元論をデカルトが始めたとされるのですが、デカルトの「精神」は、「考える」ということではありません。「思惟」ではないのです。「精神」とは、「思惟」あるいは「考える」ということが、一つの共同体のシステムに属しているにすぎないのではないか、と疑うことです。だからこそ、自分は夢を見ているのではないかというのです。はっきりと考えていながら、しかもそれは共同体の慣習に従っているだけではないのか、と疑うことが「精神」なのです。

そうしますと、共同体の中で伝統的に――たとえば学校で習ったように――考えている人が、「自分は疑っている」あるいは「考えている」といってみたところで、そんなことが「精神」であるはずがない。むしろ、そういうような心とか思考というものは、「機械」と考えていいわけですね。「機械」といっても、現在は自己組織的システム論というものもありますし、昔から見たらあまり機械的ではないような機械を考えていただきたいのです。およそ人間が考えていることというのは、今までにあった問題をわずかに変形しているだけですから、コンピュータのしていることとあまり変わらない、という気がします。「人間は機械ではない」といったところで、さほど意味がありませんね。「精神」という問題についていえば、「人間が機械ではないか」と疑うことが「精神」なのであって、それはまた別の言葉でいえば、「われわれは共同体の中にいるのではないか」と疑うことです。こういう疑いが、デカルトにとって「精神」であり「意志」であり「自由」であるのです。では、デカルトという人がなぜ突然、他の誰とも違ってこういうことを考えるようになったのか。それは、心理的・歴史的に説明しても仕方ないと思います。私は、ある痕跡のような記憶があるからだ、と言っておきたいところですが……。

デカルトにおいて最も重要な問題は、神の証明ということです。「コギト」つまり「我思う故に我在り」の明証性ということは誰でも知っていると思いますが、彼は、そこで終っているのではありません。自分が考えていることの明証性は、本当は何も保証されていない。そのことが確実であるといえるためには、神が存在しなければならない、と考えていきます。そこで、その神の証明をしようとするのですが、これはいろんなやり方をしていまして、いわゆる「存在論的証明」ということも行ないます。たとえば、神は完全である、完全というところには存在するということも含まれている、したがって神は存在する、と。これはデカルトの発明ではなくて、中世のアンセルムスなどから来るものです。このような「存在論的証明」は、西洋には昔からありますね。

カントは『純粋理性批判』の中でデカルトを批判していますが、それはデカルトによる神の証明が、もっぱら「存在論的証明」であると思いこんでいるからです。ところが、デカルトの神の証明は、そうではない。これは普通「結果による証明」といわれているのですが、自分が疑うということは、有限であるからであり、不完全であるからだ、それは、完全なもの、無限者が在るということなのだと、こういう言い方なのです。しかし、これは「我思う故に我在り」という言い方が、三段論法ではないのと同じように、推論ではありません。また、証明でもありませんね。スピノザは、デカルトの「コギト・エルゴ・スム」を「我は思いながら在る」、「考えながら在る」という意味にとるべきである、と考えました。この場合も同じことで、本当はデカルトによる神の証明というのは、推論ではないのです。自分はこの共同体を疑っているが、その疑っていることには何の根拠もない、しかし、まさにそのことを疑わしめている何かがある故にそうしているのだし、そうであるが故に自分はまた疑うのだ、ということです。

『方法序説』において、人間が考えうるような無限者をではなく、異質な無限者を、つまり他者としての神を、自分が共同体の外に実存するということと切り離せない問題としてデカルトが考えたということ、これがとても重要なことだと思います。これは、主観―客観、心身二元論などといわれるデカルトとは何の関係もない話であって、私がきょう話してきた文脈でいえば、いわばモーゼの神に喚び出されたようなものだというほかないのです。

デカルトは、まさに「砂漠」に逗まって考えた人です。一般的には、デカルトはフランス人であるとか、モーゼはエジプト人であるとかの話になってしまうかもしれませんが、われわれにとって、そういう国籍は関係ないことです。なぜなら、それは共同体というものの問題だからです。したがって、西洋であるとか東洋であるとか、そういう文脈は、このレベルではまったく関係のないことだと思います。いいかえれば、〝ノン・ジューイッシュ・ジュー〟とともに、私は〝ジューイッシュ・ノン・ジュー〟Jewish non-Jew というべきものがありうるだろうと考えるのです。きょうはこれで終ります。

スピノザの「無限」

I

現在のところ、アルチュセール以後のマルクス主義の系譜の中でスピノザを読むのがふつうのようですが、私はその種の教養がないのでよく知らないし、何の影響も受けていません。もともと私は、何かが「問題」であるがゆえに考えるというのが嫌いなんです。そもそもスピノザの本は、哲学的教養などなくても誰が読んでも面白いものです。それは、デカルトの『方法序説』もそうですが。スピノザを読みたくさせるようなスピノザ論が望ましい。そういうわけで、スピノザについて自分なりに考えてきたことを、お話ししたいと思います。

私が学生のころスピノザのことを知ったのはアランを通してです。アランは、基本的にスピノザ主義者だったと思います。今でもよく憶えているのは、つぎのような考えです。

われわれが情念というものに、つまり怒りとか悲しみとかに囚われたときに、デカルトであればその情念を意志によって克服しようとする、ところがスピノザは、そういう理性とか意志によって情念あるいは感情を克服することはできない、というのです。ただ、怒りにかられたときに、なぜ自分は怒っているのかを考えることはできる。むろん、その怒りの原因をたとえ完全に突きつめたとしても、怒りから自由になるわけではない、あるいは、悲しみや恐怖から自由になるわけではない。しかし、なぜ悲しいのか、なぜ怒るのかを考えているあいだだけは、少なくとも情念から自由である。それがスピノザの考え方だ、とアランの本に書いてあったのです。

私はそれに、たいへん感銘を受けました。私は、いつも情念に揺すぶられて生きていますから、スピノザの考え方が一番いいのではないかと思ったのです。それを思い出しては、スピノザのように考えようと今までやってきているのですが。こういう情念論あるいは〝モラリスト〟を今の人は馬鹿にしますが、皮肉でいうのではないけれども、アルチュセールも「情念」にやられてしまった人ですからね。病気になるとか年をとるとか、孤独になるとかいう事態は、いつでも誰にでも起ります。その時、たいてい人は宗教に行くとか転向したりするのです。私は、最初からそういう事態を前提してものを考えるべきだと思います。その意味でスピノザの『エチカ』は、誰にでも開かれた実践的な本だと思います。

スピノザの考えでは、情念の原因を知るということを目指すとしても、完全にそれを知ることはできないし、しかも原因を知ればその情念を超えられる、というわけではないのです。ただ、原因を知ろうとしているあいだは、情念から自由である。情念とか感情とかを超えられないということは、スピノザにとっては結局、人間は自然（身体）の条件を超えられない、ということですね。それを超えるような自由意志はないのだ、ということです。そういう自然なり身体を否定するということは、せいぜい別の情念がとって代わるにすぎない。かりに信仰に入ったとしても、これはもう一つの情念ですね。あるいは想像です。情念に対しては別の情念がとって代わるだけだ、ということです。自由意志とは、そのことを知らないところの想像にほかならない。われわれのふだんの思考は「想像的なもの」なのです。一般に「精神」と呼ばれているものは、身体に属しているのです。意志もまた「意識された衝動」にほかなりません。

大切なのは、知るということ、つまり知性ですが、スピノザにとっては、知性が「意志」なのです。彼は、意志を否定しているわけではない。意志によって情念を超えるという意味においての意志は否定していますが、なぜ怒りあるいは恐怖にかられているのかを考える意志＝知性は否定していない。それも自然の属性だからです。自然の一部としての知性というわけです。これがスピノザの、狭い意味での〝エチカ〟の問題だと思います。具体的で個人的なレベルでのことでいえば、デカルトとスピノザとの差異は、そういう倫理学の差異にあらわれているのではないかと思います。

これは別のレベルでいえば、たとえばエンゲルスとマルクスの差異にあらわれています。エンゲルスは、自然の必然性の洞察が自由であり、「必然の王国」から「自由の王国」への転化が可能であるというのに対して、マルクスは、かりに必然性の洞察がありえたとしても、自然の必然からわれわれは自由になるのではない、といっています。この意味では、マルクスはスピノザ的であり、エンゲルスはデカルト的です。エンゲルスからは、どうしても、〝社会的〟な自然成長性をコントロールする意識主体（＝党）の優位性が出てくるのです。これこそ、スピノザが批判したデカルト主義の変種なのです。

ここで念のために断っておきますが、デカルトとスピノザは、マルクスとエンゲルスが似ているのと同じ程度に似ているのです。たとえばマルクス＝エンゲルス主義というのなら、やはりデカルト＝スピノザ主義といわなくてはならない。そうだとすれば、マルクス＝エンゲルス主義者が、デカルトを否定してスピノザを称揚するのは、むしろ滑稽です。彼らの差異は、微妙なところにあるわけですから。たしかにスピノザは、デカルトの後に来る人で、自らデカルト的であろうとした人です。しかし、廣松渉の主張に従えば、エンゲルスはマルクスに先行するのであり、マルクスに先立って「マルクス主義者」なのですね。いわばマルクスのほうがエンゲルスの後に来る人なのであり、奇妙な微細なところにこだわった人なのです。そのような人として、私はマルクスを読んできました。

実際には、「マルクス主義」はエンゲルスによって普及した。同様に、スピノザの思考は、ドイツ・ロマン派やヘーゲルによって普及したのです。それが基本的に、デカルト主義的なものに変えられていることに注意してほしいのです。マシュレが『ヘーゲルかスピノザか』で書いているのもそのことですが、それなら彼は、「マルクス主義」そのものについて言及すべきではないでしょうか。

先ほど話したことは情念とか身体というかわりに、共同体といってもいいと思うんです。われわれは、同じことがいえますね。身体のかわりに、もっと別のレベルに移しても、同じことがいえますね。われわれは、生まれた時から家族なり共同体なりの中で育つわけですね。基本的に、それを超えることはできません。われわれは、どれかの母語を習得するのであって、それを超えることはもはやできないのです。超えようとすると、何か別の普遍的なものを持ってきて、たとえば普遍的な言語や普遍的理性でもって共同体を否定する、ということになると思います。デカルトがそうですし、カントもそうですね。カントも「世界公民」というレベルで考えたのです。それが彼のいう「啓蒙」です。

ところがスピノザは、共同体に内属するという人間の条件は超えることはできない、超えるとしてもそれは「想像」でしかない、と考えたわけです。それは、いわば「啓蒙主義」批判なのです。マルクスの宗教批判が、宗教を理性によって克服しようとする啓蒙主義への批判にほかならないように。スピノザによれば、われわれの「想像」(宗教やイデオロギー)は、それ自体不可避的なのです。だが、その「原因」を知ろうとつとめることができる。マルクスが『資本論』に専念したことを、私はそのように理解しています。それこそ、スピノザやマルクスの「実存」の問題なのであって、彼らを讃美するのなら、各自がそれぞれ覚悟を決めるほかありません。歯の浮くような「現代思想」用語をちりばめて、何か考えた気になっている人たちは、たんに「想像」しているだけなのです。

2

こういう言葉があります。

《故郷を甘美に思うものは、まだくちばしの黄色い未熟者である。あらゆる場所を故郷と感じられるものは、既にかなりの力を蓄えた者である。全世界を異郷と思うものこそ、完璧な人間である》。

これは、サイードが『オリエンタリズム』においてアウエルバッハから孫引きした、一二世紀ドイツのスコラ哲学者サン゠ヴィクトルのフーゴーの『ディダスカリコン』の一節です。これはとても印象的な言葉で、トドロフも『他者の記号学』の中でサイードから再引用しています。私なんかが漠然と考えていたことを言い当てている、という感じがするんですね。

その言葉は、思考の三段階ではないとしても、三つのタイプを表していると思います。

まず最初の「故郷を甘美に思う」とは、いわば共同体の思考ですね。アリストテレスがそうですが、このタイプの思考は、組織された有限な内部（コスモス）と組織されない無限定な外部（カオス）という二分割にもとづいているわけです。もちろん、このタイプの思考は、なにもアリストテレスにかぎらない。今の文化記号論でもみんな内部と外部の分割がまずあって、その境界線を越える、というような問題として語られているわけですね。しかし、そういう意味での共同体の外部というものは、むしろ「異界」と呼ぶべきだと思うんです。また、外にいるものを「他者」ではなく、「異者」（ストレンジャー）と呼ぶべきだと思うんですよ。私のいう「外部」とか「他者」とかは、このレベルでは存在しないのです。それは、この種の内部と外部の分割がありえないような〝空間〟においてのみ現れるからであり、逆に、それはそのように閉じられたシステム（外部を含む）をディコンストラクトするものだからです。

次の「あらゆる場所を故郷と感じられるもの」とは、いわばコスモポリタンですが、それはあたかもわれわれが、共同体＝身体の制約を飛び超えられるかのように考えることですね。あるいは、共同体を超えた普遍的な理性なり真理なりがある、と考えることです。デカルトは、それがあるかどうか、あるとすればいかにして可能なのか、ということを考えた人ですね。いわゆるデカルト主義になってしまうと、それがあることが当然になってしまう。つまり、自然科学があらゆる共同体を超えた真理である、ということになるわけです。もちろんこのことは、科学哲学の領域では、徹底的に吟味されていますけれども……。

ふつう科学哲学の人たちは、デカルトのことを悪役に仕立てるんですよ。しかし、私は去年雑誌「GS」にデカルトの『方法序説』に関する注釈を一部書いてみたけれども、デカルトに対する批判はほとんどが見当違いだと思います。デカルトは、現代の科学哲学の持っている問題を、パラドックスまで含めてすべて提出しています。そして、まさにそういうデカルトからのみスピノザが出てこられるのです。あるものを悪役に仕立てるのは、見えすいたレトリックであり、哲学の「歴史」（出来事）をもう一つの「物語」に変えるものです。デカルトを、われわれはスピノザ的に読むべきなのです。

第三の「全世界を異郷と思うもの」というのが、いわばデカルト＝スピノザなのです。むろん、ある意味でデカルトは第一、第二のタイプでもあるわけです。スピノザは、そういう意味で「完璧な人間」ですね。この第三の態度というのは、あらゆる共同体の自明性を認めない、ということです。しかし、それは、共同体を超えるわけではない。そうではなく、その自明性につねに違和を持ち、それを絶えずディコンストラクトしようとするタイプです。それは、第一のタイプが持つような内と外との分割というものを、徹底的に無効化してしまうタイプであり、しかもそれは、第二のタイプで普遍的なものというのとも、また違うわけです。

内と外との区別のない空間というのは――私はそれを「社会的」な交通空間と呼びたいのですが――いいかえれば、それ以上の外がないという意味で、いわば「無限」の空間なんです。ふつう内部と外部というのは、有限と無限定との区別であるわけですが、その区別を無効にしてしまうような無限性、それがスピノザのいう「無限」だと思います。

スピノザの「無限」に近いことをずっと以前に考えていたのは、火あぶりにされたジョルダーノ・ブルーノでしょう。ブルーノが「無限の宇宙」というときに、それは地球中心説はいうまでもなく、太陽中心説さえも相対化してしまいます。宇宙が無限であるかぎり、どこにおいても中心なのであり、しかも、どこも中心であることは不可能であるわけです。ブルーノは、「宇宙」と「世界」を区別します。「宇宙」とは多数世界からなる普遍空間である、という言い方をしています。このブルーノの「宇宙」と「世界」という区別を、「社会」と「共同体」というふうにいいかえてもいいと思います。ブルーノは、天文学的な観察からそのような考えに到ったわけではありません。彼がそういう認識に到達したのは、トドロフがいうように、事実上世界が閉じられるということ、つまり、地球が球面であることが明白になった新大陸発見という事態によっていると思います。コロンブス自身が述べているように、世界はその時に閉じられたわけです。

それは、逆にいえば、世界がまさに「無限」化したということになるのです。アリストテレス以来の中世の世界観によれば、世界には周縁があるわけですから、その先は「無限定」になっている。そんな無限定の外部はない、世界は閉じられている、とブルーノは考ます。それが「無限の宇宙」ですね。そこにおいては、中心と周縁がなくなる、つまり、内と外がなくなります。スピノザの「無限」について考えるとき、そのような無限を考えてみるとよいでしょう。

3

デカルトの「コギト」は、思惟主体・思考の主体であるかのように一般には考えられていますが、スピノザはそうは考えませんでした。スピノザは、「コギト・エルゴ・スム」は三段論法による証明ではなくて、「私は思惟しつつ存在することである」といっています。この読み方だけでも、スピノザのデカルト読解がいかに優れているかがわかると思います。

ところで、「思惟しつつ在る」という在り方は、一体どういう在り方だろうか。これは、「私が考えているから私が在る」などということではないのです。つまり、「……から……」という三段論法は、スピノザでいえば想像の領域になってしまう。むしろデカルトの「懐疑」は、さまざまな共同体を旅行し、どんな未開社会の人間も理性的であることを発見し、あるいは過去に遡った場合に、いかにわれわれが共同体の慣習によって思考しているかを知った、そういう、いわば人類学的な相対論を経て、出てきたものです。いいかえるなら、疑いつつ在るということは、私が考えていることが夢（想像）ではないかと疑うこと、つまり共同体の慣習の中にあるのではないか、と疑いつつ在ることですね。したがって「コギト」は、共同体に対する外部性を孕むのであり、外部的な実存なのです。それは、どこかの場所ではないような場所に在ることであり、立場ではないような立場に立つことでもあります。

しかしながらデカルトやスピノザの場合、それは現実の地理的な場所と無縁ではありません。デカルト自身が、アムステルダムに亡命しています。彼はアムステルダムのことを、世界最大の商業都市であり、かつ砂漠であると書いているのですが、私の考えでは、都市も砂漠も海も「社会的」な交通空間なんです。「共同体」ではありませんね。おそらくこういう交通空間なしに、デカルトもスピノザも考えられなかったはずです。デカルトの「懐疑」には、それを促す必然的なものがあったわけで、いわゆる懐疑主義一般とは何の関係もないというべきです。

スピノザもデカルトも、アムステルダムにいたのは歴史的事実ですね。しかし、そういうことではなく、コギトが「外部性」であるということが重要だと思います。そうした外部性がないなら、われわれは、自分の考えていることが夢ではないかなどとは疑わない。夢の中でも、夢ではないかと疑うことがあるでしょう。その反省自体は、やはり夢なんですね。デカルトにとって問題なのは、そんな反省ではないのです。われわれが思考していても、たんに共同体の慣習や文法に従っているだけではないか、つまり夢を見ているだけではないか、と疑うためには、明らかに自分が属しているシステムから出ていかなければならない。しかし、その出た所が、また普遍的な立場であるのではないですね。普遍的なものも、また夢（想像）にすぎないからです。だから、彼らは決まって共同体（国家）の問題に躓《つまず》き、そこに回帰することになるのです。それは、たとえばマルクス主義者の「インターナショナル」運動の歴史の中で、何度も生じた事柄です。

スピノザは、デカルトのコギトの外部性——「社会性」といってもいいのですが——の問題を、非常によくわかっていた人だったと思います。デカルトは、コギトの明証性を保証するために神を必要とし、そして逆にコギトの明証性から神の存在を証明しようとした、ということになっています。しかし、これを順序として読むのは、正しくないと思います。カントは、このデカルトによる神の存在証明は「弁証的」なものであるとみなして、批判しています。しかし、カントがデカルトのものとして扱っている証明は、いわゆる「存在論的証明」であって、これはデカルト独自のものではまったくなく、すでにアンセルムスなどの系譜の中にあるものですね。

デカルト独自のものは、いわゆる「結果による証明」というものです。つまり、自分が疑うということは、自分が有限であるということだが、そのような有限性の意識はまさに神＝無限者があるからこそだ、というような証明なんですね。しかし、これは証明ではないのです。先に述べたようにスピノザは、「我思う故に我在り」が推論や証明ではなくて、「思いつつ在る」ことだと考えたのですが、ここでも同じことがいえるわけです。デカルトの神の存在証明は、証明ではない。それは、主観が共同体（システム）の支配下にあるということ、つまり、自分が有限であるということを意識するような主観は、その有限性を有限性として意識させる無限者（他者）なしにはありえない、ということを意味しています。

これについては、レヴィナスも同じようなことを書いています。

《デカルトのコギトは、第三「省察」の最後で、無限なる神の存在の確実性に依拠したものとして提出されている。そして、この神との関係において、コギトの有限性あるいは懐疑が立てられ認知されるのである。現代の哲学者たちは――これはハイデガーのことだと思いますけど（柄谷）――無限に依拠することなく、たとえば主体が死ぬということにもとづいてコギトの有限性を定義しているが、デカルトにおけるコギトの有限性をこのような仕方で定義することはできない。デカルトの主体が自己を把持しうるのは、自分自身にとって外的な視点を自分に対して設定し、この外的視点に立脚することによってである。（中略）無限のこの現前を欠くとき、有限なる思考はみずからの有限性に気づかなくなっ

てしまう》。(『全体性と無限』合田正人訳)

コギトと神とが循環論をなしているのではなくて、まさに自分が疑うということは、恣意的な行為ではなくて、それ自体強いられた行為である、ということだと思います。これはふつう、宗教においては神の啓示とかいうところです。さっき引用した中にあるように「全世界を異郷と思うものは完璧である」といっても、完璧になりたいと思って自分からそうする人は、実は第二のタイプなのです。そもそもこれは、まったく喜ばしくない生き方なのであり、好きこのんで自らそうなるものではない、と思うんです。誰だって、共同体に受け入れられたほうが喜ばしいに決まってます。しかし、あえてそれに反するのは、なぜかそうせざるをえないからなのです。それは自由な選択(自由意志)ではない。デカルトはそうですし、スピノザもそうですね。しかし、この「なぜか」を、個人的な資質から説明してはならないのです。

人が、共同体的であることを疑いはじめるということは、何か特別のことがあったり、神の啓示があったりしてそうなるものではないと思います。共同体という一つの閉じた場所——それがたとえ外部を持っていたとしても、その外部さえもその共同体の一環でしかないような外部であるならば、閉じているわけです——に対して、それに先行する「社会的」な交通空間があるからこそ、「共同体」をディコンストラクトする運動自体が起ってくる、と思います。

啓示宗教というのは、つまり世界宗教のことにほかなりませんが、それは基本的に「共同体」に対する「社会的」な空間の回帰だと思います。フロイトは、最初に「原父」が殺されて、そのとき抑圧されたものが回帰してきたのが世界宗教であると考えるわけですが、私は、その最初に殺された原父というものは「交通空間」のことだと思います。フロイトは、スピノザ的にいえば、神を想像（表象）によって考えてしまう宗教に対して、「原父」という表象を持ってきてしまうのです。それでは、「無限」なる神を考えることができない。すなわち、「無限」ではない「無際限」な神しか考えられませんね。私がいう「社会的交通空間」とは、さっきも話したように、「実無限」みたいなものです。これだけが内部（有限）と外部（無際限・無限定）の分割自体を無効化するものです。いいかえれば、それだけが、超越的な神々や神の意志を世界の外部に想定してしまう思考を、否定しうるものなのです。

デカルトをスピノザの線で読んだ場合には、これまで述べてきたようなことがデカルトについて考えられるのですが、デカルト自身は、必ずしもそういうふうには考えていないところもあります。たしかにスピノザは『デカルトの哲学原理』の中でデカルトを批判しています。しかし、その批判は、まさにデカルトが見出した「コギト」の問題と切り離してあるわけではないということが、大事なことではないでしょうか。つまり、コギトというのは、自分が所属している共同体＝身体に対する、一つの距離・外部性なんですね。おそらく、共同体の外で実存するということは、その外が「無限」であるが故に根拠を持っている、ということになると思うのです。

デカルトに対してスピノザは、神が自分を欺いているかもしれないというような懐疑は、神に関する正しい観念を持っているならばありえない、というわけです。それは、「無限」について正しい観念を持っているならば、つまり、無際限ではない「無限」についての正しい観念を持っているならば、有限―無際限というような考え方はできないということです。すなわち、神が私を偽るとか偽らないとかを考えることは、神を「無際限」の存在とみなすことであり、真に「無限」なる神についての観念を持っていないということです。

ギリシア哲学と違って、中世の西欧哲学では無限の観念があった、とよくいわれます。しかし、アリストテレス的無際限とは違うとはいえ、キリスト教の「無限」というのも、結局この世界の外部に神を想定してしまうのです。つまり超越者を想定してしまう。ところが、「無限」ということは、もはやその外部がないということにほかなりません。無限の「外」まで考えるということは、無限の観念を理解していないことになるのです。スピノザは、こういうことを言っています。「われわれがいかなるものについても確実ではありえないのは、われわれが神の存在を知らないかぎりにおいてではなく、ただわれわれが、神についての明瞭判然たる観念を持たないかぎりにおいてのみである」と。ですから、神の存在が問題になってしまうなどということは、神についての明瞭な観念を持っていないことを意味するのです。

4

スピノザは、『エチカ』において「無限の実体」という定義から始めます。《神とは絶対に無限なる実体、いいかえれば各々が永遠無限の本質を表現する無限に多くの属性からなっている実体と理解する》。これはスピノザの定義です。定義であるということは、証明ではないということであり、そして証明の問題ではありえないということです。むしろ、この中で初めて証明ということが可能なのです。とにかくまず、「無限」という観念を理解する必要があるわけです。スピノザの思想は、この「無限」という観念にもとづいているといってもいいと思います。「無限」という観念でもって、神・自然・意志・自由・実体といった一連の語が、その意味を徹底的に変えられてしまっているのです。

実体というのは、アリストテレスの場合は、内部において不変のものですね。そのとき、外部はカオスですから問題にならない。ところが、スピノザの実体というのは、無限なる世界そのものなんです。これを哲学概念の系譜だけで見ていくと、理解できません。逆にスピノザの体系は、無限についての新たなる観念によって初めて可能なのですから、それをとり去って、つごうよく彼の思考の先駆性を考えてもむだでしょう。むしろ大切なのは、「無限」の観念を回復することではないかと思います。

私は、マルクスの側からスピノザを読んでいる人たちの本をかなり読みましたが、本当は逆にスピノザからマルクスを読む必要があると思います。マルクスでは「自然史的立場」(『資本論』)という言葉になっていますけれども、それは「無限なる自然」であるスピノザの自然と似ています。それは自然科学でもなく、いわゆる唯物論でもありません。そこに「無限」の観念が潜んでいると思います。われわれは自然史の中にいるのだ、自然史の外部はない、外部と考えられている超越性や自由意志は人間の想像でありイデオロギーである、とマルクスは考える。それはただの唯物論ではなく、まことにスピノザ的な考え方だと思います。マルクスはラッサール宛の手紙の中で、エピクロスの「断片」も実は内的な体系性を持っているのだと書いた後で、スピノザの哲学も幾何学的な体系性とは別の内的な体系性を持っている、と書いていますね。私は、それは何なのだろうかとずっと考えてきたわけです。

幾何学的方法といいますが、デカルトとスピノザでは全然違うのです。スピノザ自身は、デカルトは分析的で自分は総合的である、という言い方で区別していますね。別の見方でいえば、デカルトは文字どおりユークリッド的です。彼が解析幾何学を創始したとしても、なおそうなのです。スピノザは、デカルトやライプニッツのような数学者ではなかった。しかし『エチカ』には、一種の幾何学があるといってもいいのです。

スピノザの幾何学というのは、比喩的にいうと、まるでユークリッド的ではないわけですね。それはいうなれば、最初の定義、公理の部分に、「平行線は無限遠点で交わる」というような観点を持ちこんでしまっている。つまり、「無限遠点で平行線は交わる」というようなことを、公理の中に入れてしまったときに成立するような幾何学にほかなりません。したがって、ユークリッド幾何学とはまるで違ったものが、そこから出てきてしまうのです。さっきも話しましたが、ブルーノの宇宙論は、地球面が閉じられた新大陸の発見という出来事にもとづいています。彼は、それを宇宙にまで引き延ばした。それは観察によるものではありませんね。しかし、アインシュタインも、非ユークリッド幾何学を宇宙にまで引き延ばしたのであって、観察にもとづいてはおりません。逆に、それは経験（ユークリッド的）に反するものなのです。としたら、ブルーノもまた、球面をモデルとする一つの幾何学を暗黙に持っていたと考えてもいいでしょう。

スピノザについても、同じことがいえます。「無限」について考えるときに、われわれは具体的なモデルを必要とするのです。しかし、同時に、そこから離れなければなりません。非ユークリッド幾何学もカントールの集合論も、あくまで形式的なものです。すなわち、スピノザのいう「観念」の領域ですね。モデルなるものは理解に役立つとともに、誤解にも導きがちです。たとえば、「無限の宇宙」というとき、われわれが外に立って、それを球体のように表象してしまうなら、誤りであるということですね。スピノザは「無限の実体」から始めるわけですが、とにかく「無限」が出てきたならば、それを超えた超越的な他者などありえないわけです。そうでないと、それより「外」があることになってしまいますから。

このことを、デカルトは考えられなかったのだと思います。デカルトのコギトの中にすでに無限者が出てきているのですが、デカルトの場合は、そこで終ってしまいます。自分の思考の確実性が保証されれば、それでいいわけですね。スピノザの場合は、最初から非ユークリッドで始めてしまいます。その中における論理は、もちろんユークリッドと同じになります。つまり、形式的に演繹されるわけですから。しかし、最初の公理が違うのです。これは、マルクスが書いてもおかしくないと思いますが、書いていない。それはむしろ当然のことで、彼は非ユークリッド幾何学を知りませんからね。しかしマルクスは、スピノザの幾何学とは別のところに「内的体系」を探す必要はなかったのです。スピノザの幾何学的方法そのものが、ユークリッド＝デカルト的体系とは違った体系なのですから。そして、この体系の中で、彼が用いる言葉は、それ以前ともそれ以後ともまったく異なるのです。

「無限」を、誰でも有限から考えるから、否定形でいうほかなくなるわけですけれども、それだとどうしても超越者が出てきてしまいます。しかし、「無限」についての真の観念を持てば――観念とはデカルト＝スピノザの言い方によれば、想像ではないものです。表象でも知覚でもないもの、つまり対象やレファレントを持たない形式、それを彼らは「観念」と呼んでいる――最初から否定されてしまうことなんですね。ここのところは証明の問題ではないんです。しかし、独断でもない。それは、場所（共同体）ではない場所、立場ではない立場に立つかぎりにおいて、疑いをいれない経験なのですから。

何度もいうように、「コギト・エルゴ・スム」は証明の問題ではありません。それは「在る」こと、つまり外部的に「在る」ことなのですから。それは、けっして神秘的なものではない。その逆ですね。マルクスがいったように、「哲学者を神秘主義に導くところの神秘」は、「社会的」な生活にこそ潜んでいるからです。

スピノザを神秘主義的なものと結びつけようとする、ロマン派や西田幾多郎などの系譜は、スピノザとは無縁です。それらは「共同体の思考」＝「農夫の思考」に帰着するのです。スピノザの「無限」は、「無際限」ではなく、いわば閉じられたものです。逆にいうと、閉じられてはいるが「無際限」ということです。このことはブルーノの宇宙論をヒントにするとわかりやすい。われわれは、宇宙の外に立つこと、つまりその全体を見ることはできない。そのアナロジーでいえば、ヘーゲルは、「無限」を理解しておりませんね。彼は、それを「全体性」にしてしまっています。ヘーゲルは、スピノザの考え方に対して、それは無限者自体の弁証法的な運動がありえないが故にスタティックである、と批判しますね。しかし、スピノザから見れば、ブルーノと同様に、「全体」を知ることも、何かを中心とすることも不可能なのであり、まさにそれが「無限」ということなのです。

スピノザは、「規定は否定である」といいます。これは、あらゆる積極的な規定は、「無限」から見たときにはその否定であるということですが、それは同時に、どんな積極的な規定も否定されるべきである、ということだと思います。しかしそれは、ヘーゲルのように絶対知に到ることがありえないのです。ヘーゲルによれば、積極的に在るものは無限者の自己疎外であるが故に合理的であり、同時にまた、それは否定されて無限者に自己回帰することになっている。しかしスピノザにとって、「否定の否定」は否定の徹底化でしかありえません。別の見方でいえば、共同体においてポジティヴに考えられていることは、社会的な交通空間から見れば否定されるべきである、つまり共同体はディコンストラクトされるべきである、という考えだと思うんです。

これは、共同体においてこそ「客観的精神」があるというヘーゲルと対立しますね。結局のところ、ヘーゲルは「共同体」の人なのです。彼はスピノザの「無限」の空間を共同体の空間に内面化してしまった、と私は思います。ヘーゲルは、先ほどの例の「故郷を甘美に思うもの」であって、スピノザは、そのような安らぎを得るような絶対精神は想像物にすぎない、と考えると思います。

5

最後に、身体論あるいは自然論について述べることにします。

最初に話したように、われわれは身体を超えられないわけですから、スピノザから見れば、われわれが考えていること、知覚していること、それらはすべて想像知にすぎません。しかし彼は、それとは別に真の知識《エピステーメー》がある、とは考えていない。ある意味では、後期フッサールみたいなことをスピノザは考えていると思います。というよりも後期フッサールは、彼自身における前期からの転回が、デカルトからスピノザへの転回に似ていることを知らなかった、というべきです。

たとえば、月は、われわれが見ているよりも実際はもっと大きい。そのときに、どちらかが虚偽でどちらかが真であるとは言えないわけですね。デカルト主義的な観点からすれば、天文学者がいう月の大きさが正しくて、われわれが見ている月の大きさは誤りになります。いわばフッサールが『ヨーロッパ諸学の危機と超越論的現象学』で書いたのは、われわれが知覚する月という体験を無視してしまったところに、近代的な精神の危機があるということでしょう。しかし、スピノザは最初からそう考えています。身体・知覚・情念・想像、この条件をわれわれは超えられない。それがスピノザの基本的な考えですね。

それに対して、スピノザの「知性」をめぐって考えた場合、デカルトと微妙に違ってきます。デカルトにとって、「精神」は身体から自立したものですが、スピノザのいう「知性」は「無限なる自然」の一部なのです。ただし「コギト」は、伝統的かつ日常的な「精神と身体」の二元論とは無縁である、といっておく必要があります。デカルトが、わざわざそんなことを考えるわけがない。「精神と身体」というふうに考えるときは、むしろ「共同体」の中での考え方だと思います。それに、文字どおり伝統的な考え方でもありますしね。明らかに「コギト」は、そういう考え方を出たところでいわれております。

私は、デカルトの名誉のために、ここで、それをはっきりと明言しておかなくてはならないと思うんです。誰しも、デカルト主義をたいへん矮小化したうえで身体を持ちだすのですが、私は、このことを例の「心身論」などで考えるべきではないと思います。そこに、「共同体的」なものと「社会的」なものという観点をどうしても導入する必要があります。たとえば、意識は脳とは違う。それは、意識は社会的だからです。したがって、それはデカルトがいうように、自立しているように見える。しかしスピノザは、それが社会的なものであるが故に、すなわち「無限」の自然の一部であると考えたのです。とすれば、それが自然を超えることはありえませんね。

とくに政治論レベルでは、この「共同体的」なものと「社会的」なものとの区別を明白にしていないために、誰もが非常な混乱を起していると思います。ホッブズにしてもルソーにしても、そしてスピノザさえもそうなんです。同じ言葉が使われているからといって、同じ意味ではない。つまり、「社会」といわれているとき実際は「共同体」であったり、「共同体」といわれているものが「社会」であったりするわけですね。これは「無限」という言葉についても当てはまることは、すでに述べたとおりです。「観念」という言葉もそうです。スピノザに関しては、その体系の中で理解しなければなりません。スピノザは、ホッブズと同じ言葉を使っていますが、「無限」という観念を持ってきた以上、彼の国家論そのものが変わらざるをえないのです。

スピノザは、こういうことを言っている。人間は自然権を持つわけだが、それは自然状態においては非常に無力である。したがって一人でいるときはむしろ自然権がない、と。彼は、さらにこう言うのです。《以上から、われわれはこう結論する。人間に固有のものとしての自然権は、人間が共同の権利を持ち、住み、かつ耕しうる土地をともどもに確保し、自己を守り、あらゆる暴力を排除し、そしてすべての人々の共同の意志にしたがって生活しうる場合においてのみ考えうるものである》。

これは、ホッブズなんかから見ると、とても奇妙な考え方になりますね。つまりスピノザの考えでは、各人の自然権は共同の法において増大するというわけです。だから国家の中でも、各人がその自然権を放棄することはありえない。『レヴァイアサン』のホッブズと最も異なるところですね。たしかに、他人と共にいるとき自然権は増大するというのは、おかしな考え方に見える。しかし、これが奇妙に思えるのは、国家（共同体）と社会の区別が欠落しているからだと思いますね。したがって、こういうふうに考えればいいと思うんです。各人は、単独であるかぎり無力である。ほとんど自然の権利、力を持ちえない。彼らは交通しあうことによって、その自然権を増大させる。この交通――つまり交換＝コミュニケーション――には共同の法がなければならない、と。

しかし、これは共同体内部の交換関係とは別のものですね。私は、共同体内部の交換関係とは贈与関係にほかならないと思います。つまり、「互酬性」という強制がある関係ですね。その中で、各人は主体ではありえない。親子の関係をはじめとして共同体の関係というのは、贈与関係の互酬性で成り立っています。たとえば、神に対して何か生贄なり儀式なりをすると、神はそれに対してお返しをしなければならない。それが呪術であって、呪術は贈与関係にもとづいている。スピノザにとっては、神に祈ることも同じことです。祈りにこたえて動くような神は、彼から見れば、親子関係からくる表象（想像）にすぎません。こういう「共同体」の贈与関係は、交換とは別のものだと思います。というのは、共同体と共同体の間の交換こそが「社会的」な交換だからです。そこにおいては、互酬性としての強制はありえない。つまり、対称的な関係はないわけです。それは、まさしく非対称な関係ですね。

もう一つ大事なことは、共同体と共同体の間の関係においては、法があったとしても、違反に対して制裁する主権がないということです。「社会的」な交換において成立する法を最初に考えたのは、オランダでデカルトやスピノザに先行しているグロティウスだと思います。彼はデカルトやスピノザに先立って、公理主義的に、いわば幾何学的に考えたわけですね。彼の公理は、もっぱら交換と契約に関するものであって、「人を殺すな」とかいうことは、彼の自然法の公理の中には入っておりません。それは「共同体」の掟《おきて》だからです。自然法というのは、本性的に国際法なのです。したがってグロティウスが、国際法の始祖だといわれるのは当り前のことです。自然法を幾何学的に確立しようとしたのですからね。

「社会的」、つまり「間共同体的」な交換に関する自然法には、すでに話したように、いわば違反に対する制裁ということがありえない。ですから、ケルゼンなんかは実定法のみが法であると考えて、自然法を否定したのです。自然法は形而上学的であり、アナーキズムに導かれるというわけですね。法の本質は、規範であり命令である。したがって、いかなる法もそこに遡行する。そして共同体の掟に行き着く、というのです。それ以前はわからないし、わかる必要がないとケルゼンは考える。たしかに現在の法(日本の憲法でもよい)を見ると、「共同体」の法と自然法とが、混ぜこぜに入っていますね。ケルゼンはそれを純粋化しようとしたんですけれど、ケルゼンの影響を受けたドイツの法学者たちは、ナチズムに対して何もできなかったではありませんか。ナチズムを拒否する根拠は、いうまでもなく自然法にしかないからです。

もともと歴史をふり返ってみても、そこにおいて共同体の掟が最初の法であるとはいえませんね。なぜならば、すでに「交通」があったでしょうから。共同体間の交通に関する法というものも、それに対する制裁があろうとなかろうと、事実としてあったはずです。家畜による交換にせよ、貨幣による交換にせよ、国家があろうとなかろうと、事実としてなされてきているわけです。

自然法が形而上学的であるのは、貨幣が、マルクスが考えたように形而上学的であるのと同じであって、重要なのはそれを斥けることではなくて、なぜそうなのかと問うことだと思います。実際において、いかなる共同体の規範も通用しないところで交換がなされてきたわけですし、今もなされている。それが国際法として明示されなくてもいい。たとえば、シルクロードにだって暗黙の国際法があった。そうでなかったら、分立する諸国家・共同体を超えた交易などありえなかったでしょう。むしろ、そういう「交通」がないとしたら、共同体は自給自足的な贈与の体系になってしまいますね。そこでは逆に、人間は自然権を持ちえないのです。そもそも、主体としての個人がいないのですから。

諸国家、つまり諸共同体がどんなに空間を区切り、囲いこんだとしても、社会的な交通の網目というのは広がっているわけですね。それを僕は「無限の空間」と呼びます。なぜなら、そこには内と外の分割がありえないからであり、どこも中心ではありえないからです。マルクスはそれを、「国家」に対して「市民社会」と呼びました。市民社会というものは、国家によって区切られてはいない。新大陸も含むような、社会的交通空間そのものです。そういう社会的な交通のネットワークの中で、それに対応して生産力が増大する。つまり、スピノザ的にいいかえれば、自然権が増大するわけですね。

ここで注意すべきは、スピノザが自然権を社会的なものとみなしていることです。つまり、彼の国家論は、共同体的なものを拒否するような国家論であるということです。オランダの国家について語ったとしても、オランダの共同体は彼には関係ないのです。もちろん、ユダヤ教の共同体とも関係ありません。つまり、個々人が生きて、個々人が交通しあうということが可能であるような空間、それを彼は「国家」と呼んでいるのですが、実際のところ、そんな国家は存在しないですね。オランダでさえも本当はそうではない。

スピノザにとって「共同体」の思考は、想像・表象・物語にほかなりません。しかし、彼はそれを、間違いであるとしてただ斥けるわけではないのです。最初に話したように、われわれはそういう条件のもとに生まれている以上、それを否定することはできないし、いわゆる自由意志は、それ自体が想像にすぎない。可能なことは、そのような状態そのものを一つの自然必然的な条件とみなして、そのメカニズムを把握しようとすることでしかありませんね。しかし、そのメカニズムを把握したところで世の中が一変するというのでもなく、そのような「知性」の活動において、われわれはそのかぎりにおいてのみ「自由である」ということです。しかも、この「知性」はけっして恣意的な意志ではありえない。なぜなら、それは「無限」の自然に根ざしているのであり、いいかえれば、「社会的」なものから来るからです。

したがってスピノザの姿勢は、ある意味では非常に楽天的であると同時に、とても厳しい、きついものです。「完璧な人間」ということは、途轍もなくきついことだと思います。スピノザがいたということは、私を勇気づけてくれるのです。

政治、あるいは批評としての広告

I

きょうは、ほぼ二つのことを話そうと思っています。一つは広告について、それをもう少し一般的に考えようということです。一種の政治学ですけれども、逆に政治の問題を広告という観点から見てみようということです。もう一つは、広告というのはつねに何かの広告であり、何かのための広告、いうならば何かが第一次的で、広告はそれのためのもの、つまり第二次的なものですが、そのような第二次的なものの問題について話してみたいと思います。

実際は、私はあまりテレビも見ないし、具体的に広告のことはよく知らないんですけどね。ただ私自身、テレビのコマーシャルをとてもよく見た時期があるんです。一二、三年前に初めてアメリカに行ったときです。一つには英語の勉強のためということがあった。

いじましい根性ですけれども、とにかく朝から晩までテレビを見ていました。そのとき気がついたことが幾つかあるんですが、アメリカのコマーシャルは、他の製品を攻撃しますね。たとえば洗剤の広告でも、いろんな製品を並べて、どれぐらい白くなったかというのを較べる。私は初め、他の洗剤は架空のものだと思っていたんですが、これが本物なんです。それらを並べて、この洗剤だとこれぐらいしかきれいにならない、うちの洗剤はこれぐらいきれいになると、露骨にやる。また、日本製のテレビとアメリカ製のテレビを並べて、何百時間か使用したところどうなったかという実績を見せる。日本のテレビは使いものにならなくなるのに、アメリカのテレビは健在である。そういうのをとても露骨にやるわけです。

広告というのは、ある共同体の範囲での「説得」ですから、その文化の体質や欲望の形態が非常によく出てくるところですね。アメリカのコマーシャルの攻撃性は、ほとんど他のアメリカの文化においても当てはまると思います。それに対して日本のコマーシャルは、そういう攻撃性をむしろ隠していくという感じがします。売るということを正面から出すことに対してはとてもシャイで、だから、広告もメタフォリカルだけど、アメリカの場合はすごく露骨にやるわけです。最近の反日キャンペーンの場合でも、東芝のテープレコーダーを議員がたたき壊すというようなことを平気でやる。あれも一種のコマーシャルですね。ああいうことを日本の議員がやると、私たちはかえっていやになると思うんですけど、アメリカ人にとっては、別にどうってことないと考えていいのかもしれない。だから、逆にいえば、ものすごいことがやられていると思わないほうがいいんじゃないかと思いますけどね。

選挙のキャンペーンの場合でも、これはレーガンが最初に大統領になったときの予備選の段階の話ですけれども、ある議員が大統領に予備選で立候補していて、かなり有力な人だった。ところが対立候補が、その人の奥さんについての攻撃を始めたわけです。スキャンダルですね。それで、その議員が憤慨して、記者会見をやったのです。自分を攻撃するのはけっこうだ、どんなことを言ってもかまわない。しかし、妻をそういうふうに言うのは許せないと、その人は、憤慨のあまり涙を流して抗議したのです。これは日本の場合だと非常に説得力があるはずです。あの人は真剣に怒っている。その証拠に涙を流して抗議している、と。ところが、涙を流したことでその人は一夜にして失脚してしまった。あんな時に泣くようなやつはだめだというわけですね。涙を流すようでは結局、大統領としてアグレッシヴな姿勢をつらぬけないということになる。そういう傾向が、アメリカ全体にあるのではないかと思います。

一方、日本のコマーシャルですが、一ついやだなという感じがするのは、これは日本にいるときはあまり気づかなかったことですけれども、白人やハーフが多いんですね。これはべつにテレビのコマーシャルにかぎらないんで、新聞の広告でも、デパートのマネキンでも皆そうですけれども、白人が圧倒的に多い。日本にアメリカ人の友達が来たときに、日本のことを全然知らない人なんですが、一緒にテレビを見ていて、その人がそれを言うわけです。どうしてこんなに多いんだと。その人はアメリカで有名な文芸批評家でして、いやなことを見られたなと思ったんですけど、たしかにある観点から見ますと、そこに日本人の全体としての欲望が出ているというふうに見える。つまり、日本人全体が白人の女や男に憧れて、白人を欲望している、そういうふうに見えてしまうんですね。これは不思議なことに、日本の中にいると別段そんなことはなんとも思わないんですけど、ちょっと外の目で見たら、いやな感じに見えてくるわけです。そういう意味で、広告はまったく無邪気なほど無防備であり、外部に対する自意識を欠いているのです。むろん、アメリカの広告にしても同様です。広告はほとんど「無意識」です。

そこから出てくるさしあたっての結論として、広告が届きうる範囲というのは、共同体の範囲ではないかということです。たとえば日本の製品の広告でも、アメリカではアメリカ人が作っています。そして、やはりアグレッシヴにやっています。逆にアメリカの商品の広告も、日本では日本人が作っているわけです。そういう意味で、広告の範囲というものは、ある文化、ある共同体に限定されると思う。つまり広告は、言語と同様に、一つの閉じられたシステムの中にあるということですね。広告という現象を一般的に扱うことができるとしても、普遍的な広告なるものは（普遍的言語と同様に）ありません。広告は、閉じられたシステムの同質性によって可能であり、かつその同質性を強化するものです。広告は差異化をめざすといわれているだけに、この点に留意してほしいと思います。

とりあえず広告について一般的に話したいと思うのですが、広告というものの位置は、ある意味で、批評によく似ている。いいかえれば、第二次的であるということです。物があって、それを広告しているのだから、広告は二次的である。批評の場合は小説があって、それについて書いているのだから二次的である。ふつうは、そう考えられているわけですね。私が二〇代にものを書き始めたころ、江藤淳という批評家が私に冗談にこういうことを言ったことがあるんです。批評家というのは、背が高く、ハンサムで、金がなければいけない。そして、小説家の中間ぐらいの売行きの人と同程度に本が売れてなくちゃいけない。なぜかというと、私もその後に気づいたんだけれども、文芸雑誌いわば文壇の中では、圧倒的に小説中心主義なのです。なにはともあれ小説家が偉い。批評家というのはその周囲にいる存在であって、中には小林秀雄みたいな別格の人もいるけれども、たいていは小説について何か論じたり、つまりは、使われている身分ですね。ていのいい広告屋なのです。そういう立場にいるんだなというのを、かなり実感したことがあります。それ以前の私は、批評というのはそれ自体独立していて面白いのだと思っていたんですが、どうもそうじゃない、バカにされる存在なのです。

江藤淳の忠告の中で一つだけ同感したことは、批評はある程度売れなくちゃいけない、小説家の中ぐらいほどには売れなくちゃいけないということです。そのことだけは考えましたね。バカにされるのは、まさに売れないからです。ある意味で小説家は、売れなくてもかまわない。なぜならば、自分は創造的なことをやっているのに、これを世の中がわからないだけだと、こう言っていられるわけだから。批評の場合、そういうことは言えませんね。批評というものが、小説、あるいは創作といわれているものに対して二次的にあるということは、一つの条件として認めざるをえないのです。

こういう二次性は、それにとどまるとはかぎりません。たとえば本を出すときに、装幀が必要ですが、装幀者は本の書き手に従属するというか、二次的な立場に立つわけです。編集者もそうですね。しかし、こういう状態が、四、五年前から、およそ八〇年代ぐらいから逆転してきたと思うんです。第二次的なものと第一次的なものの位階が逆転してきた。一般に広告のことが話題になってきたのはここ四、五年です。それは「ニューアカブーム」といわれて、浅田彰が話題になった時期です。私はそのときに日本にいなかったのですが、私なんかも、その「ニューアカ」の一人ということになっていたようです。私自身は、全然そう思っていませんでしたけれど。

広告論というものがブームになったということは、さっきも言ったように、それまで二次的であったと思われたものと一次的なものとの関係が、ある意味で逆転したということだと思うんですね。黒板に思いつきに並べたんですけど(次頁参照)、上のほうが第一次

〔一次的⇒A〕〔二次的⇒B〕

オリジナル↔コピー
本質↔現象
音声↔文字《エクリチユール》
意味↔記号
普遍↔個・特殊
創造↔引用
生産↔消費
小説↔批評
物（商品）↔広告
本↔装幀

ギリシア……プラトン↔アリストテレス
＝　＝
中世……………リアリズム（実在論）↔ノミナリズム（唯名論）
＝　＝
意味・概念↔記号
＝　＝
伝統的・農耕的↔都市的・商業的
マキアヴェリ…貴族的支配↔デモクラシー
欲求・必要↔欲望

のは、基本的にいって、こういう第一と第二の順序を逆転する思考だった。たとえば「音声と文字」ということでいうと、音声は自分の内部にいちばん近いものである。頭の中でも喋っているし。それに対して文字は、それを書き写したものである。だから二次的である。そういうのが普通の考えですね。それを転倒しようとしたのがデリダです。むしろ文字が先にある、書くということが先にあるのだと。この黒板の図を見ればわかりますけれども、それはなにも文字とか、エクリチュールとか、それだけの議論ではありません。ここに書いた、第一次的なものと第二次的なものについて全部当てはまります。つまり、最初にオリジナルなものがあって、それのコピー、複製があるという考え方、あるいは本質的なものと現象的なもの、そういう位階を全部ひっくり返すことになる。

広告というのは、この中での一つの領域に当ると思います。今までであれば、まず物（商品）がある。それが本体である。そして広告というのは、それをたんに知らしめる付随物にすぎない、と。それは、本という本質がまずあって装幀などは現象にすぎない、本の中身がまずあってその後に装幀があるだけだ、という考え方と並行しています。それがまさに、広告が物を売らしめるのである、というように逆転される。物があって売れるのではなくて、広告こそが物を売らしめるのである、と。もちろん、それは従来の考え方の中では不自然に見えるのですが、従来の考え方が自然であるということが実は形而上学なのだ、というわけです。

これは、たとえば「生産」と「消費」ということでもそうです。生産がまずあって、消費は第二次的なものであると普通は考えられる。しかし、この逆転においては、まさに消費のほうが第一次的なのではないかということになります。ボードリヤールは、「西欧は今まで生産中心主義が支配してきたが、今やそれが逆転されたのだ」という。消費社会というのは、たんに商品が消費されている社会ではなくて、逆に今まで第二次的で下に置かれてきたものが優位に立つ、という意味を持つ社会ですね。それを「消費社会」と呼んだわけです。ともかく、くり返していえば、黒板に書いた上位と下位、一次的と二次的というものの位階が逆転されるとか、あるいは曖昧になる事態が起ったのです。

さらに黒板の図で、「小説」と「批評」という項目がありますが、これについていうと、小説家は、自分がまず最初に書いているのだと考えるかもしれない。しかし、小説をまったく読まなかった人が小説を書くということはありえない。たしかに、そういう人はいないわけではないんです。深沢七郎なんかそうかもしれないし、今だっていますね。しかし、劇画くらいは読んでいる。新聞も読んでいる。いろんなものを読んでいるはずです。ただ、いわゆる純文学的なものを読んでなかっただけのことで、物語であれ何であれ、すでに子供のときから、いろいろなものを聞いたり読んだりしているわけですね。その上で、書くということが出てくる。そうすると、その人は、自分で創作、創造しているつもりかもしれないけれども、「引用」しているということになります。その引用はあまりにも多岐にわたっているし、自分の中に入っていますから、引用している意識すらないのです。しかし、ある観点で小説を見ますと、昔からのいろんなパターンを組み合わせて、わずかに変更しただけのように見える。大衆小説なんかだとそれはハッキリしていますけど、いわゆる純文学もそうなのです。とにかく、創作といっても、実は前にあったものの引用である、それの変形である、ということになってしまう。

そうすると、いちばん最初だったと思われているものが、すでにコピーだということになるわけです。図の「オリジナル」と「コピー」という項目でいいますと、オリジナルがコピーだったということになる。大ざっぱに述べれば、これがいわゆる「ディコンストラクション」というものなんですね。ディコンストラクションというのは、一次的なものと二次的なものをたんに逆転するだけではなくて、第一次性、つまり起源であり始まりであるものそれ自体がすでにコピーであり、再現にすぎないということによって、上下の関係、一次性、二次性という位階を潰そうとするものだといっていいと思います。

しかし、別にそういう言葉を使わなかったとしても、あらゆる領域でそれがなされているのであって、いわばデリダもその一人にすぎないのです。つまり、哲学と関係なく、いろんな領域でこの転倒が生じた。それゆえに、広告論というか、広告のブームと、そういう現代思想の動向とが合致したのです。これが三、四年前の現象ですね。

ところが最近、広告でも物は売れないのではないか、というようなことになってきているのですが、そのことは〝現代思想〟についてもいえます。実際、〝現代思想〟も売れないのです。その関係の出版物が数年前にあれだけ売れたのが、今は本屋にも置いてない。たしかに大きい本屋は別ですけれども、もはやその大きい本屋でさえ「ニューアカデミズム」という感じでは置かれていませんね。そうすると、広告関係の人たちのあいだから、広告で何もかも売れると思うのは違っているのではないか、やっぱり物があって売れるのではないか、という声がきこえてきます。つまり、逆転に対して、とりあえず一つのぶり返しがあって、広告はやはり二次的なものなのではないか、というところに落ちついてきているわけです。しかし、この二次性に腹を立てるべきではないと思う。批評は、たしかに二次的である。しかし、そのかわり批評家は、自分が一次的でオリジナルだと思いこむ錯覚を免れることができるのです。そして、二次的なポジションにいる者だけが、批評的でありえます。

2

しかし、一次的、二次的というようなことを形式的にひっくり返してみたり、いじくったりするということではだめなのではないか、と私は思います。つまり、ディコンストラクションもそうですけれども、このような位階の上下をひっくり返したり、あるいは上下の区別そのものを解体するということを、たんなる形式的な操作でないようにしているものは何なのか。この形式に意味を与えているものは何であるのか。私はこのような形式の外にあるものを、「歴史」と呼びたいんです。それは普通にいう歴史ではありません。われわれが意識していないある外部性を「歴史」と呼ぶのです。

たとえば好況、不況というようなことを考えますと、好況期には物が売れるに決まっている。逆に、不況になれば、何をしても売れないわけですね。ですから、それが属しているある歴史的な文脈をとってしまうと、形式的に、広告が優位であるとか下位であるとか、そういうことをいくら言ったってしょうがないのです。こういう議論をたんに形式的にひっくり返したところで、何もひっくり返したことになりません。

ちなみに、こういう逆転が、一九七〇年代からの現代思想の中で初めてなされたということも間違いですね。ある意味で、この二つの上下の関係をめぐる闘争は、哲学が始まったところから続けられているのです。

中世ヨーロッパでは、普遍論争というものがありました。リアリズム（実在論）とノミナリズム（唯名論）の争いです。リアリズムといっても、中世のリアリズムというのは今のリアリズムとは違います。普遍的なものが実体だという考え方です。たとえば、机なら机という概念（イデア）がある。それがたまたま個々の机として現れているのだというのがリアリズムです。ノミナリズムは、個物こそが実体だという考え方です。個々の机があって、それの集合を机と呼ぶのであって、机一般なるものはない、という考え方です。ギリシアの場合は、プラトンがリアリズムで、アリストテレスは、それに対立して個物しかないと言ったのです。だから、最初のプラトン批判はアリストテレスがやっている。ただしアリストテレスは、「普遍」を「第二実体」として認めていますから、半ばプラトン的ですね。中世の場合は、ノミナリズムとリアリズムという対立になったわけです。そこでは、アリストテレス派はリアリズムになっています。

簡単にいうと、黒板に書いた図（二三三頁参照）で上をA、下をBとしますと、リアリズムというのは、明らかにAが先行するという考え、ノミナリズムはBが先であるという考えなんですね。およそ思想史は、リアリズムとノミナリズムの対立という形でずっと続いてきている。それは何段階にも積み重ねられてきています。また、もはやそういう言葉では語られていませんね。しかし基本的には、この対立が反復されているといっていいと思います。つまり、それが現代では別の言い方でなされていると考えていいと思うんです。

もう一つ述べておくと、リアリズムというのは、いわば伝統的な、あるいは農耕的な社会であり、ノミナリズムというのは都市的、あるいは商業的な社会ですね（前掲の図参照）。広告ということが出てこられるのは、明らかにノミナリズムの中であると思います。ある物がよいとされているとき、それが伝統的な価値でされているところでは、広告は意味をもたないわけです。それ自体で価値があるんですから、わざわざ広告する必要がない。むしろ広告しなければならないということが、そのもののインチキ性を表すということになってしまう。すべてがすでに与えられているというような場合、どうしてもリアリズムの考え方をとると思います。

これを時代的なことでいいますと、私の感じでは、一九六〇年代、およそ昭和三〇年代の後半に、日本の社会はいわばリアリズムからノミナリズムに移ったのではないかと思います。別の言葉でいえば、それは農耕社会——工業社会といっても半ば農耕社会なのです——から、いわゆるポストインダストリアル・ソサエティへ移行した。その移行がほぼ昭和三〇年代の終りぐらいだろうと私は思う。ちょうど東京オリンピックのころですね。その少し前ぐらいからテレビが普及してきたのですが、消費社会化したのもそのころです。アメリカ社会学、たとえばブーアスティンやマクルーハンがそのときブームになりました。

ちなみに、近年の文学では、ねじめ正一の詩でもそうですし、『サラダ記念日』もそうだけれども、ほとんどみんな商品名をそのまま使うんですね。なんとか醬油とか、すべてその商品名を使うんですけど、小説でもそうです。横文字にせよ、日本のものにせよ、商品の名前をそのまま使うようになっている。これは絵画なんかすでにそうなんです。ポップアートがそうだけれども、実際、商品自体を絵にかく。コカコーラのビンとか、それまで絵画の対象ではなかったものを絵にします。それと並行して、文学の場合でも、そういう商品の名前が出てくるようになってきます。

逆に、普通の固有名詞のほうはすごく抽象化しているわけです。町の名前も何も書いてない。それから人の名前も、ジョーとかケイとかミーとか、あるいはKとMのようなものになる。健三とか謙作とかいった名の主人公が出てこない。それでいて商品名のほうは、たいへんに具体的な名前が出てくる。しかし、これらは同じことを表しているのです。つまり、歴史的な場所というものにはリアリズム的な意味がある。地名にはみんな因縁がありますし、必然的な意味があるわけです。だから明治の文学なんか読みますと、かなり意味深い感じがするんですね。団子坂を上るとどうのこうのとか。団子坂なんて、ずっと江戸からあるわけだから。それに対して今、「団地の何とかを曲がると」なんていったって、意味ないでしょう。ですから、どこそこということはとても恣意的なものになるわけで、まず書けない。無理に書いてもしょうがない。

そういうふうに、地名、人名というものがたいへん恣意的になってきたということと対応して、物に関しては、商品名が平気で使われるようになった。たとえば「カルピス」とか「味の素」とかいうものは商品名なんですけど、ほとんど概念になっていますね。たとえば「旭味」は「味の素」の一種というふうになっている。つまり、「味の素」は商品名であると同時に概念になっています。昔の作家は、「カルピス」や「味の素」までは使う。しかし、「旭味」は使わないのです。それがリアリズムの作家だった。この意味では、かつての「リアリズム」と同じだと考えてもいいかもしれませんね。リアリズムの作家は、ものを写実するというよりも、基本的には概念の世界、概念として通る言葉だけを使うのですから。

文学では、リアリズムとか反リアリズムとかいう議論があります。実は、近代リアリズムは、ノミナリスティックだったのです。健三とか謙作という名をつけること自体が、それまでの、たとえば「間《はざま》貫一」と「富山《とみやま》」（『金色夜叉』）のように意味を背負った名に対する否定だったのです。それによって、個体（個物）としての主人公を描きえた。しかし、それが定着すると、リアリズムは、まさに古い意味で「リアリスティック」になってしまいます。今日の文学は、それに対してノミナリスティックですね。つまり、それは、リアリズムの文学に対してノミナリズムの文学だといっていいでしょう。この変化が起ったのは、日本の文学でいえば、明らかに六〇年代から七〇年代にかけてですね。今の若い作家は、その意味でノミナリスティックだといっていいのです。

ノーマン・メイラーが『ぼく自身のための広告』という本を六〇年代の初めぐらいに書きました。それはエッセイ集ですが、「広告」という言葉がこういう形で使われた最初の例ではないかと思います。メイラーというのはある意味で、日本でいえば三島由紀夫あたりと似たところがある。つまり、作家というだけではなくて、一種のパフォーマーなんですね。いろんな場所へ出かけてみたり、いろんな行動をしてみたりというタイプです。もちろん、作家がいろんなことをやるのは昔からありますが、六〇年代以降というのは、どこか違うんですね。「広告」という言葉に近いような感じになるわけです。ロラン・バルトが「作者は死んだ」ということを書いているけれど、作者が死ぬというのは、たとえば「オリジナル」とか「創作」が死ぬということですね。つまり、それは「引用」のコラージュにすぎない。「書く」ということは、何かを書くという他動詞ではなく、自動詞だというわけですね。だから、主体としての作者なんていうのはもう存在しない、という考えになるのです。

　それは正しいと思いますけれども、そういうふうにして死んでしまった「作者」というのは、どこへ行ったのだろうか。つまり、それまでは作者が生きていた。したがって、作者、作家が何かを書いているという感じだった。ところが、いまや言葉が書いているのであって、作者は消えてしまっている。しかし、その作者はどこへ行ったのかというと、その時期から作家が「記号」になったのです。ノーマン・メイラーというのはアメリカでもすごく有名な人です。アメリカでは作家は一般的に大衆に知られていないけど、トルーマン・カポーティとノーマン・メイラーだけは芸能欄、芸能ニュースの中に出てくる。それでいていわゆる純文学の作家ですから、珍しいんですけどね。

　それは別にして、作家が「記号」になるというのは、どういうことか。近年は、とりあえず有名になってから小説を書くという感じの人が多くなってきている。「作家」という記号にまずならなければ、作家ではない。これは、およそ七〇年代ぐらいから出てきた現象ですね。三島由紀夫はそのはしりみたいな人で、今の作家がやるようなこと、歌手になってみたり、ボクシングをやってみたり、映画をつくってみたり、映画に出てみたり、いろんなことをやりました。リアリズムの作家にとっては、それは非常に許しがたいことです。しかし、ある意味では、「作者は存在しない」ということと、そのように作家が「記号」になるということは等価であって、それが一九六〇年から七〇年ぐらいにかけて、一般に広がったと思います。

つまり、その背景には、図に書いたような、リアリズムからノミナリズムへという変化がある。ごく近年の例を話してきましたが、リアリズムからノミナリズムへの変化というのは、歴史的には何度も反復されているわけです。すでに述べたように、中世でもそうだし、あらゆる局面で一つの思想上の展開があるときは、必ずリアリズムからノミナリズムへという形をとっていると思います。それはもちろん日本でも同じことです。

3

広告の政治学みたいなことを最初にちょっと予告しましたが、政治というものが政治として最初に捉えられたのは、マキアヴェリによってですね。マキアヴェリというのは、著作を読んだことのない人は、マキアヴェリズムという形でしか知らないと思いますけど、実際は、そういうタイプの人じゃないんです。この人はフィレンツェの政治家であり理論家だったのですが、共和主義者であり民主主義者でした。「デモクラシー」は「民主主義」と訳されているけれども、もともとは悪い意味ですね。デモクラシーの「デモス」は「大衆」という意味ですから、大衆による政治のことです。貴族政治というのはアリストクラシーです。後者は、生まれながらの身分による支配のことですね。

デモクラシーになると、いかなる支配も大衆に訴えないといけないということになります。つまり、今までは身分による支配、あるいは伝統的な規範による支配ですが、デモクラシーということになると、どうしても大衆の人気を獲得しなければならない。マキアヴェリは、明らかにそういう意味での民主主義者であり共和主義者なので、政治の一番の根本を、大衆の支持を獲得することに置くのです。その場合、大衆の支持を獲得するというとき、道徳的にその人がいいとか悪いとかいうことは問題じゃないわけですね。つまり、大衆にそう見えなければいけない。その人は悪党であっても、大衆に善人に見えればいい、ということになる。そこがいわゆるマキアヴェリズムということになるんですけど、肝心なのは、「大衆の支持なくして権力なし」という考え方です。本質的にデモクラシーというのは、そういうことになってしまうのです。大衆にどう見えるかということ、大衆の支持が問題なのですから。

伝統的な規範による支配者、あるいは生まれついての貴族、生まれついての指導者という考えは、リアリズムです。それを否定しようとすれば、いわば見かけが大切ということになる。つまり、先ほどの「本質」と「現象」という二項対立でいえば、現象すなわち見かけこそが大事ということになるわけですね。「本質」なんてない、かりにあっても、政治家にとって重要ではない、と。政治家というのは、いわばどう見えるかが問題だということになるのです。これは伝統的社会あるいは身分社会と対立します。これは、都市・大衆社会に特有のものですね。いいかえれば、政治というものをノミナリスティックに捉えた最初の人がマキアヴェリである、と考えてもいいでしょう。

したがって、さっき図に書いたような上下の位階の逆転は、つねにある段階、ある時期でくり返されているといえます。重要な出来事というのは、ほとんどリアリズムからノミナリズムへの転換だと考えていいと思います。そしてマキアヴェリと同時に、実際に「広告」ということが出てきているのです。政治ということが、たんに支配することではなく、大衆の支持を獲得することであるとするならば、すでに政治は「宣伝」「広告」という問題になるからです。

ヒットラーのことで、こういう話を耳にしたことがあります。日本人で、ミュンヘンに留学していた人がいて、ビアホールで飲んでいた。そうするとヒットラーがやってきて、全員に握手して廻ったらしい。むろん、日本でも東條英機なんかが、子供と握手する写真を撮ったりしたことはあるんです。しかし、東條は軍人ですし、軍の中でずうっと上がってきた人ですから、そもそも大衆の人気なんかと関係ない。ある程度の人気とりはやったかもしれないけれど、ヒットラーみたいに、大衆の人気を獲得するという形でやってきてはおりませんね。だから、独裁者ヒットラーといっても、そのへんのビアホールにまで出かけていって、みんなに握手して廻る、そういうところからのし上がった人なんですね。フィレンツェの当時の独裁者なんかでも、結局、大衆運動を通して権力をとっているのです。

ヒットラーに関しては、彼の著書に『マインカンプ』(『わが闘争』)というのがあって、これは、このあいだ自殺したヘスが獄中でヒットラーの口述を筆記したものだといわれています。わりと初期のものですが、この『マインカンプ』は一種のバイブルになっていて、ナチスの時期にはみんなに読まれていた。私がこれを読んでびっくりしたのは、マキアヴェリの本と似ているんですが、どうやって大衆に宣伝するかが書いてあることです。たとえば集会は夕暮にやらなければならない。夕暮になると、人間は昼間持っているような秩序とか理性というものを失う。そういうときにアジれば非常に動かされやすいんだ、ということが書いてあるのです。

たとえばまた、共産主義者というのはわれわれにもっとも近い連中である。たんに保守的な連中はだめだ。共産主義者こそナチスの潜在的な候補者である。だから「コミュニストを誘え」というようなことも書いてあるのです。もちろん共産主義をやっつけてはいるけれども、共産主義者はとにかく革命的であり、この世の秩序に合ってない連中なんだから、彼らを狙えという。これは、たぶん当っています。宗教もそうですね。新興宗教が説得しやすい人というのは、別の新興宗教の人です。「おたくの信仰では病気が治りませんよ」「そうか」といって、そっちへ移るわけです。まったく関係ない人には、新興宗教も働きかけようがないんですね。だから、ある種の宗教的人間を奪い合っているという感じがします。

私が『マインカンプ』でびっくりしたのは、こういう内幕を書いた本をよく読ませているということだったのです。ヒットラーの手の内がほとんど書いてあるわけだから、大衆が騙されているとはいえないんですね。つまり、ヒットラーのやり口も全部わかっているその人たちが、ヒットラーを支持しているのだから。しかし、これは「広告」というものの特徴なんですね。広告というのは、それは広告であるということをみんなが知っている、ということです。広告でないならば、たんなる詐欺になる。デマゴギーになります。しかし、それが広告であるということを知っていて、なおそれに動かされるということ、それが広告ですね。デモクラシーというのは、どうもそういうものではないでしょうか。

アメリカの大統領選挙の話を先ほどしたけれども、これはものすごく演出されているわけです。もちろん広告業者もみんな参加してますし、日本でいえば、電通みたいなところがやっている。レーガンなんてもともと俳優だし、当然そうなんだけれども、他の候補の場合もメーキャップから、発声、話す内容まですべて、徹底的に計算されているのです。

最初に話した例のように、涙を流したりなんかするともうだめだというのは、その候補が、役割をうまく演じていないことを意味するからです。そのように、宣伝され、演出されているということを、アメリカの大衆は知っている。知っていて、どうも演出の仕方が下手だとか、そういう判断までしているわけです。そうすると、たんなる宣伝というのとちょっと違ってきます。この人は演出が下手だというような評価も判断のうちに入るのですから、ほとんど相互了解でやっているようなものです。たんに大衆が動かされるというのではなくて、大衆が、自分を動かしている当のものを知りながら動かされる。つまり、自分で主体的にそれをやっているのだと思えるということ、これが、「広告」と同じことなんですね。

マキアヴェリズムというと、ふつうは権謀術数とかそういったことを思いがちですが、実際にマキアヴェリのいっていることを見ますと、まさに手の内を全部相手に明かすのです。自分は広告してますよということさえも、相手に知らせている。ヒットラーにしても、まさに同じことをやるわけで、ドイツ人はたんに騙された、強制されたとは本当はいえないはずなんですね。有名なゲッベルスというのは宣伝担当の大臣ですが、ナチスは、ほとんど宣伝組織なんですよ。ゲッベルスのように、宣伝担当がナンバー2というか、そういう地位にいるのですから、ナチスの政治というのはまさに広告の政治なんですね。ありとあらゆる演出もしますし、オリンピックもナチスの演出どおりやったのです。もちろん、その映画も作る。リーフェンシュタールの映画が、これまたすごい。ナチスとかイタリアのファシズムというと、弾圧とか恐怖政治とか、そんな形ばかり誰しも考えるでしょうが、それらは、まさにある意味でデモクラティックだった。大衆の支持によって成立したのです。クーデターによって権力をにぎった軍事的独裁などをファシズムと呼ぶのは、だから間違いです。ファシズムには、大衆を魅きつける何かがあった。それを忘れることのほうが危険ですね。

デモクラシーとは、本来そういうものです。したがって、貴族主義的なタイプ、伝統的なタイプにとっては、それは嫌悪すべきものです。日本で「民主主義」という人は、むしろ貴族主義的なタイプですね。たとえば丸山眞男とか偉い大学の先生などです。ところが、もしデモクラシーを選ぶならば、というか、選ばざるをえないけれども、いかなる権力も大衆の支持を獲得しなければならないとするならば、政治というのは明らかに「広告」と同じことになるのです。一方的に知識を持っていて、むこうが知らされていないというのではなくて、相手にも知らしめておいて、なおそれを操作するという形になる。これは「広告」というものと、たいへん近いあり方になると思います。

4

以上のことに関連していいたいのは、「欲望」という問題です。それは、欲求とか必要ということと区別されます。農耕社会あるいは伝統的社会では、「必要」というもので十分です。ところが、「欲望」というのは、自分の内部にあるものではない。欲求（必要）というのは、腹減ったら何か食いたいということですね。食い物があれば何でもよろしい。しかし欲望というのは、その食い物がいかなるものであるか、いかなる食器に置かれているか、いかなる店にあるか、というようなレベルにあるものです。

ヘーゲルは、欲望とは他人の欲望だといっています。つまり、他人に承認されたい、認知されたいという欲望です。これはまた、他人が欲望しているものを欲する、ということを意味します。なぜなら、これを手に入れることによって、他人に承認され、他人に対して優位に立ちうるからです。他人が欲望しているから欲しい。流行というのも、やはりそうですけどね。私はまだ『サラダ記念日』を買ってませんが、皆さんの中でも、かなりの数の人が買ったはずです。なぜかというと、他人が買っているからですね。ある部数までいきますと、ベストセラーというのはそういうふうになってまして、みんなが買っているから買うんですね。つまらないと思っても、とにかくみんなが読んでいるから読む。その本が欲しいというわけではない。だから欲望のレベルというのは、他の人間が欲しがっているから欲しいということですね。たとえば、他の人間が好きだという女だから、自分も好きになるということです。美人がいいとか、そんなことだって欲望ですね。つまり美人というのは、他人が美人だと思うもののことです。自分が勝手に美人だと思えばそれでいいのかというと、そうじゃない。他人が美人だと思うということで好きになるのだとしますと、その人はまさに欲望のレベルで動いているのです。

リアリズムの段階では、いわば美人とは、イデアのように規範としてある。すなわち、それは他人の欲望によって浮動したりしません。だから、ここでは他人の欲望で動くということが否定されます。ところが、ある段階に入ると、まさに欲望で動き始める。日本でも、「欲望」というものが出てきた感じがするのは、およそ元禄時代ですね。たぶんそのころから「広告」が出ていると思います。ちなみに荻生徂徠は、そのことで封建社会がつぶれてしまうという危機感を強く持っていた。というのは、都市つまり江戸では、侍が町人の真似をしたのです。町人のような格好をし、町人のやっていることに憧れた。封建制は身分社会であって、その身分社会において、いろいろ格式があり儀礼も違うべきなのに、全員が同じことをやるようになった。つまり、他人の欲望で生き始めたのです。

いいかえますと、他人の欲望というものが出てこられるということは、侍も町人も区別がない、すなわち他人と自分とが同質であるというレベルです。たとえば子供が何かを欲しがったとしても、大人はそれを欲しいと思わないですね。また、女の人が何か欲しがったとしても、男のほうでは、なんでそんなものを欲しがるんだということになるでしょうし、本質的な差異がありますと、欲望が喚起されませんね。ところが、それが同一だということになると、たちまち他人の欲望の中に巻きこまれていく。だから、荻生徂徠が考えたことは、その差異をハッキリさせてしまえばいい、ということだったと思います。身分社会をもっときちっとしろ、と。そうすれば、消費社会の競合現象は起らないであろうと考えた。それほど元禄時代において、すでに江戸でも大坂でも、一種の消費社会に入っていたのです。

つまり、先ほど述べたリアリズムとノミナリズムという問題は、江戸時代でも、一七世紀の中ごろから明確に現れていた問題なんです。それが、朱子学というリアリズムへの批判として現れたわけです。したがって、なにも七〇年代がどうのというだけじゃない。「欲望」というものが出てくる場所は、均質であり同質であるような社会ですね。もし身分的に異質であるならば、貴族が何をやっていようが、大衆は関係ない。大衆が何をやっていようが、貴族も関係ない。相互に何の興味も持たないはずです。ところが、全員が同質であるというふうになってきますと、つまりデモクラシーになるわけですけど、欲望すなわち他人の欲望が支配的になっていくのです。もはや自分自身の身分、いわば「本質」から来ていたところの「欲求」はありえません。

最初に、広告はある共同体の範囲を出ないと話しましたけど、それは、同質性が一つの共同体の内部にしかありえないからですね。ある共同体の中でだけ、ある同質性が保たれているわけですから、それより外には通用しない。だから広告は、それ自体つねに新しく、つねに差異的であるにもかかわらず、全体として見た場合、そのことで結局何がなされているかというと、一つの共同性が確認されているといえるでしょう。いいかえれば、共同体が確認されているといってもいいと思う。

広告の限界とは何かといったとき、それは共同体の範囲を越えられないということ、共同体をたえず強化することである、という気がします。そうでないかぎり、また広告の効果もないんですね。大衆の欲望が、いわば「無意識」が、表出されていないかぎり、効力を持たないのです。広告は基本的にデモクラティックである。しかし、そのデモクラシーというのは、ある閉じられた共同体の範囲にあると思います。

いちばん最初に戻って、広告は一次的なのか、二次的なのかという問題がありました。しかし、それは形式的な議論の問題ではありえないと思います。広告はそれ自体、歴史的なものです。そして、広告の位置を決めるのも、形式的な議論ではありません。広告を可能にしているものと、広告を限界づけているものとは、同じであるということです。きょうはこれで終ります。

単独性と個別性について

I

きょう話そうと思っているのは、「単独性と個別性」の違いです。個別性とは、特殊性といいかえてもいい。つまり、それは一般的なもの（概念・集合・一般者）の中に属するものであり、一般者の限定または特殊化としてあるものです。単独性とは、けっして一般性に属さないものですね。わかりやすくいうと、たとえば「この犬」とか「この私」というとき、われわれはそれが犬一般や私一般に属することを認めながら、なおどこにも属さない何かとして在ることを意味しているのです。単独性とは、類に対する個ではありません。類からはけっして捉えられないような個のことです。

ところで私は大学生のころ、哲学というのはどうもよくわかりませんでした。読んで理解できるかの以前に、なぜか興味を持てなかったのですが、それはどこにも「この私」のことが書いてないからです。つまり、「人間」のことが書いてあるんですね。「人間とはこうだ」と書いてある。たとえば、サルトルは小説家でしたし、とても読みやすいけれど、それでも「人間とは対自存在である」と書いてあるわけです。これは「この私」のことじゃなくて、皆それぞれが対自存在であるということであって、どうも「この」ということが出てこないような気がしたんです。ハイデガーの場合はダーザインといいますが、これもやはり人間一般です。「私」ではあるけれども、同時にそのことは万人に当てはまる、そういう「私」でしかありませんね。

私は『探究Ⅰ』を出したとき、「独我論」ということを書いています。一般的に「独我論」はそんな意味で使われておりませんが、私が「独我論」と呼んだのは、「私」しかないという意味ではなくて、「私」がいつでも万人にとって当てはまるような、そういう考え方のことです。ですから、フッサールであろうとハイデガーであろうと、またサルトルであろうと、ことごとく「独我論」だと私は思います。つまり、「この」に関係していないからです。

「この」について、「この私」ということでだけ話していますと、おそらく自分にこだわることのように見えるかもしれませんが、実はそうじゃないんです。それを「このもの」とか「この他者」に置きかえて考えたらいい。かりに失恋した人がいるとします。そうすると男でも女でも同じですが、とりあえず男を中心に考えますと、人がよく失恋した男を慰める言い方は、「女はいくらでもいるじゃないか」「他にもいるじゃないか」というわけですね。しかし、失恋というのは「この人」を失ったことなのであって、他にいろいろいるといわれても困ってしまう。「この人」は、とり替えがきかないのですから。

ところが、そういう慰めはそれなりに正しい場合が多いのです。事実として、「この人でなければ」といっていた当人が、半年もたたないうちに別の「この人」を見つけますし、ケロッとしています。失恋の傷から癒えるということは、「この人」がたんなる類の中の一人にすぎなくなった状態になることにほかなりませんね。「単独性」とは「この」ということを意味するとしますと、失われた「この人」というのがただの「個」であるとすれば、どうってことないわけです。

ところで、けっして不真面目ではないのに、たえず次々と、違った相手に「この人でなければ」と思いこんで執着する場合があります。それは、フロイトが反復強迫と呼んだものですね。たとえば、幼年期における母親ないし父親をそこに見出す。その場合、相手を愛しているのではなく、そこに同一の対象を見出しているだけです。そうすると、むしろ「この人でなければ」という過剰なこだわりは、逆に、「この人」をまったく見ていないことになります。

だから、同じことをくり返していくタイプの人は、ある意味では冷酷無残なわけです。全然そこから経験しない。何も学ばない。また次に夢中になっていく。私の考えでは、運

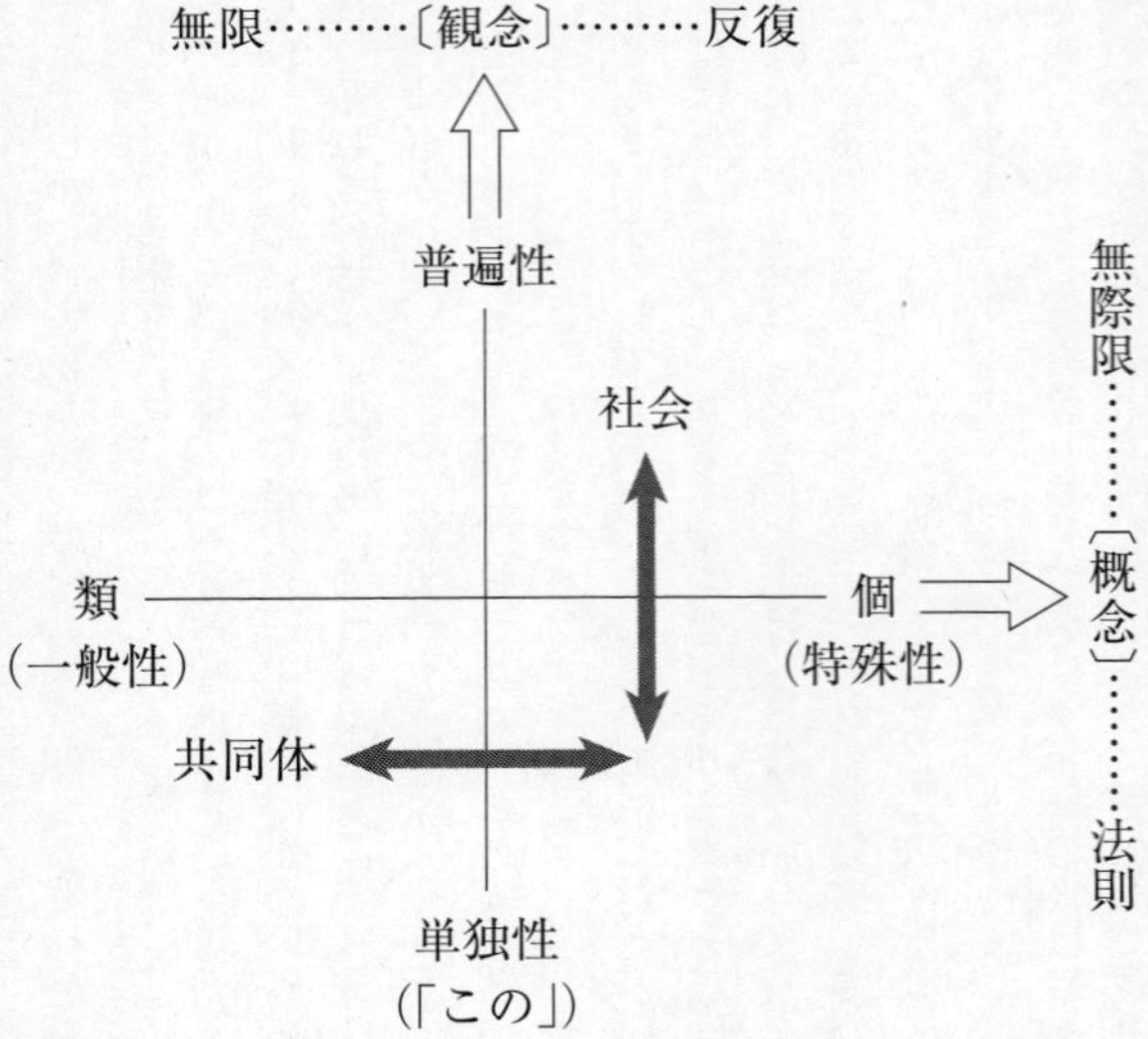

①私が在る

②この私が在る

③私は……である

命的な恋愛とかいうのはほとんどそうですね。それは「反復的な強迫」、あるいは「強迫的な反復」です。結局、「この人」ではなく、ある同一性を求めているだけなのです。しばしば自己破滅的に。

そのような意味で、「この物・この人」に対するこだわりということを、「この」と区別する必要がある、とまず言っておきたいのです。だから「この私」というのも、私は特別だということを意味しているのではありません。「この私」は違う、ということをつねに思っている人はいるでしょうが、それはほとんど大したことではないのです。何ら、この人の「この」性を示すものはないはずですね。自分は背が高いとか、あるいは、よほどの畸形でもないかぎり、目立たないはずです。かりにすごく目立ったところで、それは「特殊性」ということになってしまいます。「この物」の「この」ではないということです。

それから、先ほど少し話しましたが、「この」ということは主観性と関係ないですね。なぜなら、「この人」とか「この物」に対する関係の中で「この私」もあるからです。「この私」がいて、他のものはどうでもいいのであれば、本当は「この」というのもないはずでしょう。それは同一性の問題にすぎない。もう一つ例をあげると、失恋の場合は「他の女がいるじゃないか」「他に男がいるじゃないか」といえますが、かりに子供を亡くした親に対して、「子供は他にいるじゃないか」とはいえないし、「また産めばいいじゃないか」ともいえませんね。なぜなら、子供は「この子供」だからです。かりに新しい子供を持ったとしても、「この子供」は二度と戻ってこないわけです。

2

昔、私は高校生のときに『旧約聖書』の「ヨブ記」を読んで、何かへんだなと思ったことがあります。それは信仰深いヨブが神に試されて、途中で怒ったり恨んだりしながら、最終的に神への信仰を保つというような話です。信仰とは一般において、自分は正しいことをして神を信仰していればいいことがあるはずだという、つまり贈与とそれに対するお返しがあるようなものとして考えられているわけですが、それに対して「ヨブ記」が表しているのは、信仰とはお返しがないものだということですね。信仰は、そのことで何かが得られるものではない。何も得られないものであるが故に信仰する、そういう信仰を提出してきています。

しかし、その「ヨブ記」にも実は〝お返し〟があるのです。それはとりあえずハッピーエンドになってはいるものの、奇妙なハッピーエンドになっている。神は、ヨブにもう一度すべてを与えます。もちろん妻も与えるわけです。昔の妻ではなくて、新しい妻です。それはいいかもしれませんね。「畳と何とかは」とよく口にしますから。しかし、同数の子供を与えられるというのがありまして、男七人、女三人、家畜はもっと多く与えられる。

遊牧民ですから、財産となると家畜のことです。しかし家畜はともかく、子供はそれぞれ「この子供」のはずでしょう。ところが「ヨブ記」の物語の中では、同数の子供を与えられたのだから、子供はもうとり返したことになっているんです。私がすごく引っかかったのはそこですね。「この子供」「あの子供」は、二度と戻ってはこないのですから。

また、これが家畜であっても、たとえば猫とか犬とかを飼っている人は違うでしょう。猫が死んだときに、「この猫」が死んだのであって、また猫を貰ってくればいい、というふうにはなかなかいきませんね。私も、猫や犬に対してそういう気持があります。子供のときから飼っていた犬は、今でもみんな憶えてますよ。あの犬はああだったとか。別の犬や猫をその後に飼っても、ちがうんですね。数はどんなに増えていっても、「この猫」は、というのが残るんです。

『新約聖書』になると違ってきます。たとえば、「九九匹の羊よりも一匹の迷える羊」という成句になったような言葉があります。これは少数意見を大事にするとか、個人を大事にするとか、そういうこととしばしば同じに思われていますけど、そうじゃないんですね。九九対一は、数量の問題ではない。つまり「一匹の羊」というのは「個」という意味ではないのです。「この羊」のことです。ですから、九九匹であろうが、その九九匹もすべて「この羊」なんです。ところが聖書の言葉を、九九に対して一を守るとかの意味に考えますと、一般性に対して特殊性を主張するのと似てまして、あるいは、類と個の矛盾をどうするかという話になってしまいます。しかし、「一匹の羊」とは、明らかに「この羊」のことであると思います。

先ほど話した「ヨブ記」の場合、「この子」は二度と戻ってこないのです。だから、とても不条理な感じがします。どうして、こんな状態でハッピーエンドといえるのか。その矛盾を突きつめていくと、どうしても「あの世」が出てこなければならなくなりますね。どの宗教も「あの世」をもってくる。つまり、「あの世」でのみ「この世」の償いがなされうると考えるのです。しかるに、『旧約聖書』は「この世界」にこだわるわけです。しかし、ここにおける「この」は、「この世—あの世」という対比の中での「この」ではありません。キリスト教においても実は同じです。肝心なのは、「この」を消し去ることができないということです。ユダヤ＝キリスト教の核心は、まさに「この」に固執し、「この」を何とか解決しようとすることにあるのです。それ以外は、ありふれた宗教とさしたる違いはありません。

ヨブ自身は感じてないかもしれませんが、「ヨブ記」を読んでいてこちらが感じる不条理は、絶対に「あの世」をもってきても解消されないんですね。二度と、この経験、この関係というものは、再現されないわけです。それを再現しうるという考えは、キルケゴールが「想起」と呼んでいるところのものです。さっき、反復強迫の話をしたけれど、それも同じことであって、思い出すこと、リプリゼント（再現）することです。通俗的にいわれているキリスト教とは逆に、イエスの場合は、必ずしも「あの世」のことをいっているのではありませんね。「あの世」をいっているのはイエスの前にある共同体の宗教であり、彼は、それに対してある程度アイロニカルに言及しているだけのことです。「この人」「この世」「この世界」こそ、イエスが問題にしたことだと思います。

「この」ということをもう一度実現できるかのように考えることを拒否する、そこにユダヤ＝キリスト教のもっとも本質的な部分があります。哲学、とくにギリシア系統のものは結局、「個」と「類」という地平で考えていますが、ユダヤ＝キリスト教というのは、もっとも本質的な部分において、「単独性」と「普遍性」という対の中で考えていると思います。

キルケゴールが「反復」と呼ぶのは、けっしてくり返しえないものの反復です。したがって「反復」は、ほとんど「創造」と同じですね。キリスト教においてニーチェは反キリスト教であるといわれていますが、そんなことは重要ではありません。ニーチェの有名な「永劫回帰」、これもキルケゴールの「反復」とまったく同じなのです。その「永劫回帰」は、自然科学的な、法則的な反復とは全然関係ない。現在の宇宙論でも、反復ということがビッグバンから始まって、最後にまたもう一度ビッグバンにまで戻るのではないかと考えている人がいるようですけど、「反復」はそういうものとは違います。むしろ、どうしても反復できない、いい「この」関係にこだわる中にこそ見出されるものです。すると、それは都合のよい場合だけではすまなくなります。いや、むしろとても辛い場合をたくさん含むに違いないですね。なぜなら、たとえば自分は「この世」でたいへん不幸であり、劣等であるとして、しばしば「あの世」でそれをひっくり返してやろうということになりがちですが、「反復」においては、そのような「あの世」もしくは「この世」の、出てくる余地はないからです。

ニーチェは、「強者」ということをいうために誤解が多いのですが、実際はどうしようもない劣者です。まともなことは何一つできない完全な半病人ですし、ナチスでいえば廃人同様で、粛清されなければならないような人であり、まさにアーリア民族の血が汚れるという感じの人ですね。そういう人のいう「強者」とは、むしろ劣者の側でいっているのです。劣っており、怨恨を持たざるをえない存在という、その場所でものをいっている。結局、怨恨を持つというのは、「この」関係にこだわることなのです。

昔、吉本隆明は「関係の絶対性」(『マチウ書試論』)という言い方をしました。もしその言葉を使うとすれば、それは、二度とくり返しえない「この」関係性そのものを意味していると思います。たとえば、子供のときに貧しくて屈辱を味わったとして、後に大人になって金持になったところで、その屈辱はとり返せるものではないですね。とり返した気になる人もいるでしょうが、そういったレベルで考えているかぎり「この」ということの意味はわかりませんし、その人は「同一性」を反復することになってしまうのです。

とにかく、ニーチェが「永劫回帰」といっている問題というのは、反復しえない「この」性みたいなもの、「この関係性」というものを反復しようという意味です。つまり、「この」を生きようということです。「この」を逃れよう、消そうとするんじゃなくて、「この」を肯定しようという意味なんです。ニーチェによれば、哲学は、いつも「この」関係を消してしまう。一般性の方向へと消してしまう。そうではなしに、「この」を積極的に肯定しよう。それが、ニーチェですね。キルケゴールの「反復」というのも、結局は「この」を、すなわち反復しえないものを、反復しようということです。一回一回が創造的になるわけです。だから信仰というものも、ある意味では反復です。なぜならば、一瞬前と今とは同じではないわけですから、反復はそのつど新しいし、新しくないならば惰性となり慣習となってしまう。とにかく「反復」においては、単独性といいますか、「この」ということに関係していることがわかります。

それに対して、いわゆる反復、くり返されるもの、法則的なものについて考えてみると、どうなるでしょうか。たとえば祭りでもそうだし、暦自体がそうですが、新年に始まって暮れになって終る。これは毎年くり返されるわけですから、反復といえなくもありませんね。しかし、これは「同一性の反復」と呼ぶべきだと私は思います。

3

ドゥルーズが『差異と反復』という本を書いていますね。これは彼の六〇年代の仕事で、ガタリとくっつくよりずっと前になるけど、とても優れた仕事だと思います。キルケゴールとニーチェを中心に書いているんですが、そこで「反復」というものを「交換不可能な、代替不可能な単独性にかかわっている」といっている。したがって彼は「特殊なものの一般性としての法則と、単独なものの普遍性としての反復は対立する」というわけです。黒板に書いた図(二五八頁参照)では、水平軸で書いたものと垂直軸で書いたものは対立する、ということです。

ちなみに、フランス文学者に「一般性」と「普遍性」をフランスで区別する慣習があるかどうか聞いたところ、全然ないそうです。ジェネラル(一般性)とユニバーサル(普遍性)というのは語源的にいって違うものの、私たちも一般概念といったり、普遍概念といったり、そういう言い方で区別なく使っていますね。しかし、この場合は区別が絶対に必要になります。スピノザにおいて「観念」と「概念」がまったく違うように、この場合の「普遍性」と「一般性」とはまったく違うものですね。もし「反復」が可能であるならば、それは法則というよりもむしろ奇蹟である、とドゥルーズはいいます。つまり、けっしてくり返されないことが「反復」される、それが奇蹟であると。キリスト教的な奇蹟も、実際のところは超自然な出来事みたいに思われているけど、違いますね。イエスがいるということ、そのことが奇蹟だという意味です。

中世以来、ヨーロッパでは普遍論争というのがあります。「個物」があるか「普遍」があるか、つまり、実体は個物であるのか普遍であるのかという論争です。ドゥルーズは「普遍性」と「一般性」の区別を先ほどのところでだけしており、後ではとくに区別していないので一般化できませんが、とりあえずドゥルーズの区別に私が従うとして、その区別において普遍論争を見た場合、それは実のところ「普遍性」に関係してはおりません。むしろ一般論争なんです。「一般性」が実体なのか、「個物」が実体なのかという話ですね。黒板の図でいえば、個があるのか類があるのかという話です。

プラトンの場合は、「類」があり、それはイデアであるというんです。最初の反プラトニストはアリストテレスですが、彼は「個物」があるといったわけです。ただし、それらはどうにも論理的にうまくいかない。個々の犬がいると同時に、犬という概念も出てきてしまう。たとえば「犬は動物である」といったときに、犬というのは個物みたいなところにいるでしょう。実際には、個々にそこにあるものが犬であるという意味ですがね。アリストテレスは「第二実体」というのを考えまして、類のほうは第二実体であって、個が第一実体であるということで、彼は半分ぐらいはプラトニストです。

中世の論争では、それが分裂しまして、個物しかないという言い方を始めたのが唯名論、すなわちノミナリズムと呼ばれています。個々のものがあるだけで、一般概念というのはそれから形成されたものである、という考えです。これは普通の意味では経験論的な考え方と同じことですから、近代哲学といいますか、近代科学の考え方にほぼ合っています。それでノミナリズムがほとんど支配的になっていきましたが、そのノミナリズムの中で、二〇世紀最大のノミナリストといいますか、ノミナリズムを完成した人が、バートランド・ラッセルなのです。

この人はアリストテレスなどと違いますから、論理学において、言語の形式と実在とをくっつけてしまう考え方を拒否してますし、それからもう一つは、単語で考えないのです。普通に「犬」というと、犬が独立してしまうけれど、それは必ず文としてありますね。「犬がある」とか「犬が歩く」とか。文の上で考える、命題の上で考えるといってもいいですが、命題論理学というものをとりあえず前提にしています。こんなことは論理学の教科書にみんな書いてあるので、わざわざ説明するまでもないでしょうが、ラッセルは唯名論を徹底させまして、在るものは「これ」とか「あれ」とかと指示するだけである、といいだしたわけです。彼は「実体」という言葉をまだ使っていたけれど、後の人たちはそれもやめまして、「Xが在る」という言い方をしていった。「在る」ということは「これが在る」すなわち「Xが在る」ということである、と。

きょうはそのことを話すとすごく複雑になるからやめますが、ここでは、ラッセルのいう「これ」と私のいう「この」とは違う、ということを話しておきたいと思います。「これ」は、とても任意的なものなんです。どれであってもいいわけです。つまりXだから、Xに何を代入してもかまわない。何ものかが在る、たとえば「これがソクラテスである」という言い方があるとしますと、それは、そうではなくてXがあり、Xがソクラテスである、という言い方になるのです。だから、最初にXを持ってきて、それから、Xは何々であるという言い方になっていきます。

いずれにしても、「これは在る」「これは……である」というふうな言い方になるけれど、最初に黒板に書いたように、「私が在る」①「私は……である」③と行けるんです。しかし、「この私が在る」②と言ったとき、その後において「この私は……である」とは本当は言えないはずですね。なぜなら、もしこの私が教師であり、何とかであるということを言えるようなものであるならば、それは「この私」ではないからです。そこにおいて、「この」性というのは消えてしまっている。誰にとっても差しつかえないものなんですよね、教師なんてことは。そこに、「この人」の独特なものなんて何もないでしょう。独特といったって、言えば言うほどなくなってしまう。つまり「である」と言えるものは類に属し、述語に属しているから、個と類の関係に入ってしまうのです。

このように、ラッセルのXもしくは現代論理学のXというのは、個物すなわち個別性ではあるけれど、「この」という単独性ではありませんね。論理学のほうで、それに対する批判がどのような形で出てきたかといいますと、きょうはそのことをきちんと話すには時間が足りませんが、クリプキという人がいて、私もよく『ウィトゲンシュタインのパラドックス』という本は引用したことがあるけれど、そのクリプキが『ネーミング・アンド・ネセシティ』という本を書いています。『名指しと必然性』というタイトルで翻訳が出ていますが、実はそれは固有名詞論なのです。

4

固有名詞というのはとても奇妙なものでして、ラッセルなどにおいて固有名詞はその特殊性を失うわけです。たとえば、ソクラテスという固有名詞はギリシアの哲学者であるといいかえられる、と彼は考える。アリストテレスであれば、ギリシア最大の哲学者であるといいかえられる、と。もちろん最大かどうかは意見は分かれるとしても、アリストテレスはアレキサンダーの家庭教師であった男であると、こうなるのです。固有名詞を普通のものにいいかえられるとラッセルは考えたのですが、これは大体のところ正しいような気がしますね。ところが、ラッセルのように考えると、ギリシアというのは固有名詞ではないか、アレキサンダー大王だって固有名詞ではないか。では、ギリシアをどう言うのか。

たちまちそうした問いが出てきて、どうしても固有名詞が残ってしまうことになります。つまり、どこかに、ある固有性が残るのです。単独性が残るといってもいいでしょうね。しかしながら、論理学のほうではそういう単独性、固有性を消さなければなりませんし、事実、消してしまう。いわゆる個物と類の世界に持っていくわけです。そこにおいては昔の論理学と少しも変わりがありません。

ところが、論理学の中でクリプキなどが固有名詞を問題にしたときには、そのことが逆に現代論理学あるいは分析哲学の側から、ある謎として出てくる。それが固有名詞問題ですね。クリプキ自身はそんなこと考えておりませんが、私なんかが感じるのは、まさにそこで単独性の問題と個別性の問題の区別が問われている、ということになると思います。

クリプキが持ちこんだのは様相論理です。それは可能性とか必然性とか、そういう様相《モード》を論じる論理学のことです。たとえば、アリストテレスが哲学者ではなかったという可能性を考えることができますね。そういう世界を「可能世界」と呼ぶのですが、「アリストテレスは哲学者ではなかった」という可能世界は成立するわけです。しかし、「ギリシア最大の哲学者は哲学者ではなかった」とはいいかえられない。どこまで行っても、アリストテレスという固有名をとり除くことはできませんね。同じようなことをジャック・デリダも書いてまして、『グラ』という本で言及しているけれど、固有名詞の特性は翻訳できないことにある、というのです。それは、他国語に翻訳できないだけではなくて、自国語でも翻訳できない。翻訳してしまう例もあります。日本語だと、シェイクスピアのことを沙翁といったりしてるけれど、それでも固有名詞というのは翻訳ができない。日本語の内部でも、一言語の内部でも、翻訳はできないですね。

固有名詞ではない他の言葉は「……である」というふうにして、つなげていくことができます。意味がわかるということは、ある意味では別の言葉でいいかえられることですね。それに対して、黒板に書いた②から③へは行けないといいましたが、固有名詞は「……である」といいかえることができないのです。いいかえられるものは「一般性」に行くことはできるけれど、それに対して固有名詞は、どの言語に持っていったとしても、そのままですね。したがって、それは「普遍的」であるのです。「普遍的」という言葉を「一般的」と区別した場合、固有名詞は普遍的である、ということができるのです。なぜそれが普遍的なのか。それは交換できないものであり、代替できないものであるという「単独性」としてあるからです。

クリプキがいうのも同じようなことです。固有名詞はそうであったかもしれないというような可能世界に持っていったとしても、いいかえられないということですから。そこにおいて、ラッセルのようなXから始まっている論理に対する批判が、分析哲学の内部の側から出てきたと思います。これはすなわち、ラッセルのような論理への異議が、論理学的な世界そのものの中から生じてきたことを意味します。

なぜ論理学なのでしょうか。私は昔、論理学ではけっして「この私」のようなものを語りえないと思っていました。そして、文学ではそれが可能だと。しかし、それは錯覚です。近代小説では、たしかに一般的でないようなこの私が書かれているように見える。しかし、どんなに個別的であっても、それはすでに一般的なのです。近代小説は、むしろ個別的なものが一般的なものを意味する装置にほかならない。ベンヤミンは、これをアレゴリーに対してシンボルと呼びました。ふつうアレゴリーは類とか概念しか出てこないと非難されますが、逆に、そこには個に関する錯覚がありません。シンボルは、それに対して、個々のものに一般的なものが潜んでいるという錯覚を与える。いいかえると、「単独性」にこだわる作家は、カフカのようにむしろアレゴリーを選ぶことになるのです。

したがって、単独性は、文学ではなく逆に論理学の中でこそ見出しうる、といってもいいでしょう。ありふれた思考は、すべて個と類を、個別性と一般性を対比し、それらをつなぐという論理でできているからです。それは、共同体と個という対比についてもいえます。社会という共同体も同じような意味で使われており、私の知るかぎり、これをはっきり区別している人はいないと思います。それは、一般性と普遍性が区別されていないのと同じことですね。結局、共同体と社会を混同している場合には、個人からなる共同体か、個人を超えた共同体かのどちらか、つまり全体と個といってもいいけれど、どうしてもそういう議論になってしまう。全体のほうが先行するか、個のほうが先行するか。いずれにしても、これはさっきいった普遍論争と同じタイプなのです。

現在の議論でも、ほとんどそれがくり返されてまして、フラクタル幾何学とかホログラフィーみたいなものを使った、部分が即全体であるというような考え方をふくめて、新しいといわれている議論はちっとも新しくないですね。個と類をつなぐ「論理」は、ライプニッツの表出論とかヘーゲルの弁証法的円環もふくめて、すでに考えつくされています。新しいつもりでも、その中の一つに入ってしまう。つまり、不毛なのです。

5

最後に、スピノザの例をあげたいと思います。スピノザはある意味でほとんどホッブズと同じように考えています。ホッブズというのは、さっきの普遍論争でいいますと、ノミナリズムに相当します。つまり、個々の人間がいる。個々の人間同士は敵対しあっている。自然状態では相互に狼である。殺し合いである。いかにしてそれを避けられるのか。それには、国家に対して自分が自然権を放棄するという形で一般性を持たなければならない、という言い方をするのです。これは社会契約理論と同じことですね。個々のものがいかにして類を実現するかということを、個々から始めると、そういう議論になるのです。

それに対しては、ヘーゲルみたいな人とかロマン派の人は、有機体のほうが先であるという。ホッブズがいうような個とは、ブルジョア的な抽出物にすぎない。むしろ諸関係のほうが先行する、というわけです。ところが、スピノザの国家論にはとても奇妙なところがありまして、彼はほとんどホッブズに同意しながらも、国家に対して個人が自然権を譲渡することはありえない、という。なぜ、そうなのか。すぐにはその説明がつかないんですね。それは個という問題ではないところでスピノザが考えている、と考えた時ようやくわかることです。

つまり、先ほど「九九匹と一匹」といいましたが、スピノザは、一匹ずつが集まって一〇〇匹いるようなレベルでは、個を考えていないのです。彼がいう自然権とは「この私」のことですね。「この一匹」ではなくて、「この羊」のことです。だから、それは譲渡されるはずがないのです。個物としての私は、いくらでも譲渡されうる。しかしながら「この私」は譲渡されないわけです。だから、個と類をどう扱うか、全体と部分をどう扱うかという問題から、スピノザは完全にズレている。ズレていながら、同じ場所で書かれているために、その区別がつかないのです。そうしますと、スピノザが考えている国家は、ホッブズが考えたり、ヘーゲルが考えているような国家とは、まるで違うことがわかります。つまり、共同体ではないということですね。いいかえれば、単独者としての社会というようなイメージが、スピノザから出てくると思います。

スピノザが考えている社会主義といいますか、それは明らかに共同体主義ではありません。コミュナリズムではないのです。マルクスにしてもそうだけれど、彼らが考えているコミュニズムとかソーシャリズムは、共同体主義とはまったく異質なものですね。ヘーゲルやフォイエルバッハにとって、人間というのはそのまま類的本質であり、われわれの個体の中に、個としての自分の中に、類的本質がある。それが疎外されているから、それをとり返して実現すればよろしい、と。それがフォイエルバッハの共産主義ですし、初期マルクスもそうですね。類的本質が疎外された形であるから、それをとり返せばよろしい、と。これは、まるっきりヘーゲルと同じ考え方で、個と類の中での議論です。

それに対して、マックス・シュティルナーが『唯一者とその所有』においてフォイエルバッハを批判した。フォイエルバッハには、「この私」が少しもいないじゃないかということですね。その批判を、エンゲルスがとても感心しているんです。廣松渉さんは、マルクスが初期マルクスを否定して『ドイツ・イデオロギー』の認識に到るきっかけとして、シュティルナーがすごく重要であるということを述べていますが、私もそう思います。換言すれば、マルクスは「人間とは諸関係の総体にすぎない」ということをいったけど、「総体」とは「全体」ではないのです。逆に、全体を見通せないという意味ですね。たとえば「人間の意志とは諸関係の総体にすぎない」といってもいい。スピノザがいったように、諸原因の全部が見えるわけがないんです。だから「自由意志」を考えてしまう。しかし、人間の意志というものがさまざまなものに規定されている、ということだけは明白です。そういった意味で、総体、アンサンブルという言葉を使っているのであって、それは全体あるいは類はわからないということなのです。

そういうマルクスの認識は、個と類というレベルはなくて、単独者もしくは唯一者といいますか、「この私」というものを一度くぐった後で出てきたものです。つまり、マルクスの社会的認識というのは、個とか類とかの関係ではなくて単独者との対の中で出てきた認識であると思います。図に書いた類と個、それから単独性と普遍性、この区別は言葉の上ではまぎらわしいかもしれませんが決定的に重要な問題だと思います。

きょうはこれで終ります。

ファシズムの問題――ド・マン／ハイデガー／西田幾多郎

I

昨年の秋以来「ハイデガーとナチズム」という問題が、あらためてフランスで話題になっているのですが、私にはもう一つ別の、個人的にもっと重要な事件がありました。ポール・ド・マンのことです。彼が二〇歳ぐらいのときベルギーで、プロ・ナチの新聞に反ユダヤ主義的と読める評論を書いていたということが判明したのです。このことは、フランスにおけるハイデガー問題とはまったく別に、アメリカで突発的に起ってきたわけですから、もちろん直接的には無関係ですけれど、やはり連関している問題だと思っています。ド・マンに関していえば、私は、一九七六年にイェール大学でたまたまアンリ（ヘンリック）・ド・マンの本を読んで面白かったものですから、ポール・ド・マンに、このアンリ・ド・マンは親戚なのかと聞いたことがある。すると彼は、それは自分の叔父で、ずいぶん親しくつき合ってきて、影響をうけたといい、また、ナチスにコラボレートしたことで問題があったのだということを話していました。そのころから、ド・マンがなぜベルギーを捨ててアメリカに来たのかということを、おおよそ推測できたわけです。

そしてそのころ、私はド・マンに、戦後日本の思想・文学は転向やファシズムへの加担体験の検討なしにはありえなかったこと、中でもとくに吉本隆明のことを話したのを憶えています。アンリ・ド・マンが一九二〇年代に書いた『社会主義の心理学』という本の中で、「プロレタリア文化とか文学なるものはない」と強調しているあたりが、一九五〇年代の吉本隆明と似ていましたしね。たぶん彼にとって私は、そういう話がしやすかったのでしょう。一九七八年でしたか、日本の雑誌でアンリ・ド・マン論を二つ続けて見かけたものですから、それをいうと彼は、最近アンリ・ド・マンは再評価されていると嬉しそうに話していましたね。

ところが、その席で横にいたデリダが、それは誰だと聞くのです。ここから少なくとも二つのことがわかります。デリダがド・マンの過去について何も知らないこと、さらにベルギーのインテリの問題など、フランス人もドイツ人も無関心であるということです。このことを忘れるわけにはいきません。ナチスはフランス人とフランス文化を、いわば〝尊重〟しました。ベルギーに対して、そんな扱いはありえない。こういう国のインテリの「抵抗」の仕方には、独特のものがあったはずなのです。しかし、ドイツ人もフランス人も、そしてアメリカ人も、そんなものに関心を持つわけがない。ド・マンは、隠していたいたというより、話しても理解されないと思っていたのではないでしょうか。

それ以降も何度かそういう機会があったのですが、彼とそんな話をしていたので、私は、ド・マンがアメリカで「形式」的にやっていることの奥に、そういう政治的な体験からくる認識を読んでいたわけです。たとえば、言葉が裏切るとか、言葉が必ず違うことを意味してしまうということを、彼は執拗に示そうとするのですが、これはデリダなんかの動機とは異質なのではないかと思っていました。

これは、いわば倫理的な問題です。それは『新約聖書』でいえば、ペテロはイエスに「私はあなたを裏切らない」というわけですが、まさにそう言明したが故にそれを裏切ってしまう、ということと同じですね。親鸞でも同じです。心が善いから悪いことをしないのではない、機縁があれば悪いことでも何でもしてしまうし、機縁がなければ、悪人であることも善人であることもできないのだ、ということを親鸞はいってますよね。ド・マンは、言語というレベルにおいて、そうした問題をすべて集約させたのではないか。彼は現実の政治についてはまったく語らなかったけれども、あらゆる言説はその意図を自ら裏切るのだという、言語についての考察を通しての認識、そういう人間の条件について語っていたのだと思いますね。

ド・マンがガンで死ぬ四日前、私は彼と電話で話をしたのですが、彼自身はその時でも自分が死ぬとはまったく思っていなかった。医者の誤診があって、本人はまだまだ生きると思っていたのです。しかし、私は直観的にもうだめだと思っていました。それで、ベルギーにおけるナチ問題に関して——これは「占領下」のナチズムの問題です——ド・マンに最終的なインタヴューをしようと思っていたのです。どこかに発表するつもりはない、と私はいいました。本人は死ぬとは思っていませんから、私としては、とても聞きにくくて辛かったんですけどね。彼は一九八三年の暮れに死んだのですが、一月になって元気になったらそれをやりましょう、といっていました。

私は、フォーマリスティックになってしまったアメリカのディコンストラクションはだめだと思っていました。その原因は、ド・マンのあまりに禁欲的なやり方にもあったのです。しかし私は、彼は書かないけれども、政治についても倫理についても、きわめて深い洞察を持っていることを感じていたのです。この推測は正しいと思っていましたが、まさかベルギーの図書館にまで行って、資料を探してきて告発するような人間がいるとは思いませんでしたね。また、それがド・マンに対する批判になるとは、私には思えないのです。「ニューヨーク・タイムズ」の記事は、ド・マンが二〇歳のときに書いた論文の中から「われわれの文学はユダヤ的なものに侵されているけれども、まだ健康である」というような文章を一つの例として挙げているのですが、それを非難する批評家そのものが、まさに同じ言葉を使っています。すなわちその言葉は、「ポール・ド・マンの持ちこんだディコンストラクションにアメリカの批評は侵されているけれども、われわれはまだ健康である」というように読める。しかし、これこそド・マンのレトリック論が示したことではないですか。つまり、ド・マンがプロ・ナチの新聞に書いた事実(しかしナチ占領下で、反ナチまたは中立の新聞があったでしょうか)は、ディコンストラクションそのものを葬ろうという人びとの、格好の材料になってしまっているわけですが、それがナチズムと同じレトリックによってなされているのです。ド・マンという「非アメリカ的」なヨーロッパから来た者がもたらしたものによって――これは、ある意味で「ユダヤ的」といいかえてもいいわけですが――アメリカの批評は侵されている、英米にはもともとI・A・リチャーズのような人がいるではないか、病原を追放し、そういう健全な批評に戻るべきである、ということです。実際、アラン・ブルームの『アメリカン・マインドの終焉』というくだらない本が、アメリカのベストセラーになっています。これは、プラトンへ帰れというようなものです。ここで面白いのは、ド・マンというユダヤ的なものを葬るために、過去の彼自身の反ユダヤ主義を使うということですね。

デリダは、ド・マンについて『メモワール』という本を書いていますので、アメリカに行ったならば、おそらくド・マンについても何かいわなければならないでしょう。デリダはハイデガーについての本を書いたばかりで、ハイデガー問題についても何事かをいわなければならないし、あっちでもこっちでも忙しいということで、私は同情しているんです

けどね。(附記＝デリダはド・マンを擁護する論文を発表した)

フランスの状況というのも、ある意味でアメリカと似ています。フランスのユダヤ人は、実際にはヌーヴォー・フィロゾフ的保守派です。「人権」とか「ヨーロッパ」とかいっているのは、主にユダヤ系知識人ですね。彼らにいわせれば、デリダも含めてややこしいことをいっている連中、病的な連中はよくない、単純明快なデカルト主義——アメリカでいえばプラグマティズム——という原点に戻るべきではないか、ということになる。ですから、ハイデガー問題にしても、ハイデガーそのものについてよりも、そのことで実際には何がいわれているのかを読むべきでしょう。

こんどのヴィクトル・ファリアス(『ハイデガーとナチズム』)に対するデリダの反論も、ほとんどその問題に関連しています。

デリダの場合は、彼自身がユダヤ人ですから、ある意味で特権的な場所にいるともいえますが、しかしなぜか、彼がハイデガーを擁護しているような立場に立たざるをえないような状況がある。たしかに、ユダヤ人でない場合、ハイデガーを擁護するというのは非常に難しいような雰囲気があるとは思います。なぜなら、ハイデガーを攻撃しているのはユダヤ人なので、それに対してハイデガーを擁護するということは、直ちに反ユダヤ主義にとられてしまいますからね。

ナチズムに対するタブーはものすごく強いですから、日本などで戯れにナチズムの評価などといえる状況はまったくない、そこは決定的に違うのです。日本で戯れにいっているようなことは、むこうでは絶対に通じませんね。そういう意味で、ド・マンに関しても、あれはまったく致命的なダメージです。

しかし、ハイデガーにしてもド・マンにしても、一種の記号として使われているわけで、実際には他のことがそこで語られているのだと私は思います。それについては後に話しましょう。

2

先ほど『新約聖書』や親鸞のことを話しましたが、これらの中で一貫していわれていることは、媒介性の認識の問題です。『新約聖書』でいえば、汝らのうち罪なき者は石を以て打てとか、心の中で姦淫している者はすでに姦淫しているのである、という言い方で語られている事柄です。道徳では、実際に人を殺すか殺さないかで善悪を分けるわけですが、媒介的な関係性を持ってきますと、そのような善と悪の区別はできない。たとえば、牛肉を食べている者は、牛を殺してはいない。しかし、牛肉を食べられるのは、牛を殺す者がいることによってのみです。自分では牛を殺さなくても、牛肉を食べていれば牛を殺したのと同じだということになる。

仏教では、そういう媒介性を「縁起」と呼んでいます。キリスト教の中では、それがもっぱら内面性の問題に転化されてしまうけれども、そういう認識は、イエスにしてもあったのではないか。ちなみに、イエスの時代の収税人というのはひどい職業で、今の税務署などとは比較にならない。つまり悪人ですね。ところがイエスは、その収税人の側に立っています。善人とは、そういう職業につかなくてすむ身分の者にすぎないではないか、ということですね。ここに媒介性の認識があるといってよい。

「善悪の彼岸」ということも、そこから出ている。善悪ともに意志的には不可能にさせるような媒介性・関係性の認識を内面化したものが「罪」です。ニーチェは、この内面化をプラトニックなものとして否定するのですが、「善悪の彼岸」という認識自体はここから来ていると思います。キリスト教にしろ仏教にしろ、媒介性あるいは関係性を極端なまでに拡げたために出てきた認識だと思います。それに対応していない「善悪の彼岸」というのはナンセンスですね。

ニーチェが批判しているのは、プラトン的なキリスト教、あるいは道徳的なキリスト教であって、最晩年の『アンチ・キリスト』では、イエスを持ちあげています。イエスは仏教徒だ、ともいっている。ニーチェの倫理性は、むしろここにあるのではないかと思います。「善悪の彼岸」においてこそ、倫理性が問われるのです。マルクスも『資本論』の序文で、「自然史的立場」ということをいっていますが、これも道徳または善悪の彼岸の認識にほかならないと思う。マルクスは、政治性から独立するいかなる言説もありえないことを述べたのです。これもまさに媒介性の認識なのですが、大切なのは、これは、まったく政治的でない言説に関していわれたときにこそ意味を持つ、ということです。それは、政治と非政治の区別を無効にするからです。

さらにまた、あらゆる言説は権力的であることをフーコーなんかがいうわけですが、これなども、むしろ政治的でないように見えるものの政治性を指摘することですね。つまり、これも媒介性のことです。ですから、政治が言説に対して優位にあるというわけではありません。政治自体がまた一つの言説である、というようにどんどん媒介されていきますから、究極的な立場などありえないのです。

この二〇年でわれわれのなかに行き渡ってきたのは、そういう媒介性の認識だったと思いますね。ある特定の観点に対して、別の角度から見ると盲点がある、意識していない部分がある、という「批判」の方法です。つまり、それは否定ではなく、超越論的な批判ということになります。これは、ある意味で、先ほど話した「罪」という問題につながっているところがあります。というのは、こうなってくるともう何も言えなくなってくる。自分の立場の絶対的な正当性はありえない、ということになりますからね。これは非常に強化された自己意識で、「罪」の意識と同じなんです。問題は、昨今のディコンストラクションにしろ権力分析にしろ、いずれも強められた自己意識、つまり媒介性の認識に行き着くということです。

すると次に、この「罪」からハッキリした善意あるいは道徳に戻りたい、という反動が生じますね。実際にやることと、やってしまう可能性あるいは被媒介的にやったことになっていることとは違うではないか、という反動が強く出てくることになる。可能性としての政治性の問題ではなく、実際になされてしまったことがあるではないか、ということになるのです。今、「人権」というようなことを問題にしている人たちは、おそらくそう考え始めているのだと思います。

そうした議論は、いとも単純明快で、ハッキリとした方針も出せますし、最小限明らかなことがあるということまでも提起できます。なぜなら、「人権」を守ることは善であり、それを侵すことは悪に決まっているからです。そうしますと、訳のわからない罪深さ、というか決定不能性のようなものは否定されなければならない。むしろ、そういうものが「道徳」を脅かすものなのです。そして、そうした罪の意識あるいは「善悪の彼岸」をもたらした奴は誰か、ということになる。それこそが病気をもたらした奴だ、それをとり除いて健康になりましょう、ということになるわけです。

それからまた、現在においてナチズムのような問題が露出してきたのは、世界的な情勢とも関係があると思います。戦後の世界は、米ソの対立といわれていますが、実際はアメリカが世界のベースに置かれていたと思うんです。アメリカは、国家であると同時に「世界」でもあった。つまり、「図」であると同時に「地」でもあった。あるいは、「商品」であると同時に「貨幣」でもあった。その貨幣であるところのアメリカの上に米ソの二元対立構造があって、そこでうまくいかないものはソ連圏に投げこまれる、というような安定した仕組があったわけですね。ところが現在では、アメリカが「世界」であることを止めざるをえなくなってしまった。具体的には、ドルが世界経済の基盤ではなくなったということですね。いまだに有力な貨幣ではあるけれども、しかし、もはや全面的な一般性は持っていない。「神は死んだ」と同じように、「アメリカは死んだ」といっていいと思うんです。「アメリカ」が死んで、アメリカという「国家」が露出してきた。

しかし、どこかが最終的なベースを引き受けないと、安定した構造が作れない。そのベースが無くなった時にどうなるかといいますと、経済的にはブロック化が起るわけです。一国一国がバラバラに争うというのではなくて、戦前の言葉でいえば共栄圏といいますか、ECのようなトランス・ポリティカルな国家のあり方になってくる。そうした連合体が分立してくるということになる。たとえば、ヨーロッパは「ヨーロッパ」でなければならない、という主張が出てきていますね。フランスでいえば、「デカルトに帰れ」です。「デカルト、それはフランスだ」ということです。私はデカルトに関しては、全く違う考えを持っていまして、「デカルト、それはフランスの外部だ」と思っていますがね。

いずれにしても、自分たちの文化的なベース、しかも一国に限定されないような一般性を持ったものを求め始めている。アメリカの場合はプラグマティズムですが、遡っていけば、エマーソンなんかのトランセンデンタリズムみたいなものになると思いますね。これは政治的にいえば、モンロー主義です。考えてみれば、アメリカは戦前まではそうだったわけです。日本は、戦後世界の中で、アメリカをベースにした一小国であろうとしてきましたが、しかしそれは今や、外から見ると自己欺瞞的にしか見えない。今後、日本がベースになるような共栄圏が促進されていくでしょう。実際には、もうほとんど実現されているのではないかと考えられますが、日本人自身の意識においては、まだそんなところには行っておりませんね。そういう世界環境の変化が、構造的に戦前のそれと似ていますから、ハイデガーの問題などは今更のように見えるけれども、実は今更ではない問題として出てきていると思われてならないのです。

ハイデガーやド・マンの「過去」をあばきだすということは、今日どういう意味を持っているのかということを、ここで話してみたいと思います。現在、ヨーロッパの統一は、ドイツとフランスと、さらにユダヤ人によってなされようとしている。つまり、現在のヨーロッパ統合は、「過去」と似ているが故に、「過去」を否定しなければならないのです。もはや反ユダヤ主義はないということを、絶えず証明してみせなければならないようになっているのです。すると、ハイデガーやド・マンへのそれは、過去の問題に対する執拗な追及のように見えながら、実は現在の自己正当化であり、また、過去から解放されることにすぎないのだと認識すべきでしょう。

3

ところが、日本では事情が違います。第二次大戦の戦争指導者が残らず死んでしまった中で、唯一、天皇が生き残っています。そうである以上、われわれは過去から自由になれません。事実上は東アジア圏の経済ブロックを構成しながら、日本の支配者は、まだその理念を提示できないでいる。今の天皇がいるかぎり、それはできないでしょう。しかし、すでにある種のイデオロギーは出てきていますね。それはけっして軍国主義ではないし、排外主義でもない。実際そういうものは現在もはや力を持ちえないのです。支配的になるのは、もっと違ったもの、つまり、「国際化」を指向するものです。

こういう日本の文脈でいえば、やはり西田（幾多郎）のことを考えざるをえない。実際、現在の日本の「国際化」のイデオローグは、基本的に西田の流れをくんだ、いわば「新京都学派」なのです。

西田が戦前に書いた「世界新秩序の原理」は、大東亜共栄圏の意味づけのようなものです。これを読んでみて思ったのですが、ある意味で西田は優秀なんですね。第一次大戦以降は世界が一つの空間になった、ということを述べている。第二次大戦後は、そういう意味では「一つの世界的空間」ではなかったと思うんです。つまり、事実はそうではないにもかかわらず、一国ごとにバラバラに独立してやっていればよいという幻想が可能であった。それに、米ソという二元構造もあった。私は、ソビエトは国家資本主義だと思っていましたから、そういう考え方をしたことはなかったのですが、そう思っている人たちがいたわけでしょう。ところが現在は、ソ連にしても中国にしても、その種の二元性を構成できなくなってしまっている。

もともと「社会主義」は、世界資本主義の内部にあるのです。この場合、世界資本主義なるものがあるのではなく、それはたんに資本の世界性というか、あらゆるものが交換を通して媒介されるということです。そういう意味で、戦後三〇年くらいの間は存在しなかった「一つの世界的空間」が、ふたたび表面化しつつあると思うのです。

「社会や階級の問題はマルクスによって一応明確に分析された。しかし、民族や国家の問題は哲学的にはまだほとんど手がつけられていない。ここに現在のいろいろな思想的混乱の原因がある」と西田は述べているのですが、私も、民族の問題にしろ国家の問題にしろ、戦後はわりと単純に考えられてきたと思うのです。民族は、国家として独立してしまえばいいということだったからですね。もちろん、局所的にはややこしい問題が残っているわけですが、それらにしたところで将来において解放されるであろう、民族がそれぞれ国家として自立すればいいのだから、ということですんでいた。これは、民族の問題を考えていなかったに等しい。実際、「一つの世界的空間」というものが出てきたときに初めて、真の意味での民族の問題が出てくるのです。

西田が「世界史的立場」というとき、世界と個別国家の対立というレベルではなく、「種」のレベルというか、西田自身の言葉を使えば「歴史的地盤から構成せられた特殊的世界」、つまり世界が複数の共栄圏というものから成っているような事態を述べていたわけです。その時代の文脈では、たしかにそういう事実があったし、現在にしたところで似たような事態が進行しつつある。そうした状況の中で、第二次大戦後の旧来の発想を、もう一度根本的に問い直さなければならないだろうと思います。

「レイシズム」の問題にしても、民族を国家で区切っていくような考えでは、もうとうていうまくいかないのです。「人種差別反対」では、もうすまないでしょうね。差別問題にしても、一国内で解決していけると思ってきたのですが、いったん具体的な世界空間のようなものが成立してしまいますと、実際に外国人がどんどん入ってきてしまうわけですから、レイシズムにしても、一国家内部だけで解決することなどできはしないですね。社会福祉にしても零細企業にしても、日本人だけを保護しようとするならば、それはレイシズムになる。今の日本の進歩派は、ほとんど暗黙のナショナリストです。いずれ、この問題は先鋭化されるでしょう。

西田は彼なりに、一国的ではありえないこの事態を、理念的に解決しようとしたのだろうと思います。彼は、いろいろと〝美しい〟理念を語っていますが、「世界新秩序」の背後で、実際には何が起っているのか理解していなかったわけがない。つまり、帝国主義的支配ですね。西田は、あまりにも現実がひどいので、何とか「世界の解釈」を変えたかったのだと思います。しかしまた、彼が本気でそう信じていたことも事実です。ハイデガーがナチスの突撃隊と結びついているとすれば、西田は海軍と結びついている。だから、陸軍の全体主義には反対するけれども、海軍の方向は正しいと思っていたことでしょう。中曾根も含めて、「海軍派」は戦後においても少しも転向していない。ハイデガーが戦後転向しなかったというのも、同じことでしょうね。したがって、彼らを批判するとすれば、たんに彼らをファシズムに結びつけて批判するだけでは無効であると思います。なぜなら、西田が考えた問題は、現在において違った文脈で復活してきているからです。

4

私が西田にある関心を持ったのは五、六年前、「言語・数・貨幣」という論文（『内省と遡行』所収）を構想していたときです。そのころ、自己言及のパラドックスから一歩進もうとして、自己差異的な差異体系とか、自己関係的な関係体系というようなことを考えていました。そこで西田をたまたま読んで、彼が似たようなことを考えていることに気づいたのです。「自己が自己において自己を映す」という考えです。興味を持ったのは、彼がそれを数学から、つまり「自己代表的な体系」という考えから着想した、ということですね。私もゲーデルから考えていたので、よくわかったのです。

私自身は、この考え方を否定する方向で『探究』を書きだしたのですが、そのとき、西田に対する関心も終りました。ところが、「教える立場」「売る立場」というような、コミュニケーションにおけるジャンプ（飛躍）の問題を考えているときに、ふたたび西田のことを考えたのです。

私の考えでは、哲学というのはすべて形式的な問題です。これは昔、「形式化の諸問題」（『隠喩としての建築』所収）で書いたことですが、哲学はすべて形式的に処理されうるし、それしかされていないのです。西田の哲学もそうですね。つまり、主観—客観という二項対立の基底に、それらが派生物でしかないような何かを持ってくるのです。これは西田によれば純粋経験です。この純粋経験の統一性のようなものを「統一的或者」と呼んでいますが、これが「一般者の自己限定」ということになる。西田はこれを、数学を持ってきて、自己代表的体系と説明しています。「自己が自己において自己を見る」という、そういう自覚の形式として考えます。

これは一種の一元論ですから、展開していくためには——西田は「分化発展」という言葉を使っていますが——自己言及的、自己写像的、自己差異的なものを持ってこざるをえなくなる。私はこうした議論自体は、一元論をとるかぎり不可避的なものだと思います。形式的にはこういうことになります。二項対立において、その基底にその一項を持ってくる。そして、その一項の自己差異化によって展開させる。純粋経験というものは、主観のものでも客観のものでもありますから、そこから認識論の問題は出てこないわけです。

先ほど、哲学は形式的であるといいましたが、その形式性をいう「私」とは、カントの言葉でいえば超越論的な「私」なんですね。超越論的というのは、カント＝フッサール的な意味だけでなく、自分が経験的＝心理的に考えている事柄の、その条件自体を問うことだと思います。レヴィ＝ストロースならそれを人類学と呼んだし、ニーチェなら系譜学と、そしてマルクスなら唯物論と呼んだものですね。したがって、何も現象学の言葉だけにこだわる必要はない。哲学を言語の問題として考えるということも、超越論的なのです。

そのとき、かならず超越論的主観というのが残る。これが単独者です。私の言葉でいえば、外部的在り方ですね。すでにデカルトは、そのことを最初から考えています。つまり「我在り」という問題です。これは超越論的な主観の存在をめぐる問題なのですね。デカルトはこれを、ある意味では存在論的に考えていた。サブジェクティビティを日本語では「主観的」と訳すと同時に「主体的」とも訳しているけれども、主観は認識論的であり、主体は実践的または存在論的な意味を持っています。つまり、その意味で、デカルトは主観を同時に主体的なものとして考えたわけです。こういう外部性としての主観（主体）は、

「在る」とはいえないですね。「在る」といってしまえば、内部に入ってしまいますから。

そのような「私」の問題は、フッサールによって非常によく考えられています。どのような自己にも超越論的自己が潜んでいるのだといいながら、同時に、そんなことを期待するのは不当だといっている。超越論的な主体は絶対的単独性であるというのです。この単独性を切り捨てると、カントあるいはヘーゲルになってしまうでしょうね。つまりカントにおいては、個体の基底に一般的な主観があるし、ヘーゲルにおいては、一般者（理念）の自己限定として個物はあるのだ、ということになってしまいます。ところが西田は、個物を、いわば「単独性」を捨てませんね。

私は、ドゥルーズにならって、「一般性」と「普遍性」を区別したい。普通において一般性と個別性というときは、個物は一般者の自己限定ということですんでしまうのですが、西田の場合はそうではなく、普遍性と単独性ということを考えていたと思います。彼は「一般者の一般者」あるいは「周縁のない円」という言い方をしていますが、これはある意味ではブルーノがいった「無限」のことです。あるいは、スピノザのいう「無限」です。その「無限」と「個」が逆接しているというか、西田の言い方でいえば、絶対矛盾的自己同一という形でつながっている。それを「即」という言葉でいってもよい。これはヘーゲルならば、一般者と個は弁証法的に媒介されるという関係——といっても、この場合はプロセスとしての弁証法ですが——になるけれども、西田のいう弁証法は、私はキルケゴールのそれに近いと思います。質的弁証法ですね。ということは、「無限」（普遍性）と「個物」（単独性）は、一種の飛躍でつながっているということです。その飛躍を論理的にいうと、「絶対矛盾的自己同一」になるわけです。

私は、この飛躍の関係を交換関係で考えてきました。交換＝コミュニケーションの飛躍の問題、交換の非対称性が対称化するという問題です。西田はそれを「即」あるいは「絶対矛盾的自己同一」ということで説明しているのではないか、と思ったのです。たとえば交換において、まったく異質なものが等置されるのはなぜか。これは実践的にそうしているけれども、合理的な根拠はありませんね。マルクスも、それを指摘しています。西田の言い方でいえば、この実践的な等置は、絶対矛盾的自己同一ということになるかもしれない。

西田は、一貫して「個」というものを一般性から切り離したものとして見ているので、それが普遍性と逆接してくるわけです。それは、普遍性の自己限定であり、個物の自己限定でもある、というような関係です。

もう一つは、「我と汝」において個物と個物の関係が出てくるときに、その個物はおたがいに他者であって、けっして内在化されない。あくまでもおたがいに外部なのです。西田は、これも一つの飛躍として説明していますが、このことも交換というモデルを使うとわかりやすい。そこに存在する「命がけの飛躍」を、飛躍と呼ばずに論理的にいおうとすると、西田のいうことに近づくことになります。ただ、西田のいう「個物」には、さっき述べたような超越論的主観性のような外部性が抜けていると思うのです。どこかで、彼の議論は予定調和になっています。実際に西田はライプニッツを使いますが、モナドロジーというのは、個々のモナドを一つの世界の多様な写像として見る考え方です。具体的にいうと、射影幾何学の考え方ですね。だから、モナドロジーでは、個物は一般性とつながっているわけです。そうではなく、超越論的な主観性というものを、たんにモナドとしてではなく、単独性＝外部性として突きつめていくことが重要なのだと思います。

「個」の問題、個物の問題を交換関係で考えるということは、それを「社会的」なものとして見るということなのです。この「社会」とは、いわば交通空間のようなものでして、自然成長的なものといってもいいし、リゾームといってもいい。西田の場合には、そこがやはり「共同体」ということになってしまう。これはほとんど微妙なところですね。「単独性」ということは「社会性」と逆接すると思うのです。これがないかぎり、どんなに個物や個体を強調しても、結局、一般性あるいは共同性が優位になってしまいますね。

ハイデガーの場合も、共同存在ということをいいますし、西田にしても、そうハッキリとはいいませんが、やはり共同性のほうに行ってしまう。それは全体主義に対抗できないのみならず、それらと合致してしまいさえするのではないでしょうか。フッサールが共同主観性をいうとき、それは部分的な「共同体」のことではない。全人類、万人にとって、ということでしょう。つまりは、近代科学の客観性のことですね。ですから、これはハイデガー流の共同存在とはまるで違うと思います。ハイデガーから見ると、フッサールの共同主観性は、ヘーゲルがカントを見るようなもので、「世界公民」のごとき抽象的なものにすぎない。それは、ハイデガーからすれば明らかに反ドイツです。

5

フッサールの「超越論的主観性」を「超越論的主体性」と呼べば、実存の問題がそこに出てきます。その主体＝実存は、単独的なものであり外部的なものだと思います。現象学的であるということは、徹底的に異邦人であるということですね。超越論的な主体――哲学そのものさえ一つの言語ゲームとして見るような超越論的な主体――は、まさに「主体性」の問題です。日本において、サブジェクティビティを認識論的な主観から区別するために「主体」と訳し分けていったのは、西田です。結局、実践的、倫理的、存在論的な文脈に、新カント派的な主観の問題を置き換えていったのも彼だと思います。しかし西田は、その主体性を、外部性としての主体性（実存）というところまで持っていけなかった。

ただ、明治から大正期にかけての西田は、その外部性の問題をとくにいう必要がなかったのかもしれません。なぜなら、彼はまさにそのように存在し、生きていたからです。主観も客観もない、純粋経験だけがあると述べているところの西田のいう主体性は、明らかに明治体制に対する批判を含意しています。それは、北村透谷の「内部生命論」などと並行していますね。西田のいう「純粋経験」は、超越論的なカッコ入れで見出されるものであって、その場合に超越論的主体性は残ります。そうではなく、この主体性まで滅却されれば、ヨーガの行者か、植物人間のようなものにすぎなくなってしまう。

哲学者であることは、まさに超越論的であろうとすることだと思うのです。つまり、異邦人であり続けるということ、です。それは、当り前のことを当り前と思えない宇宙人ですね。しかも、その宇宙人は、なぜ自分は宇宙人なのかという問いを、いつでも同時に持っている。そこにはまったく根拠がない。そういう循環的な問いの中に哲学者は入るのではないでしょうか。西田はそういう循環を、「即」という論理でつなごうとしたのです。私は、それを論理的につなごうとつなぐまいと、これは絶え間のない飛躍（反復）だと思いますね。一度、論理的につないでしまうと、もうつながれてしまったと思いこむほうがおかしい。貨幣と商品も論理的にはつなげられるけれども、しかし「売る」という行為は、そのつどそのつどの飛躍ですからね。それの論理構造を解明することと、それを生きることとは、まったく違うことです。

現在の西田哲学の読み方で典型的なのは、それをホロニクスにひっかけて理解することですね。個が個であるのは全体によってであり、しかも個そのものが全体であり云々といったものです。さらに、「無」を働きとして、天皇を「ゼロ記号」の働きのようにして見ていく。これらはもはや、どうしようもない。それは、西田のいう「世界」とか「全体」というものを「無限」とは考えていないからです。

この「無限」とは、具体的には「共同体の外」ということです。どの共同体にも所属していない、差異としてしか存在しない空間ですね。無限として上から囲いこめるようなものは「無限」ではないのですから、したがって歴史についても、それを上から囲いこんでいるかぎり、ヘーゲルになってしまう。われわれは歴史的存在だというときの「歴史」は、われわれには覆いきれない他者性としてある。「歴史」はその意味で「無限」ですね。一般に、歴史とか世界とかいうときには、その外に立つことが可能であるかのように考えられてしまっていますが、無限とは、その外部がないような世界です。したがって、世界の自己限定というときに、その世界自体を捉えるのだと思ったらだめですね。外部性としての——立場でない立場としての——超越論的外部性の論理構造がここでも重要なのです。

西田が、どうしてそういう「共同体」の論理に囚われてしまうのかといいますと、一つには、明治・大正以降、彼が広く受け入れられてしまったということがあるのではないか。それまでは、いわば共同体の外にいて孤立して考えていたのですが、一度そうなると、自分が世界を包み始めたというか、世界に自分が包まれたというか、とにかく自分と世界が合致してしまったんでしょうね。明治のころは、そのような立場にはなかったのですが、それがいつの間にか西田はそういう立場に立たされていて、戦争についても、何事かを主張しなければならないことになってしまっていたのでしょう。その変化は大きいと思います。

そうしますと、いくら同じく「個」といっていても、西田自身が明治のころに考えていたような「個」というものが、成立しなくなってしまったのではないでしょうか。しかし本来、純粋経験というのは北村透谷の「内部生命論」と同じようなものでして、「共同体」と衝突せざるをえないはずのものですよね。西田の論理に即していうと、これは「反復」としての「絶対矛盾的自己同一」が、いつの間にか、すでに実現されてしまったものとして見られる、ということになるでしょう。そうすると、「反復」は「想起」になる。いいかえれば、西田の弁証法はヘーゲル的になる。しかも、ヘーゲルのように時間的ではないですね。すべての矛盾が、すでに統一されているのですから。とにかく、この後はどんなことでも合理化できるようになる。

私たちは、「形而上学」の批判をさまざまに口にするけれども、私の考えでは、一般性と個体性という対で考えるかぎり無効であると思うのです。ハイデガーも西田も、結局この中に入ってしまっている。なぜ、そうなってしまうのか。そこに、超越論的主体の問題、つまり、外部性と単独性の問題が徹底的に考えられなければならない理由があると思います。そうでないならば、「近代」を超え、「形而上学」を超えたどんな立派な思想も、西田と同じようなことになるでしょう。

ポストモダンにおける「主体」の問題

I

現代の哲学あるいは、批評においては、いつも「主体」が批判されています。「主体」という概念に直接言及していないとしても、ポストモダニズムの思考を特徴づけるものは、主体の批判にあるといっても過言ではありません。主体は、あるときは文字どおり思考主体を意味し、またあるときは「精神」、「人間」、「作者」あるいは「読者」をも意味します。きょう話したいと思っているのは、このような主体の批判において、いったい何が語られているのか、また、この批判の中で主体はどうなってしまうのか、主体の問題はすでに片づけられてしまったのか、というような事柄です。

主体の問題を論じるとき、われわれは必ずデカルトに遡行することになります。近代哲学がデカルトにもとづいており、かつそれがデカルトのコギトに発している以上、誰でも、近代哲学を批判する者は、デカルト、つまり、その「主体」を批判します。あるいは、主体（主観）と客観の二分法を。今日の哲学は、言語哲学はいうまでもなく、構造主義もポスト構造主義もこぞってデカルトの「主体」を批判するのです。たぶん、その代表的な哲学者として、ハイデガーをあげることができます。もちろん、デカルトの主体を批判したのは、彼が最初ではありません。わかりやすくいえば、ハイデガーが「存在」と呼んだものは、明瞭な意識以前の「気分」のごときものであり、別の言葉でいえば、「無意識」のごときものです。このようにいえば、デカルトの批判者がハイデガーだけでなく、さまざまにいることが明らかとなります。それは、フロイトの精神分析のみならず、マルクスのイデオロギー批判にも当てはまります。そして、それは、あとで述べるように、スピノザに遡行しうるといってもよいのです。

しかし、ハイデガーがデカルトの主体の批判に関して代表的だと私がいうのは、彼がこの主体を批判するのみならず、それを西洋哲学史のパースペクティヴの中において展望したからです。ハイデガーは、デカルト以後の認識論をギリシア哲学に適用することを批判し、そのような主観のない思考、つまり存在論的思考に回帰すべきことを説きました。それがデカルトおよび近代哲学の批判の一つの範例（パラダイム）となっています。つまり、西洋の形而上学を批判することは、大半がこのハイデガーの敷いた図式の上でなされるのです。

重要なことは、ハイデガーによるデカルトの主体の批判が、マルクスやフロイトと違って、「西洋」の形而上学への批判にふり向けられたということです。このことは、いくつかの意味を持っています。第一に、それが西洋の形而上学の批判だということは、必ずしも、西洋の思考に限界があるとか、非西洋の思考に可能性があるということを意味するのではありません。この「批判」は、カントがそう呼んだ意味で超越論的な批判であって、自分が暗黙に所属し前提しているものへの吟味なのです。つまり、その外部からの批判ではなく、外部に立ちうるという考えそのものへの批判です。したがって、「批判」は、いつも、自己関係的(自己言及的)でしかありえないという意味で、ハイデガーの批判は西洋形而上学の批判として語られるのです。けれども、あとでいうように、この種の「批判」の形態、すなわち、超越論的な吟味は、実はデカルトに始まっているのです。

ところで、このような西洋形而上学への自己批判は、非西洋、とくに東洋の者にとっては、皮肉な意味を持っています。たとえば、近代哲学への批判は、われわれにとっても無縁ではない、なぜなら、われわれもすでに近代の科学的世界の中に、あるいは産業資本主義的な世界の中に生きているのだから、ということができます。しかし、それとデカルトとは、別の事柄です。デカルトがいなくても、近代の産業資本主義社会はありえたし、そしてそれのイデオロギーとされているデカルト主義は、デカルトとは無縁なのですから。日本において、(おそらく他の非西洋諸国においても似たようなことがいえるでしょうが)ごく通俗的なデカルト哲学への批判があります。それは、主観と客観の二分法、あるいはその対立を批判して、たとえば東洋にはそのような思考がないという類のものです。むろん、デカルトの主観は、そのような心理的または経験的な主体とは別であり、逆にそれを疑うような視点そのものなのですが、通俗的には、その種の批判が横行し、それは西洋においてさえしばしば受け入れられています。

たとえば、禅がそうです。しかし、禅はそもそも宗教なのです。そして、禅にかぎらず、西洋であれ、東洋であれ、宗教は、あるいは神秘主義は、哲学に対立し、哲学が切り離しえないものを切り離し、語りえないものについて語ってしまうということで、それを批判するのです。たしかに、宗教あるいは実践的な領域は、哲学の外部にあり、たえず哲学に対する批判の動因となっています。それは、今日では、ウィトゲンシュタインやレヴィナスにおいて顕著なのですが、デカルトの時代に即していえば、パスカルがそうです。しかし、宗教あるいは実践的なものが哲学批判への動機であったし、かつ今もあるとしても、哲学においては、そのこと自体が理論的に語られなければならないのです。

私はここで、日本の哲学者西田幾多郎をとりあげたいと思います。彼は、鈴木大拙と中学時代から親友であり、禅になじんできたこと、また彼の哲学が暗黙に禅的な体験にもとづいていることは明らかですが、しかし、彼はつねに理論的に、いわば西洋的な論理で語ろうとしました。仏教は、理論的には、あらゆる実体および同一性を批判する「関係主義」をとります。しかし、西田はただちにそこから出発したのではないし、またそれについて一度も言及しておりません。彼は西洋哲学から出発し、その中で考えたのです。彼の初期の仕事は、ベルクソンやウィリアム・ジェイムズにある程度似ています。彼は、主観と客観の分裂以前にあり、それらがその物象化された派生物でしかないような「純粋経験」をとりだし、それによって、デカルトを批判します。その「純粋経験」は、のちに、フィヒテ的な自己、つまり絶えず自己差異化する主体のようにみなされてきました。しかし、この主体は、限定されない一般者であり、いわば「無」なのです。ただし、「有」に対立する無ではなく、それらの対立そのものを生み出すような無、つまり「空」です。

これは、ある意味でハイデガーと並行する考えであって、ハイデガー自身がそのことを強く意識していたように思われます。というのは、彼のところには、九鬼周造や三木清のような西田の優秀な弟子たちが留学していたからです。ハイデガーは、『言葉についての対話より』の中で、この「空」について、あるいは日本の哲学について言及しています。つまり彼は、そこに、西洋形而上学の外にあり、それを超えるものを見ようとしていたのです。

しかし、日本の文脈において、西田のはたした役割は、むしろ主体を確立することでした。それは経験的な主体を否定することによってしかなしえない。そのことは、デカルトにおいてもそうなのですから、ことさら東洋的思考に固有のものではありません。むしろ、西田の哲学は近代的であり、いわばキルケゴール的なのです。それは、主体であることを、危機的な飛躍とその反復において見るものでした。キルケゴールと違うのは、無限者が神としてでなく、無として捉えられていることです。それは、しかし、後期において、ヘーゲルに近くなります。ヘーゲル主義との違いは、それがあらゆる矛盾を観念的に止揚していくのに対して、西田の論理は、現実的な矛盾を、矛盾が「絶対矛盾的自己同一」においてすでに統一されているということによって、消去してしまうことです。この結果、たとえば、個と全体の矛盾は、個が全体であり、全体が個であるという「絶対矛盾的自己同一」のなかに揚棄されてしまう。政治的にいえば、個人主義と全体主義が、いずれも否定されて、第三の新たな道が見出される。西田にとっては、日本の国体（天皇制）がそれを実現するものであったわけです。かくして、彼の論理は、日本の帝国主義を正当化するイデオロギーとして機能しました。

今日、ハイデガーがナチスに積極的に加担していたことが、あらためて問題になっていますが、似たようなことが西田についていえるのです。しかし、日本では、西田とファシズムの問題が論じられることは稀れであって、むしろ西田は、日本独自の哲学として、あるいはポストモダニズムの哲学として、再評価されています。なぜなら、それは、近代の哲学の構えを、のみならず、西洋形而上学の構えを脱構築しているからだというのです。

これは、現在の日本のナショナリズム、排外的ではなくむしろ「国際的」な形をしたナショナリズムと結びついています。それは、日本の文化、あるいは日本の思考が独自のものであり、西洋や近代のそれを超えるものだという主張なのです。西洋においても、それを真剣に受けとる人がいます。これは、かつてのハイデガーやコジェーヴ、さらにロラン・バルトによる理解とは違って、明らかに今日の日本の経済的成功の事実にもとづくものです。中には、たとえばレヴィ゠ストロースのように、日本の『古事記』を構造分析して、それが神話と歴史を見事に調和させていることを称讃する人もいます。

しかし、それらは、日本の思考を評価しているのではなく、思考の欠落、あるいは主体の欠如を評価しているのであり、つまるところ、あるシステムを称讃しているにすぎません。そして、そのような反西洋的な、ポストモダン的な思想家でない者においては、むしろそれが一般的なのですが、この主体の欠如が、不気味にネガティヴに受けとられていることに変わりはないのです。この二つのイメージは、いわばエドワード・サイードが「オリエンタリズム」と呼んだものです。すなわち西洋は、自らの外部に自らを超えるものを投射する。それが、たとえば「東洋」であって、そのような他者の表象において、自己批判が可能となるのです。「東洋」とは、理性でないもの、言語でないもの、つまり西洋や近代でないものすべてを含意します。それは実在するのではなく、自己反省の装置としてあるだけです。逆にいえば、この装置は、他者、すなわち現にあるところの他者に直面することから人を保護するのです。

しかし、問題なのは、サイードが強調するのもそこですが、「東洋」の側がそのようなイメージを肯定的に受け入れることです。かくして、「東洋の哲学」が語られ、「日本独自の哲学」が語られることになる。むろん、先に述べたように、西田自身はけっしてそのように考えたのではありません。実際いって、東洋の文化はあるが、哲学などというものはありえない。それは、西洋の文化はあるが、西洋だけの哲学がありえない、という意味においてです。なぜなら、哲学とは、文化的システムや言語的システムから離れえないとしても、それに対して「超越論的」であろうとする姿勢そのものだからです。私は、ここで「超越論的」transcendentalという言葉を、カントが使った意味で用います。すなわち「超越的」transcendentとはまったく違った意味で用います。

超越論的であるとは、超越的であること、いいかえれば、メタレベルに立って見下ろすことではなくて、逆にそのことが不可能であり、不当であることを示すことです。したがって、超越論的であることは、自らが思考において暗黙に無意識に前提している諸条件そのものを、自己吟味することです。つまり哲学とは、思考が、思考自らを拘束しているシステムそのものを明らかにしようとすることなのです。哲学とは、おそらく、この意味で、超越論的な態度そのものです。むろん、哲学はいつもそれ自体一つのシステムと化しますが、しかし「哲学批判」はそれ自体哲学であり、のみならずそれだけが哲学だといっていいのです。

たとえば、ニーチェは、デカルトの「コギト・エルゴ・スム」を批判し、それがインド＝ヨーロッパ語の文法に由来するものであると述べています。そして、主語のない言語、たとえばウラル＝アルタイ語の世界では、違った思考が可能であろうというのです。たしかに、その言語の一つ、日本語の世界では、主語あるいは主体がいつも消されていく傾向にあります。しかし、それは主体がないということを意味するのではないし、思考が言語に規定されてしまうことを意味するのでもありません。ニーチェの批判は、たんに西洋の近代哲学において自然かつ自明とされる「主体」が、文法あるいはシステムに規定されていることを指摘することにあります。つまり、彼の批判は、超越論的なのです。かくして、ニーチェによる主体の批判は、カント的な意味での「批判」です。つまり、それは、主体を否定するのではなく、主体がいかなる構造においてあるかを明るみに出すことなのです。

しかし、この批判は、けっしてデカルトを超えるものではない。彼こそ、この意味での批判を始めたのですから。デカルトこそ、自然かつ自明に見えるこの心理的または経験的主体を疑ったのであり、そのように心理的自己を疑い、フッサールの言葉でいえば、それをカッコに入れる、つまり超越論的に還元するような主体こそを「コギト」と呼んだのですから。ただ、デカルト主義においては、フッサールが指摘するように、この超越論的主体がまるで心理的主体のように実体的に捉えられていきました。しかし、ニーチェはそれに対する批判において、いわば、超越論的主体としてあったのではないでしょうか。それ故に、彼の思想は別の意味で「主観性」を、つまり意志を基底に置くものとなったといえるのです。このことを指摘したのは、ハイデガーです。彼は、ニーチェがデカルトを否定しながら、なおデカルトの主観性の哲学に閉じこめられていること、それ故、存在論的でなかったことを指摘しました。なぜなら、ニーチェは、存在という概念を、価値として、すなわち主観性において理解し、斥けたからです。

しかし、ここで、ハイデガーが重視する存在論的問題について、先に引用したニーチェの指摘を想起してみましょう。ニーチェは、主語について語っただけですが、それを「ある」という動詞について考えてもいいのです。ギリシアの哲学は、この「ある」という言葉が、つねに二重の意味で用いられるところに始まっています。すなわち存在を意味する場合と、繋辞《けいじ》（コプラ）を意味する場合です。たとえば、「Xはあるところのものである」にいいかえられます。ハイデガーが批判したのは、「Xがある」は、この同一視であり、そこにおいて「存在者と存在の存在論的差異」が隠蔽されるということです。しかし、これが問題となるのは、まさに、be動詞が二重に機能しているような言語体系の中だけなのです。たとえば、日本語や中国語においては、それらははっきり区別されていて、混同も生じないし、また存在論そのものがありえない。もちろん、インドから仏教の哲学、あるいは論理学――これはサンスクリットによるし、すでにアリストテレスの論理学も入っていました――が伝えられていたのですが、中国や日本においては、日常語と切り離された難解なものであり、結局、思考そのものに浸透しなかったのです。

それは、ハイデガーのいうような問題がない、ということではありません。現代の記号論理学は、「ある」という語から生じるギリシア以来の混乱を片づけてしまいました。だが、それはハイデガーのいう存在論的問題を片づけることにはならない。ただ、ハイデガーのいうことは、別の言葉でいいかえられるはずだし、そうでなければ、まさにシステムとしての西洋の思考の中にとどまるほかはないのです。存在論に固執するとき、彼は、西洋の思考の囲いを出るどころか、この上なく西洋中心主義的です。

私は先に、西田幾多郎が日本の帝国主義のイデオローグとして機能したと述べました。もちろん、私は、ハイデガーについてもそうですが、西田の思想を政治的な意味や役割のみによって否定するつもりはありません。ただ、彼らのデカルト批判、あるいはデカルト的主体への批判が、なにか決定的なものを見落としていること、そしてそのことが彼らの共同体への帰着、つまりファシズムへのコミットメントと切り離せないことを指摘したいのです。そのために、まずデカルトについて少し語ろうと思います。

2

デカルトは、経験的な主体を疑います。それは、それを否定することや滅却することではなく、カッコに入れることです。ところで彼が、そのようなカッコ入れをやろうと決断したのは、さまざまな時代の書物を読み、さまざまな地域を旅行することによって、各地域で真理と思われていることが、それぞれ違っていることを見出したからです。

《ところで私のことをいえば、もし私がただ一人の先生しかもたなかったならば、あるいはまたえらい学者たちの意見がいつの時代でも種々異なっていたのを知るにいたらなかったならば、私は疑いもなく第二の種類の人間（他人の意見に従うタイプ）に数えられたであろう。しかし私は、すでに学校時代に、どんな奇妙で信じがたいことでも哲学者のだれかがすでにいっているものだ、ということを知った。またその後旅にでて、われわれの考えとはまったく反対な考えをもつ人々も、だからといって、みな野蛮で粗野なのではなく、それらの人々の多くは、われわれと同じくらいにあるいはわれわれ以上に、理性を用いているのだ、ということを認めた。そして同じ精神をもつ同じ人間が、幼時からフランス人またはドイツ人の間で育てられるとき、かりにずっとシナ人や人喰い人種の間で生活してきた場合とは、いかに異なった者になるかを考え、またわれわれの着物の流行においてさえ、十年前にはわれわれの気に入り、またおそらく十年たたぬうちにもう一度われわれの気に入ると思われる同じものが、いまは奇妙だ滑稽だと思われることを考えた。そしてけっきょくのところ、われわれに確信を与えているものは、確かな認識であるよりもむしろはるかにより多く慣習であり先例であること、しかもそれにもかかわらず少し発見しにくい真理については、それらの発見者が一国民の全体であるよりもただひとりの人であるということのほうがはるかに真実らしく思われるのだから、そういう真理にとっては賛成者の数の多いことはなんら有効な証明ではないのだ、ということを知った。こういう次第で私は、他をおいてこの人の意見をこそとるべきと思われるような人を選ぶことができず、自分で自分を導くということを、いわば、強いられたのである》。(『方法序説』野田又夫訳)

レヴィ＝ストロースは、ルソーを人類学者の始祖としてもちあげ、自我の明証性に依拠したデカルトを批判したのですが、デカルトの懐疑を促したものは、いわば人類学的な視点なのです。彼こそ、経験的な自我の明証性を疑ったのですから。のみならず、レヴィ＝ストロース自身、ロマン的なルソーよりも、デカルトに似ています。彼は、多種多様な婚姻形態や神話に対して、それを数学的な構造において見ようとした、すなわち、そこに普遍的な「理性」を見出そうとしたからです。したがって、この種の批判は、一般的なデカルト主義の批判にはなりえても、デカルトの批判にはなりえない。マルクスに関してもそうですが、思想を一般的に流布している形態において批判したところで、それは「批判」ではない。それは自分の真理性を強調するためのレトリックにすぎません。そして、真理が説得のためのレトリックに負うことを指摘したのも、またデカルトです。

こうして、デカルトは、人に或ることを真理と思いこませるものが、慣習であり先例であると結論します。それは、今日の科学哲学者が「パラダイム」と呼ぶものだといってよい。とすれば、先ほど引用したニーチェのデカルト批判が、まさにデカルト的なものだということが明らかになるでしょう。なぜなら、ニーチェのいう文法とは、デカルトのいう慣習だからです。デカルトが、伝統的な哲学の存在論から訣別するのもそのためです。彼が、もし言語に対して思惟を優先させたとしたら、それは観念的だからではなく、思惟がいかに言語に規定されているかを見出すことによってです。思惟は、けっして言語を超越するのではありません。しかし、思惟が言語の諸条件の中で可能であることを、超越論的に明らかにするような思惟がある。それが、デカルトの思惟であり、主体です。けれども、それが積極的に語られたときには、すでに言語であり、また経験的な主体でしかなくなるのです。

現代の言語哲学者は、デカルトを問題にもしないし、また、主体を斥けます。たとえば、ウィトゲンシュタインは、つぎのように述べています。

《思考し表象する主体なるものは存在しない。

「私の見出した世界について」という表題のもとに、私が一冊の書物を著わしたとしよう。その書物は、私の肉体について報告するであろうし、さらに肉体のどの部分が自分の意志に従い、どの部分が従わないかなどについても語るであろう。すなわちこれは、主体を孤立化させる方法、というより、ある重要な意味においていかなる主体も存在せぬことを教える方法なのである。つまり、この書物の中で話題にすることができぬ唯一のもの、それ

が主体である》。（『論理哲学論考』五・六三一）

《主体は世界に属さない。それは世界の限界なのだ》。（同五・六三二）

むろん、ウィトゲンシュタインが否定している主体は、経験的な主体であって、それを否定している主体そのものについては対象化しえない、と述べているのです。なぜなら、それは対象化されたとたんに、経験的な主体になってしまうからです。さらに彼は、主体は世界を超えられない、というのです。哲学は言語の問題にすぎないというとき、ウィトゲンシュタインは超越論的なのであって、思惟が言語を超越してひとり歩きすることに対して、カント的な「批判」を試みたのです。このようにして見れば、彼の哲学批判は、デカルトおよびカントの超越論的な態度の延長上にあることが判明します。

しかし、ここで注意すべきことは、超越論的であることは、私がこの世界に属すると同時に、この世界の外に立つことであるとしても、それを「自己意識」と混同してはならないということです。たしかに、自己意識は、超越的であり、絶えず対象としての私をのり越えて、その外に立ちます。超越論的とは、むしろ、そのような超越を否定するものです。ここで、デカルトが、私は夢を見ているのではないかと疑ったことを思い出してください。われわれは、夢の中で、自分が夢を見ているのではないかと疑う夢を見ることがありますが、そのような自己意識によっては、けっして夢の外に出られません。「夢」というかわりに、ある共同体の慣習やシステムといってもいいでしょう。それを超えて、普遍的であると思いこむような自己意識の超越性こそが、デカルト的懐疑においては、カッコに入れられねばならないのです。

超越論的であることとは、むしろ、このいわば「無意識」の制度やシステムにかかわることです。その一つが言語であり、また、そのようなシステムは一般に言語的です。カントも、時間や空間を、意識的である以前に世界を構成するようなア・プリオリな形式として見出したのですが、むろんそれは、ニュートン物理学にもとづく歴史的な形式でしかありません。しかし、カントも、超越論的であることと、ア・プリオリであることをはっきり区別しています。したがってフッサールは、むしろデカルトに戻って、「超越論的還元」を試みたのです。「現象学的還元」は、この意味で、超越論的なのです。

しかし、「超越論的」という言葉を、狭い認識論的な意味に限定する必要はありません。なぜなら、それは、ブプナーがいうように、むしろ形式にかかわるものだからです。事実、ウィトゲンシュタインは、「論理学は超越論的である」と語っています。私は、この言葉を、そのような用法で用いたのです。そうすると、マルクスの唯物論も、ニーチェの系譜学も、それぞれ超越論的であることが理解できるはずです。彼らは、意識あるいは主体を否定するように見える。しかし、それは、意識または主体が或る無意識の構造や歴史的なシステムの中にあることを見ようとすることであって、そのこと自体がいわば超越論的主体によって可能なのです。いうまでもなく、それは、超越的、あるいはメタレベルに立つことではなく、逆に、そのような意識または自己意識をこそ、イデオロギーとして批判することです。そのことを忘れたとき、マルクス主義は、それ自体が超越的なイデオロギーとなります。

したがって、ここで、超越論的主体について吟味する必要があります。それが世界の外に立つ自己意識ではなく、逆に、世界の上または外にあるという意識こそこの「世界」の中にある、という意識であるとすれば、この主体の独特のあり方に注目すべきだからです。ふたたびデカルトに戻っていえば、彼が疑いを開始するのは、彼の属する共同体または共同的なシステムの外に立つことによってです。つまり、他なるものに出会うことによってです。しかし、これは自己意識とは別です。ヘーゲル、あるいはサルトルにおいて、自己意識は、同時に他者の意識である。しかし、そこでは、他者の意識は、自己意識でしかないともいえます。つまり、この場合の他者は、私と同じシステムに属しているのであって、他者性を欠いた、たんにもう一つの自己意識でしかありません。他者とは、したがって、たんに自己意識の問題ではなくて、システムの問題です。システムの差異、というよりも差異が他者をもたらすのであり、同時にデカルト的なコギトをもたらすのです。他者を自己意識において見ることは、この差異性を抹消することにしかなりません。つまり、それは、さまざまなシステムを超越するような立場に立つことになるのです。

デカルトにおいて、「我思う、故に、我在り」は、三段論法ではなく、「私は考えつつ在る」ことだと、スピノザは注釈しています。ここで重要なのは、「思考」と「存在」の問題などではなく、「考えつつ在る」ということが、いかなる形態においてあるのかということです。それはたんなる実存ではなく、いわば外部的に実存することを意味するのです。何に対して外部的なのか。自らの属する言説システムに対してです。

デカルトは、彼の否定する懐疑主義者、あるいは、今日の相対主義者のように懐疑したのではなく、そのような懐疑をさえ可能にしている「慣習」としての言説の外部に立ったのです。デカルトは、亡命者として、フランスの外、オランダで考えました。それは重要なことですが、亡命者や旅行者が必ずしもデカルトのように外部的実存としてあるとは決まっていません。むしろ、その逆の場合のほうが多い。にもかかわらず、この現実的な外部性は重要です。事実、彼がフランスに戻り、影響力を持ちはじめてからは、この外部性は失われていったからです。いいかえれば、超越論的自己は、心理的自己のように実体化されてしまったのです。この点を批判し、デカルトの可能性をぎりぎりまで追求したのが、スピノザです。いうまでもなく、スピノザはキリスト教徒ではなく、またユダヤ人共同体からも破門された、徹底的に外部的な実存でした。

デカルトのコギトは、この意味で、カントのそれのように万人に妥当する「私」ではなく、キルケゴールのいうような単独者です。これを独我論というのは当たっていません。独我論は、たんに認識論的なものですが、このコギトは、実存論的なものです。フッサールは、デカルト的懐疑を徹底しようとしたのですが、結局このコギトが独我論になると考え、共同主観性を超越論的に構成することによってそこから出ようとします。しかし、彼はそのことに成功していません。それも無理はないのです。フッサールが見出す他者は、自己が構成したものでしかなく、したがって、共同主観性はやはり主観性でしかない。それに対して、デカルトは、コギトを真の他者、絶対的な他者において基礎づけようとしたのです。

『方法序説』を読めば明らかなように、デカルトは、コギトの明証性で懐疑を終了したのではありません。彼は、そのような明証性が私的で単独的でしかなく、神が存在しないならば成立しないと考えます。そこで、神の存在の証明に向かうのですが、その証明は、カントが批判したような中世以来の「存在論的証明」とは異質です。いくつかの証明の中で重要なのは、つぎのような証明です。すなわち、自分が疑うということは、自分が有限だということだが、そのような有限性の意識は、まさに無限（神）があるからだ、と。しかし、「我思う、故に、我在り」が三段論法による証明ではないように、これも証明ではありません。なぜなら、この無限（神）は、コギトの明証性から導かれるのではなく、それこそが、コギトすなわち外部的実存をもたらしているものだからです。

われわれの文脈でいえば、コギトは、外部によって、あるいは他者によって可能であること、しかしそのような外部や他者は、それを消すことができないような絶対的なものでなければならない、ということです。心理的主体が構成するような他者ではなく、逆にそのような意識の明証性そのものを疑わしめるような他者、あるいは他者の絶対的な他者性、それが「神」です。たとえば、レヴィナスは、デカルトについてつぎのように述べています。

《事実、デカルトのコギトは、第三「省察」の最後で、無限なる神の存在の確実性に依拠したものとして提出されている。そして、この神との関係において、コギトの有限性あるいは懐疑がたてられ認知されるのである。現代の哲学者たちは無限に依拠することなく、たとえば主体が死ぬということにもとづいてコギトの有限性を定義しているが、デカルトにおけるコギトの有限性をこのような仕方で定義することはできない。デカルトの主体が自己を把持しうるのは、自分自身にとって外的な視点を自分に対して設定し、この外的視点に立脚することによってである。たとえ第一の行程において、デカルトが自分では自分を疑いえない自己意識を抱くとしても、第二の行程、つまり反省についての反省では、彼はこの確信を支える諸条件に思い至る。この確信はコギトが明晰かつ判明であることに由来する。が、この確信それ自体が探究されるのは、有限なる思考のうちに無限が現前するためであり、無限のこの現前を欠くとき、有限なる思考はみずからの有限性に気づかなくなってしまう。「……無限な実体のうちには有限な実体のうちによりも多くの実在性があること、したがって、無限者の認識は有限者の認識よりも、すなわち、神の認識は私自身の認識よりも、ある意味で先なるものとして私のうちにあることを、私は明白に理解する。（……）なぜなら、私が疑うこと、私が欲することを私が理解するのは、すなわち、何ものかが私に欠けており、私はまったく完全であるわけではないことを私が理解するのは、より完全な存在者の観念が私のうちにあって、それと比較して私の欠陥を認めるのでなければ、不可能であるから」（『省察』）》。（『全体性と無限』合田正人訳）

レヴィナスがいいたいのは、カントもフッサールもハイデガーも有限から無限を構成しようとしたのに対して、デカルトは無限から有限を捉えようとした、ということです。それは、別の言い方でいえば、他者を自己から見出したのではなく、他者において自己を基礎づけようとしたということです。《フッサールは自分以外には何ら支えをもたぬ主観性をコギトのなかに認めたのだが、とすると、コギトが無限の観念そのものを構成し、無限の観念を対象として自らに与えることになってしまう。これに対して、デカルトは無限を構成しえないものとして考えた。このことによって、コギトの門戸が開かれたままにされたのである。有限なるコギトが無限なる神に準拠するとしても、この準拠は神の単なる主題化ではない。いかなる対象をも、私は自分自身で解明し内包する。だが、無限の観念は私にとっての対象ではない》。（前掲書）

デカルト主義を批判したり、それをもっと徹底しようとした哲学者たちが、デカルトが開いた地点から後退している、とレヴィナスはいいたいのです。しかし、デカルトを右のように読んだ最初の哲学者は、スピノザであるというべきです。たとえば共同体は、内部と外部の分割によって成立する。その場合、内部はコスモス（秩序）であり、外部はカオス（混沌）です。さらにいえば、内部は有限であり、外部は無限（無限定）です。アリストテレスにおいては、限定されたあるいは組織されたコスモスのほうが、無限定なカオスより優位に置かれているのですが、これは、基本的に彼の思考が共同体（ポリス）のものであり、いわば内部の思考だということを意味するのです。キリスト教的な神＝無限を前提するスコラ哲学においても、結局のところアリストテレス的でした。

ところが、デカルトにそってスピノザが見出す「無限」とは、もはや有限の否定としての無際限ではなく、逆に、限定／無限定という分割そのものを不可能にするようなものです。無限とは、それ以上の外部がないような「世界」であり、スピノザは、すべてが（思惟も延長も）この中にあり、これを超越できないというわけです。これは、ある意味で、共同体（システム）に閉じこめられた思考への批判であり、また別の意味では、われわれが世界内的・歴史内的存在であることを含意します。レヴィナスの言葉でいえば、「全体性」の観点を否定しうるのが、この「無限」の観念なのです。

デカルトの超越論的な主体からその外部性と単独性が失われると、それは、心理的主体、あるいは超越的な主体になってしまいます。そして、それは自由な主体であるかのようにみなされます。たしかにデカルト主義においては、そうなってしまうのです。が、スピノザは、この主体に関して、もっとデカルトに忠実に徹底化します。すなわち彼は、意志の自由あるいは主体の自発性を否定するのです。つまり、主体とは想像物であり、われわれが自由意志と錯覚するのは、原因が複雑すぎてわからないからにすぎない、というのです。われわれが疑うということさえ、原因に規定されているということになります。あとで述べるように、デカルト主義への批判は、マルクスにしても、フロイトにしても、基本的にスピノザ的なものです。スピノザが、ソクラテス的な「無知」ではなく、フロイト的な意味での「無意識」を見出したのです。

3

しかし、ここにおいて、スピノザがデカルトの延長線上において考えていたことを忘れてはなりません。つまり、スピノザの幾何学的な体系『エチカ』において、語られてはいないにもかかわらず、なおそれを可能にしているものが、超越論的な主体あるいは外部的な実存であることを忘れてはならないのです。デカルトを批判する者は、理論的には正当であっても、デカルトと同様に、その外部性を失うとき、まさに共同体のイデオローグになるほかないのです。ハイデガーや、西田によるデカルトの批判も、またそのようなものです。

たとえば、西田が、デカルトの「主観と客観」の分裂を批判して、それが「純粋経験」を隠蔽しているのだと主張するとき、それは近代的な思考に対して外部的であり、系譜学的であること、いいかえれば、超越論的であることです。事実、西田は、アカデミックな制度から疎外された場所で、そのような批判を練りあげたのです。つまり西田は、日本の文脈においては、デカルト主義への批判においてこそ、「近代的」な思想家だったのです。しかし、彼がアカデミズムに受け入れられるにつれて、この外部性を失っていったのは明らかです。そのとき、主体の批判は、超越論的主体そのものの滅却、共同体に対して外部的であるような主体の滅却となり、かくして、共同体のイデオローグに転化したのです。

だが、今日において西田は、ポストモダンの思想家として復活しています。しかし、ポストモダンであることは、モダニズムの後にくる段階や状態でしょうか。それは、モダニズムに対して超越論的であること、いいかえれば、その自明で自然に見える諸前提に対して系譜学的であることではないでしょうか。モダニズムが「主体」という概念によって代表されるとすれば、それが「主体」への批判に集約されるのは当然です。しかし、それは、けっしてそのような批判をなす超越論的な主体を否定することにはならないはずです。

たとえばデリダは、ハイデガーと同様に、デカルトやフッサールの中にある「理性」、ギリシア的なロゴスを批判します。それは、西洋哲学を脱構築することにほかならないのですが、デリダはつぎのように述べています。

《哲学を「脱構築」するとは、歴史的由来をもって構造化されている哲学の諸概念を用いて最も忠実かつ内在的に仕事をしながら、他方では、哲学には名づけることも記述することもできないある外部の視座にたって、この哲学的概念の歴史が、利益がらみの抑圧をすることによってみずからを歴史たらしめたさいに隠蔽し、あるいは排除してきたものは何か、それを見きわめることである》。(『ポジシオン』)

この「外部の視座」は、超越的な視点や立場(ポジシオン)ではなく、その反対に、超越的な立場いっさいを自壊させるものですが、それなら、それはどこにあり、あるいはどこからくるのでしょうか。それは、超越論的な主体の外部性であり、すでにデカルト的懐疑に関して述べた問題がここに含まれるのです。この外部性が、彼とハイデガーとを分かつものです。彼らが、共同体(ポリス)のイデオローグになるか否かは、この差異によります。たとえば、外部性のないハイデガーにおいて、実存 Existenz とは、エクスタシー、すなわち共同的なものへの脱自・没入にほかならない。ところが、この外部性は、ギリシア以来の形而上学にはなく、まさにデリダが批判するデカルトに由来するものです。ディコンストラクションを可能にする「外部の視座」は、他の誰よりもデカルトによって明確にもたらされたのです。しかも、このディコンストラクションは、それ自体が外部的で単独的な実存と切り離しえないのであって、それが安定した方法であるかのようにみなされたとき、デカルト主義と同じ運命に陥ることになるでしょう。

ここで、現代における主体の批判を簡単にふり返ってみます。先に話したように、英米においては、主に言語哲学による主体の形而上学の批判がありました。しかし、リチャード・ローティが「言語論的転回」と呼ぶものは、そのことで意味や主体を排除したのではなく、意味や主体を前提してしまう思考に対して超越論的であろうとしたのです。分析哲学は、文字どおりカントに由来するのであり、すなわち、超越論的なのです。

一方、フランスにおいても、主体を言語的な構造において捉えようとする批判があり、これはアメリカにおいても日本においても大きなインパクトを与えました。精神分析に根ざそうと、マルクス主義に根ざそうと——実際はそれらが重なりあっているのですが——そうした主体批判は、言語またはテクストを強調することにおいて、それ以前のものと区別されます。とりあえず、それを構造主義と呼んでおきます。狭い意味での構造主義は、数学的な構造を導入するものですが。

構造主義が直接の標的としたのは、サルトルの実存主義でした。しかしサルトルは、べつに心理的な主体を主体とみなしたのではありません。実存的主体は、経験的な主体への批判において見出されるのです。それは、いわば、在るところのものではない。在らぬところのものであるかぎりにおいて在るのです。つまり、実存的主体は、無として在る。いいかえればサルトルは、人間が、それが置かれているシステムに対して超越論的でありうるということに、主体性と自由を見出したのです。けれども、これは、けっして超越的であることを意味するのではない。にもかかわらず、それは、自由な主体、いわば自由意志を強調するものになりがちです。それは、ありふれたブルジョア的なヒューマニズムに帰着してしまうのです。したがって、サルトル的実存主義に対する批判は、ふたたび主体に対する批判となります。

これは、精神分析によろうと、構造人類学によろうと、ジラールのような他者の欲望という理論にせよ、一つの共通点を持っています。それは、主体なるものは、ある関係構造における一つの場所に規定されているにもかかわらず、そのことを知らないが故に、あたかも自発的な実体であるかのようにみなされる想像物である、ということです。いうまでもなく、これはスピノザの考え方です。つまり、デカルトを批判するとき、人はスピノザに向かうことになるのですが、すでに述べたように、デカルトをそのように単純化するのは、レトリカルな論法にすぎません。

そして、この「主体」への批判は、右のような心理的主体だけでなく、ヘーゲルの精神のような主体、つまり全体を見通し、あるいは全体を構成するような主体にも向けられます。しかし、この大きな主体は、個々の心理的主体と別のものではありません。なぜなら、それは自らが属する構造やシステム、または歴史的＝社会的文脈を超越して、あたかも全体を見通しうるかのように思いなすような主体（主観）だからです。マルクスはそれを批判したのですが、マルクス主義においては、そのようなヘーゲル的主体が形を変えて保存されたのです。たとえば、「人間」として。マルクスは、そのような人間、つまりフォイエルバッハ的な人間を批判して、「人間とは社会的な諸関係の総体にすぎない」といいました。しかし、ここで、この「総体」を全てにわたり捉えられると考えるならば、同じことになります。すなわち、スターリニスト的な党が、そのような大きな主体となるわけです。いいかえれば、そのような「人間」主義がスターリニズムをもたらすのであって、それを初期マルクスのような「人間」主義によって批判することは、まったくもって無効です。

アルチュセールは、歴史が主体のないものであることを主張しました。それは、全体を透過するような超越的視点がないことを意味します。主体とは、たえず多方向的に組み替えられていく諸関係と交通の網目に対して、それを透過しうるようにみなされる「想像的なもの」です。彼は、これをフロイトあるいはラカンを借りて述べたのですが、いうまでもなく、これもスピノザの考え方なのです。フーコーは、このことを別のレベルでやりました。アルチュセールは、思考を支配しているシステムを問題系《プロブレマティク》と呼んだのですが、これは科学哲学者コイレに負うもので、アメリカではクーンがそれを「パラダイム」と呼んだわけです。フーコーは、それを思考がその中で組織されるような「エピステーメー」と呼びました。しかし、特に違ったことがいわれたわけではありません。彼は、全体を見通すような視点、あるいはそのような主体、精神、理念、といった「想像的なもの」が、言説の非方向的な出来事と網目を隠蔽することを示そうとしたのです。フーコーが「人間は死んだ」と書いたのは、そのような主体が想像物でしかないということが露わになった、ということにほかなりません。

同じことを文学批評の領域では、バルトがいったように、「作者は死んだ」ということで言い表すことができます。さらに、角度をかえていえば、「読者」、つまりテクストを解釈する主体、あるいはそれを透過するかのような主体が死んだというのが、ディコンストラクションの批評であると考えてよいでしょう。それは、ある解釈に対して、それを否定して別の解釈を提示するのではなく、それに対立するような解釈を同じテクストから導き出すことにより、その決定不能性によって、いかなる解釈も成立しえないことを示すのです。これは、カントによる形而上学の「批判」、つまり、たとえば「世界に始まりがある」という命題を、その逆の命題を証明することによってアンチノミーに追いやり、そのような問題そのものを無効にする論法と似ています。そして、これもやはり超越論的なのであって、デリダがいうように、ある「外部の視座」によってのみ可能なのです。

ポストモダニズムが、もはや「批判」としてではなく、一つの段階または状態のようにみなされるとき、たとえば消費社会がポストモダンであるかのようにみなされるとき――実際のところ、日本においてはそうなのですが――それはもはや外部性を持っていません。それは、ディコンストラクションが形式化され、誰にでも可能な方法としてアカデミズムに受容されていったとき、その外部性を失うのと同じことです。「主体」の批判は、むろん依然として有効です。しかし、現在進行しているのは、その批判のインパクトが失われ、あるいはその外部性が失われ、それが共同体の内部に閉ざされてしまいつつあることです。言説の意味をそのように変えてしまう、歴史的文脈の外部性にふたたび注意しなければならない時点に、われわれは立っています。

固有名をめぐって

I

こんど私たちが出した雑誌「季刊思潮」には、「単独者の交通の場所」というフレーズがついています。これらの語は私がよく使うものであることは確かですが、これは、しかし、私が考えたものではありません。実際の編集をやっている山村武善氏がつくった言葉です。私自身はなるべく自己定義やスローガンなしにやりたいと思っていますが、とりあえず、「単独者の交通の場所」と呼んだ以上、それについて語るところから始めたいと思います。

この言葉から、皆さんは、たとえば孤立した人たちが互いに寄り合ってつきあう場所といったものを思い浮べられるかもしれません。しかし私の考えでは、単独者というのは、孤立した、あるいは孤独な私、というような意味ではまったくないのです。そもそも単独者は交通においてのみありうるし、逆に交通は単独者によってのみ可能なのですから。そして、そのような「場所」とは、みんなが寄り合うような共同体の空間ではありません。もし「季刊思潮」がそのように見えてきたら、私はただちにやめてしまうつもりです。

きょうは、この単独性ということについて、話したいと思います。私は、それを特殊性あるいは個別性という概念と区別したいのです。特殊性（個別性）に対しては、一般性が対応しています。単独性に対しては、普遍性が対応します。特殊性と単独性の区別は、いいかえると、特殊―一般という対と、単独―普遍という対との区別にほかならないのです。共同体と社会が混同されているように、この単独性と特殊性は、しばしば混同されています。これを区別することから始めねばなりません（「季刊思潮」創刊号に、私はアメリカでやった講演を載せていますが――「ポストモダンにおける「主体」の問題」本書所収――そこでも、デカルトのコギトに関して、心理的自己と超越論的自己を混同してはならないことを述べていたはずです。心理的自己とは、いわば特殊性であり、超越論的自己とは単独性なのだといっていいと思います）。

特殊性と単独性は、いずれも個体性を意味しています。しかし、特殊性はいつも一般性から見られた個体性であるのに対して、単独性はもはや一般性に所属しようのない個体性なのです。たとえば、「私がある」（1）と、「この私がある」（2）とは違う。（1）の「私」は特殊性であり、したがって、どの私にも妥当するのに対して、（2）の「私」は単独性であり、他の私ととり替えができません。といっても、それは、「私」が特殊であることを少しも意味しないのです。しかし、哲学においては、特殊性と単独性がいつも混同されています。これらが混同されるのは、「個体」というものの捉え方が曖昧だからです。

一般に、個体individualとは、それ以上分割できないもののことですね。ギリシアの自然哲学では、それはアトムと呼ばれています。むろん、それは今日の物理学でいう原子とは別です。原子はいくらでも分割できるし、まだ「それ以上分割できないもの」のレベルに到達しておりません。到達したと思った瞬間に、さらにその下位レベルがめざされるからです。「個体」の分割不能性は、そういうこととは別の事柄です。一つの机は個体である。それはさまざまな構造や構成要素に分割できるし、分子や素粒子のレベルにも分割できます。だが、そこにおいてそれは机ではないでしょう。それ以上分割すれば、机ではなくなるような一つのまとまりを、われわれは「個体」と呼ぶわけです。

日常的にわれわれがindividual（個人）と呼ぶものについても、同じことがいえます。われわれは、それを身体的・物理的な合成と見ることもできるし、諸行為や諸関係の総体として見ることもできます。しかし、そのとき、個人の個体性は消えてしまう。われわれが漠然と「個人」と呼んでいるのは、それ以上分割すれば消滅してしまうような一つのまとまりです。しかし、それはけっして個人がそれ以上還元できない基本的な単位であるということを意味するのではないし、また、それは個人、すなわち人間的個体のみに限定されるのでもありません。あるものを個体として見ることは、そのものの性質やレベルに依存しないし、それ自体が分割可能であるということとも矛盾しない。たとえば、分子や脳や国家も個体であるし、〝第二次世界大戦〟という出来事も個体である。というよりも、個体はものではなくて、ことなのです。ウィトゲンシュタインが、世界は物から成るのではなくて事実（こと）から成る、といったように。

個体がそのようなものだとすると、個体の特殊性（個別性）と単独性とは、どのように区別されるでしょうか。たんに個体が一つしかないということでは、それらは区別されない。それらを区別するものは、個体が一般性（あるいは集合）に属するか否かにあるのです。先にあげた例でいえば、個々の国家は国家という集合のメンバーであり、個々の脳は脳というクラスの一員である。また、たった一つしかないものも、その成員が一つしかないような集合に属する、ということができます。しかし、〝第二次世界大戦〟についてはどうでしょうか。それが、戦争という集合のメンバーであり、その特殊であることは疑いない。だが、そういってしまうと、〝第二次世界大戦〟と固有名で呼ばれているものの「単独性」は消えてしまいます。何かを個体とみなすことにおいて共通していても、個体を類・クラス・一般に対して見るか、それを単独性において見るかで違いが生じるのです。それは、当の個体自体の性質とは無関係ですね。

たとえば、東大病院に夏目漱石の脳が保存されています。私はたまたまそれを見たことがあるのですが、特に変わった脳ではない。また、それは夏目漱石という個体と無縁であり、まして彼の書いたテクストとは無関係です。にもかかわらず、この脳は、他の脳とは代替しえないし、脳一般の中に入らない。それは、この脳が夏目漱石の脳という固有名で呼ばれていることと関係しています。それは特殊な脳であるから、固有名で呼ばれているのではなく、固有名で呼ばれているから特異（単独）なのです。もっと厳密にいえば、この脳の単独性は、それを固有名で呼ぶことと切り離しえないのです。そして、特殊性と単独性の区別を論じるとき、それは固有名の問題に帰着するということができます。そして、ここに歴史という問題もかかわってきます。たとえば、漱石の脳や第二次大戦というもの（こと）が歴史的であるのは、それが固有名で呼ばれているからなのです。歴史は、固有名をおいてしまっては存在しません。

たとえば、三段論法で「人間は死ぬ。ソクラテスは人間である。故にソクラテスは死ぬ」というような言い方がされます。この場合、ソクラテスという固有名は、たんに一般に対する特殊として語られています。この論法は、集合論の言葉でいいかえられる。ソクラテスは、「人間」という集合のメンバーであり、人間は「死すべきもの」という集合のメンバーである。したがって、この推論は正しいということになります。しかし、ここでソクラテスは、集合の中の個体にすぎないだろうか、と考えてみましょう。つまり、ソクラテスという固有名は、どのような集合または概念にも入らないような個体性を指示するのではないだろうか、と。

この違いは微妙です。ある意味では、たしかにソクラテスは集合に属する個体（特殊）である。しかし、ソクラテスという固有名を使うかぎり、他の誰にも替えられない個体の個体性が指示されています。この個体性は、集合のメンバーとしてのそれではない。固有名は、個体の個体性を一挙に指し示すのであって、それを集合の中の一員として見出すのではないのです。この差異は、うすうす気づかれていたのですが、それが固有名の特異性を明るみに出すことにはなりませんでした。固有名は、アリストテレス以来いつも特殊性を示すものとして利用されてきたからです。たとえば、中世以来の「普遍論争」では、普遍（一般というべきですが）と個物（特殊）のいずれが先行するかが争われてきた。普遍が先行するというのがリアリズムであり、特殊が先行するというのがノミナリズムですね。この議論は、集合論的にいえば、個々のものがあったうえで集合が形成されるのか、それとも集合が先行するのか、ということです。個々の犬があって、犬という概念が形成されるのか、あるいは、犬という概念があって個々の犬が見出されるのか。

この議論は、感覚が先行するという経験論と、概念が先行するという合理論との対立として変奏されました。周知のように、カントは、これらの対立を、われわれは世界（もの自体）を感性によって受容し、かつ先験的な形式によって構成するというふうに統合したわけです。しかし、すでにこの時点では、固有名の問題が忘れられています。ノミナリズムが一般概念に対置したのは、本当は個物（特殊）ではなく、あるいは感覚や経験ではなくて、固有名なのです。そのかぎりで、ノミナリズムの正当性があります。経験論者たちの議論においては、固有名はたんに特殊を指示するものとみなされてしまう。たとえばロックは、存在するものはすべて特殊であるといいます。その場合、彼は、一般名辞（general terms）は、それらを抽象することによって得られるといいます。特殊なものは固有名によって指示されると考える。ただし、特殊なものがそれぞれ名を持つことが可能であったとしても、それは無益であるというのです。

しかし、ここに二つの錯覚があります。それはまず、固有名によって指示される個体の個体性（単独性）と、いずれ一般の中におさえられてしまうような個体性（特殊性）を混同することにほかなりません。もう一つの錯覚は、「名」とは固有名であるのに、それ以外のものに関しても「名」を適用してしまうこと、つまり一般名のようなものを考えてしまうことです。けれども、一般（概念・集合）に対する個体の先行を主張するとき、ロックが依然として固有名を持ち出してくることに注目すべきです。実際、ラッセルが論理的固有名（これ）をとり出すまで、個体について語ろうとすれば、「ソクラテス」のような固有名を持ってくるほかなかったのです。ラッセルにおいては、ソクラテスは究極の主語ではなく、「これはソクラテスである」という「これ」が主語であり、ソクラテスは述語（集合）になります。この意味で、ラッセルはノミナリズムを完成したといえるでしょう。

しかし、それと同時に、彼は固有名をとり除き、また、それがはらむ謎めいた問題をも消去してしまったのです。

2

現代論理学（フレーゲ＝ラッセル以後）によれば、個体を指示する表現として、固有名と記述（確定記述）があります。たとえば、「富士山」は固有名であり、「日本一高い山」は確定記述である。この場合、固有名は確定記述に翻訳または還元できるというラッセルの考えが支配的なのです。この考えは結局、固有名によって名指される個体を、集合または集合の束に還元（翻訳）できるという考えにほかなりません。ラッセルは、「これ」を論理的固有名として、それ以外の固有名を記述に、いいかえれば述語にしてしまいます。

くり返していえば、「ソクラテスは人間である」というとき、ソクラテスはもはや述語にならない主語としてあったのですが、ラッセルにおいては、固有名は「これ」であって、ソクラテスは「集合」になります。事実、ソクラテスという名の人は大勢いるし、ソクラテスという固有名は、個々を指すのに不十分なのです。また、ソクラテスは、ある属性、たとえば「ソクラテスする」ものを表すということもできます。したがってラッセルは、「これ」だけが真の固有名であると考えるわけです。しかし「この私」は、「これ」（「これは私である」の）とは違います。「これ」はそのつど任意の対象ですが、「この私」はとり替えがきかないものです。しかし、私がどんなに「この私」といっても、それは所詮「これ」でしかありえないことも確かですね。結局のところ「この私」の単独性は、実は、固有名によって与えられるものなのです。いいかえれば、それは、他者によって見出されるということです。

この意味で、「私とは何か」という問いは、明らかに間違っています。この問いからは、「この私」は消えます。私は、たんに言葉であり、あるいは、諸関係や構造の項でしかありません。ラカンがいうように、「私」（主体）は、言語の獲得とともに生ずるものでしかないということができるでしょう。しかし、この私の単独性は、それとは別の事柄です。それ故に、「私は誰か」と問うべきなのです。そうすると、「この私」の単独性が、私が内的に見出しうるものではなく、逆に他者によって見出されるものだということ、つまり「社会的」だということがわかります。

このことを論理学の中で指摘したのが、『名指しと必然性』のクリプキです。彼は、「可能世界」という様相論理の考え方を使って、固有名を記述に還元できるという考え方を批判しました。一例をあげれば、反事実的な可能世界においては、「富士山は、日本一高い山ではない」ということができます（実は、昔の大日本帝国においてはそうだったのですが）。しかし、「日本一高い山は、日本一高くない」ということは、意味をなしません。彼は、固有名がものをたんに指示するのではなく、指示を固定化すると考えました。この指示固定、つまり命名は「社会的」です。それは、一般に言語が社会的であるというのと意味が違います。前者の「社会性」は、コミュニケーションの非対称的な関係を意味するのです。それに対して、後者の社会性は、「共同体性」と呼ぶべきです。

クリプキの考えについて、ここでは詳しくふれる余裕がありませんが、簡単にいえば、可能世界というかわりに、別の言語体系といってもよいでしょう。固有名が記述でいいかえられるならば、他国語にも翻訳できるはずです。しかし、固有名がいいかえられない証拠に、それは翻訳できませんね。発音は違っても、富士山は英語でFujiと呼ばれます。富士は一般的（概念）ではないが、まさに「普遍的」です。

ここで、固有名を消すことが何を意味するかが、ある程度わかってきたはずです。それは単独性を消すことです。ラッセルは、固有名を消そうとしたとき、すべてを、個―類あるいは特殊―一般という回路の中に入れようとしたのです。だが同時に、それは言語の「社会性」を消すことにほかならないでしょう。私は『探究Ｉ』において、それを「教える―学ぶ」関係というふうに呼びました。固有名の考察は、そのことを別の角度から考察するものだと考えていただきたいのです。

さて、固有名によって指示される個体性は、一般性（概念または集合）において見出されるものとは異質です。くり返していうように、それは、この個体、たとえば富士山が、山という集合に属するということを斥けるものではまったくない。また、固有名によって指示される単独性は、一つしかないという意味での単独性ではありません。一つしかないからといって、われわれはそれを固有名で呼ぶとは決まっていない。あるものの単独性は、われわれがそれを固有名で呼ぶかぎりでのみ出現するのです。また、ある語が固有名たりうるのは、それによって、われわれがたんに個体の個体性を指示するのではなく、単独性を指示することによってである、ということに注意すべきです。

固有名は、たんに個体に対する指示ではありません。それは「個体」をどう見るかにかかわっています。たとえば、何千頭もの牛を飼っている人にとって、個々の牛は、牛という集合の一員でしかない。しかし、但馬牛の場合のように、家で一頭または数頭飼っている人にとっては、そうではないでしょう。彼らが実際に牛に名をつけているかどうかは知りませんが、かりに「ウシ」と呼んでいたとしても、それは固有名でありうるのです。「ものぐさ」で知られる私の知人は、飼猫をたんに「ネコ」と呼んでいます。ウシやネコが固有名であるか否かは、語や文のレベルでは区別できません。逆の例でいえば、かつて固有名であった「瀬戸物」は、今日において陶器一般を意味しています（英語では、陶器をchinaといい、漆器をjapanというわけです）。つまり、ある語が固有名であるか否かは、個体に対するわれわれの態度いかんによっているのです。

言いいかえれば、固有名の問題は、語や文というレベルでは考えることができません。

語学者は、固有名に無関心であるか、または敵対的です。それは、固有名が、言語をものにつけた名であるかのように考える偏見の源泉であるからであり、また、言語を指示対象(レファレント)と結びつけてしまう偏見の源泉だからです。《言語は、ものの名ではない》。確かにそうですね。しかし、この偏見には、一定の根拠があると思います。それは、名(固有名)を切り捨てると、言語を対象と結びつけるものが見失われるからです。

世界(対象)とは言語による分節化の産物にすぎない、という人たちがいます。それ故、この分節化を組み替えれば、世界は変わるというわけですね。しかし、われわれは、そうではないのではないかと直観的に感じています。それは、言語の外部があるということです。ただし、「唯言論的」な考えに対して、客観的な対象を持ってきてもむだです。言語の外部は、実は固有名にこそあるからです。しかし、その固有名も言語にほかならないのですから、私は別に言語の外を持ってきたのではありません。

3

一般的に、言語において指示対象を扱いうるのは、意味論ではなく、語用論(プラグマティクス)のレベルであると考えられています。しかし、そこでも、固有名は「指示」一般に解消されてしまいます。つまり、これまでの言語学の方法では、固有名の問題を考えることができません。というよりも、言語学は、固有名を二次的なものとして排除することによって成立しうるのです。固有名が言語学において嫌われるのは、それが指示するものを実体化してしまう作用があるからです。対象があり、言語はそれにつける名にすぎないかのように、人は考えます。それを否定するためには、名（固有名）という考え方を否定すべきだということになりますね。しかし、このとき、同時に大切なことも見失われてしまうでしょう。

たとえば、牛を固有名で呼んでいる者にとっては、それを殺すことは容易ではないと思います。これは〝ヒューマニズム〟の問題ではありません。たぶん彼は、兵士としては、平気で人間を殺すことができるでしょう。なぜなら、敵の兵隊は、敵という集合の一人であり、固有名を持たないからです。いいかえるなら、このことは、個体としての対象が「何であるか」とは関係がない。つまり、人間であろうと牛であろうと関係がないのです。肝心なのは「誰であるか」です。さらに付け加えていえば、固有名で呼ばれるものが、個人であろうと集団であろうと、関係がないのです。

レヴィナスは、「顔」を見るかぎり、他人を殺すことはできないといっています。おそらく彼は、フッサールおよびハイデガーへの内在的批判を通して、他者をたんに個体性としてではなく、単独性として見出したのです。したがって、彼が「顔」によって意味しているのは、個体の単独性だといってよいでしょう。しかし、「顔」というメタファーは不正確であると思います。というのは、それはどうしても人間や個人に限定されてしまうからです。むしろ、こういうべきではないでしょうか。われわれがあるもの（個体）の「顔」、すなわちその単独性を意識するとき、それを固有名で呼ぶ、と。そして、レヴィナスはそれについてまた、別の言葉で語っています。それは、「イポスターズ」（実詞化）という語です。実詞化とは、無名の「実存する」が、「実存者が実存する」として、「誰かの」実存になることです。あるいは、主語となって動詞を支配する「実詞」の出現です。彼は『実存から実存者へ』でつぎのように書いています。

《主体の真の実体性は、その「実詞性」にある、つまり、ただたんに存在一般のいくばくかが無名のままにあるのではなく、名前を受け入れる存在たちがある、という事実のうちにある》。《瞬間が存在一般の無名性を断ち切るのだ》。

ところで、この主語の出現は、「無名」の実存から「名」を与えられることではないでしょうか。ハイデガーは、実体的な「私」を批判して、いわば無名性としての実存に、共同存在としての実存に、向かいます。それは、ある意味で、ラッセルと並行しているのです。つまり、それらは、「名」（実詞）を追放するわけです。それによって、「実体から関係へ」進みます。むろん、それが間違いだというのではありません。むしろ、そこにおいてこそ初めて、名（実詞）が問題となりうるからです。それは、歴史に関しても同様ですね。たとえば、歴史は固有名で語られるとき、つねに物語です。それに対して、この物語性を批判するためには、固有名を、関係構造における任意の「これ」(X)として見る必要があります。しかし、それは、固有名が解消されることを意味するのではありません。歴史(自然史も含む)は、固有名に深く関係しています。たとえばヘーゲルの哲学は、哲学の歴史ですが、それはまた論理学であり、歴史の還元でもあるのです。そこでは、固有名が消されてしまいます。彼は個体性を軽視したのではないけれども、個体を、個―類という対の中で考えたが故に、その単独性を切り捨てたのです。したがって彼は、歴史をも切り捨ててしまいました。

この文脈において、キルケゴールが問題にしたのは、キリストではなく、イエスという固有名であったと考えていいと思います。キリストは概念であり、したがってヘーゲルは、イエスにおいて、概念が個体(特殊)として受肉すると考えたのです。それはまた、すべての個体(個人)が類的本質を持つ、という考えです。それに対して、キルケゴールは、類の中で見られた個体性と、イエスという固有名において指示される単独性とを区別したわけです。しかしながら私は、必ずしも、キルケゴールのいう意味で「単独性」の問題を考えているのではありません。重要なのは、ヘーゲル批判において、キルケゴールのいう「単独性」と、マルクスのいう「社会性」が、本当は重なるのだということです。そして、そのことは、固有名の考察においてこそ、明らかになるだろうと思います。

坂口安吾その可能性の中心

I

私が「『日本文化私観』論」（一九七五年）を書いたのは、『マルクスその可能性の中心』を書いたあとでした。その間の経緯については覚えていませんが、一つだけはっきりと覚えているのは、そのとき「坂口安吾その可能性の中心」を書こう、と思ったということです。そう思ったのは、『マルクスその可能性の中心』を書いたあとだったからではありません。私は「可能性の中心」ということを、マルクスよりも先ず、安吾について考えていたのです。

「可能性の中心」という言葉は、ヴァレリーの「レオナルド・ダ・ヴィンチの方法序説」の中に出てくる言葉です。それはダ・ヴィンチの作品の中で、そこに経験的に存在するわけではないが、いわば可能性として存在するようなものを「ダ・ヴィンチ」と呼ぶ。あるいは「ダ・ヴィンチの可能性の中心」と呼ぶということです。しかし、私が安吾に関して、そのように考えてみようと思ったのは、彼自身が「可能性の文学」ということを主張していたからです。そこで、彼は、自然主義的リアリズムだけでなく、人間がとりうるあらゆる形態が〝リアル〟なのだという。現実的に生じないかもしれない、存在しないかもしれないことも、その意味で〝リアル〟です。そうすると、安吾を読むということも、彼の作品や伝記的な事実においてではなく、むしろ、そこには存在しないが可能性として〝リアル〟であるようなものを見出すことだといえるでしょう。

最近、私は久しぶりに安吾の全集を読み返してみましたが、面白いと思ったのは、リアリズム的な「純文学」ではなく、むしろ、歴史小説、探偵小説、エッセイなどです。それらは通常、小説家にとって余技の類と見なされるものですが、安吾にかぎって、そうではありません。歴史小説でいえば、『信長』がいいと思います。私は司馬遼太郎の歴史小説をよく読みましたが、結局彼のやったことは、安吾の小説を引き伸ばしただけではないか、という気がします。

織田信長は一六世紀戦国時代の武将ですが、西ヨーロッパの絶対王権に近いところがある。事実、彼はイエズス会宣教師を通して、西ヨーロッパの情勢に通じていたのです。たとえば、信長は全国を統一する過程で、比叡山の延暦寺を焼き払った。これは日本の中世世界を一掃する行為です。そのため、彼は旧来の価値を奉じる部下によって殺されてしまったのですが、日本史において稀有な人物です。しかし、そのことを肯定的に把握したのは、坂口安吾がはじめてなのです。

比叡山の延暦寺は天台宗の総本山であり、かつて法然、親鸞、日蓮など鎌倉仏教の始祖らが修行を積んだ所です。その意味で、日本仏教の総本山だといえます。それを焼き討ちするということは、当時の日本人にとって狂気の沙汰です。それは、仏の祟りなどに頓着しない合理的な人間でなければできません。とはいえ、こんなことは、ただの合理的な精神でできるわけがない。強烈な、狂気に近い精神でなければならない。安吾はそこに、合理的な精神を支える非合理的な何かを見出そうとしたのです。そのような安吾の視点に目を開かれて、それをもっと細緻に、しかしもっと通俗的に拡大したのが司馬遼太郎だといっていいでしょう。今では、それが安吾によって開かれた見方だということが忘れられています。

同じことが古代史についていえます。安吾は次の点を強調しました。古代の日本列島には、海上の道を通って、さまざまな外国人が——外国人という意識もなかったのですが——この国に入ってきた。そういう多数性・多元性の下に古代日本を見なければならない。とりわけ、朝鮮半島との関係を見ずに古代日本を理解できない、というようなことです。今では、それは常識になっていますし、現在の古代史研究はもっと実証的で緻密になったかもしれませんが、アイデアとしては、安吾がいった以上のものではないと思います。私はたとえば、源氏と平家の長期にわたる抗争は、半島における新羅と百済の抗争の延長である、という彼の考察に、興奮を覚えたことがあります。しかし、その後、それを検討した歴史家はいないようです。たぶん安吾を読んだこともないのでしょう。

安吾は別に戦国時代や古代の専門家ではありません。しかし、彼が専門家たちの見なかったものを見出したことは疑いありません。私が驚嘆するのは、たんに彼の踏み入った領域が多彩であるだけでなく、手を出したところが、その後にあっては模倣にしかならないようなオリジナルなものを飛躍的に実現しているという点です。いかにして、それが可能なのか。私は、そうした多彩性もしくは多才性が——先ほど述べたように、ヴァレリーがダ・ヴィンチに関してそういうことをいっているのですが——何から来るのかということを考えようとしたのです。私はそれをエドガー・アラン・ポーと比べてみてもいいのではないかと思いました。実際、ヴァレリーもポーの影響の下にあったわけですから。

安吾は多くの「探偵小説」を書きましたが、それだけでなく、「歴史探偵方法論」という論文を書いた。古代日本史を見る方法を探偵の謎解きになぞらえたのです。そこから、歴史学者が見ないような認識が出てきます。しかし、私が考えたいのは、なぜ彼が「探偵」をもってきたのか、ということです。いうまでもなく、探偵とは、現実に存在したものではなく、ポーによって創造されたものです。デュパンという探偵が、シャーロック・ホームズをふくむ、その後の探偵の原型です。探偵は、刑事や興信所員とは違って、一定の職業をもたずに暮らすボヘミアン、あるいは、ベンヤミンがいう遊歩者（フラヌール）です。ベンヤミンは、その例をポーの「群衆の人」に見出したのですが、デュパンのような探偵も遊歩者です。

日本で最初に探偵小説を書いたのは江戸川乱歩だといっていいと思いますが、その名がエドガー・アラン・ポーをもじったものであることはいうまでもないでしょう。しかし、それ以前に、探偵を実行する主人公が描かれた小説があります。夏目漱石の『彼岸過迄』（一九一二年）です。漱石の小説の主人公らは大概、『それから』の代助がいう「高等遊民」ですが、その中でも、『彼岸過迄』の主人公（敬太郎）は典型的な遊歩者です。彼は、探偵には二種類あると考える。一つは「警視庁の探偵」のようなタイプであり、もう一つは、「自分はたゞ人間の研究者否人間の異常なる機関《からくり》が暗い闇夜に運転する有様を、驚嘆の念を以て眺めてゐたい」というようなタイプです。

「探偵」は犯罪者を追いかけて捕まえるのですが、罪には何の関心も持っていない。ただ犯罪の形式に関心を持っているのです。犯人を捕まえること自体は重要ではない。だから、むしろ犯罪者が優秀であればいい。その意味で、探偵は犯罪者と同じようなものであり、あるいはもっとタチが悪い。犯罪者は罪の意識にかられることがありえても、探偵にはそれはありえないからです。罪は行為の意味にかかわるものですが、探偵は犯罪の形式にしか関心を持たない。この点で、探偵はかつて存在しなかった、というより、実際には今も存在しないものです。

では、どうしてポーがこのような探偵を考え出し、また、その後にそれを続ける者が出てきたのでしょうか。ここで付け加えておきたいのは、ポーとともに生まれたもう一つの職種、「批評家」です。それは、学者やジャーナリズムの書評家とは違います。ポー以前にも、批評はありました。しかし、それは探偵という仕事が昔からあったというのと同じ意味においてです。ポーにおいて出現した批評家は、それまでとは違ったタイプの批評家です。それはいわば、「人間の異常なる機関《からくり》が暗い闇夜に運転する有様」を観察する遊歩者なのです。

漱石の時代には批評家はいなかった。批評を書くのは小説家、つまり、同業者でした。批評家のような存在は、文芸ジャーナリズムが発展しないとありえないのです。漱石も最後に小説家に転じましたが、ずっと学者であり教師でした。その意味で、日本で最初の批評家というべき人は、小林秀雄です。大学の文芸学者や哲学者とは異なる、批評家という社会的ステータスは、彼とともに始まった。小林秀雄はポーを受けとめて始まったフランスの近代批評を強く意識していました。その点では、坂口安吾も同じです。ただ、彼はフランスの批評というよりむしろ、ポー自身に近い所にいたと思います。実際、安吾はポーと同様に、探偵小説をふくむ多種多様な作品を書いたのです。

2

安吾について考えるために、私はもう少しポーについて考えてみたいと思います。ポーは多種多様なものを書きました。そして、どの領域においても、かつてないような斬新な一歩を踏み出した。それはミステリーに関してもあてはまります。彼は今ならサイエンス・フィクションなどさまざまなジャンルに分けられているものを、すべて書いてしまった。この多彩さは驚異的です。が、それは器用さとは関係がないことだと私は思います。それは、たった一つのことにかかわるのです。

それは、ポーが詩を書くということを意識化しようとしたことに始まります。詩を書くということは、ロマン派の時代にあっては、いわばインスピレーションで書くことです。インスピレーションが来るまでは、酒を飲んだり遊び呆けている。ただ、インスピレーションが訪れる時期が来ると、一気に仕上げる。かつてはそういう天才神話みたいなものがありました。ところが、ポーは、もちろんインスピレーションを否定したわけではないものの、インスピレーションという神秘的な過程を可能なかぎり意識化しようとしたのです。そこが近代の「批評」の始まりだと思います。天才でなくても、誰でも経験することですが、何かを書こうとしていても、実際にどんなことを書いてしまうかわからない。その意味で、書くということは盲目的で不透明なものです。だから、その過程を意識化するのは困難です。しかし、あえてそれを企てたことが、「批評」の始まりです。

くりかえすと、ポーの多彩さというのは、多数の領域に通じていたことから来るのではなく、ただ一つ、それまで神秘的なものであるとされていた詩の制作過程を意識化するということに胚胎するのです。たとえば、ポーの小説に「大渦にのまれて」があります。船が渦巻きにのみこまれて難破し、さらに、海上に投げ出されたものすべてが渦の中心に巻きこまれていく。そのとき主人公は海上を漂いながら、容積の大きい破片は流れが遅いという法則性があることに気づきます。そこで、彼はより大きな木片にしがみつき、渦が終るまでの時間を稼ごうとした。そして、助かるわけです。これはさまざまな意味をもっています。詩を書くことは、インスピレーションという渦の中にあることです。しかし、ポーはそのような渦に流されたままであることが詩であるとは認めなかった。言語の渦の中にあり、渦に流されながら、なおかつそこに法則性を見出すこと、そして、それによって「作品」が成立するのだ、というのが彼の考えです。

たとえば、彼は「大鴉」という詩を発表してから約一年後に、「構成の哲理」を書き、「大鴉」がテーマ、プロット、長さ、リフレインなどにおいて、すべて厳密な計算に基づいていることを提示しました。もちろん、実際のテクストはそのような計算どおりになっていません。が、テクストがそれを書いた者の意図を裏切るということは、書く者が明確な意図をもっている場合にのみいえることです。詩作がインスピレーションによってなされているかぎり、そんなことはない。だから、ポーのような考え方によって初めて、文学テクストを読むことがはらむ問題が見出された、すなわち、批評が始まったといえるのです。

もう一つ、ポーの作品から「Xだらけの社説」をとりあげます。簡単にいうと、印刷工が社説の活字版を用意していると、必要な活字が見当たらない。そこで、後から修正するつもりでとりあえずXを入れていたら、そのまま印刷されてしまう。ところが、読者はXだらけの社説に何らかの意味を見出そうとする。安吾はこのような作品をファルスと呼んで、最初から重視しました。

私は同人雑誌に「風博士」という小説を書いた。散文のファルスで、私はポオのX'ing Paragraphとか Bon Bon などという馬鹿バナシを愛読していたから、俺も一つ書いてやろうと思ったまでの話で、こういう馬鹿バナシはボードレエルの訳したポオの仏訳の中にも除外されている程だから、まして一般に通用する筈はない。私は初めから諦めていた。ただ、ボードレエルへの抗議のつもりで、ポオを訳しながら、この種のファルスを除外して、アッシャア家の没落などを大事にしているボードレエルの鑑賞眼をひそかに皮肉る快で満足していた。それは当時の私の文学精神で、私は自ら落伍者の文学を信じていたのであった。私は然し自信はなかった。ない筈だ。根柢がないのだ。文章があるだけ。その文章もうぬぼれる程のものではないので、こんなチャチな小説で、ほめられたり、一躍新進作家になろうなどと夢にも思っていなかった。(「二十七歳」)

言語はふつうは先ず意味と結びついていますが、ポーのこの作品が開示するのは、X、すなわち、意味をはぎ取られた記号です。それは意味でも無意味でもない、ノンセンス(非意味)なのです。安吾が出発点に置こうとしたのは、当時、文学だと考えられていなかった文学です。ちなみに、彼が書いた最初の評論は「FARCEに就て」です。したがって、安吾は、ポーを読んで震撼したフランスの詩人・批評家とは違った道筋を通って、独自にポーに出会ったのだ、と私は考えます。その場合、安吾に関して、先にポーについて述べたようなことがいえるでしょうか。つまり、安吾の多彩な独創性は、詩作の意識化というような、狭い特定の経験に由来する、と。私はそう思うのです。安吾の場合、それは詩作に関するものではなかったけれども、やはり言語にかかわる経験であった、と。

たとえば、「堕落論」という、戦後に安吾を一挙に有名にしたエッセイがあります。「半年のうちに世相は変った」というところから始めて、戦争で死のうとしていた連中が今闇屋をやっているとか、けなげに男を見送った女たちが今はもうそんなことは考えてもいない、と述べたあと、安吾はこのようにいいます。《人間が変ったのではない。人間は元来そういうものであり、変ったのは世相の上皮だけのことだ》。彼はこのように、「人間」という言葉をひんぱんに使います。また別のエッセイではつぎのようにいう。《人間の発見と書きたい意慾があればおのずから小説は成り立つもの、小説の書き方よりも、人間の見つけ方、見方の方が小説の形式をも決定してくるものであるから、そしてそういう人間の発見の上に文学の独創性もあるのだから、文学者はいつも人間であることが先決条件の筈である》(「新人へ」一九四八年)。こんなふうに「人間」、「人間」という言葉を振りまわす。

現在、このようなことをいう文学者はいないでしょう。「人間」という言葉は、ちょっと恥ずかしくて使えないというところがあります。たとえばミシェル・フーコーは「人間は死んだ」といった。「人間」というのは、たかだか一八世紀から一九世紀にかけて発明された観念にすぎない、と。そういう意味での「人間」は死んだ、あるいは、「主体」は死んだ、「作者」は死んだ。それはその通りだ、というほかありません。「人間」を知ることが文学を生み出す、と安吾はいう。しかし、文学はそもそも「言語」ではないか、言葉で書くというより、むしろ「言葉」が書くというべきではないかと、今の批評家ならいうでしょう。それに対して、安吾は「人間」が第一であり、言葉は二の次であると主張しているように見えます。が、それはむしろ逆だと思うのです。安吾の見方は、「人間」よりも「言語」の体験から来たものだ、と私は思います。

それに関して、つぎのような事実があります。彼は仏教の僧侶になろうとして、一九二六年に東洋大学の印度哲学倫理学科に入り、勉強と修行を重ねたのですが、その結果、神経衰弱になった。そのあと、アテネ・フランセでフランス語を学んだ、というのが、通常年譜に書かれている事実です。彼も、後年、つぎのように回想しています。《坊主の勉強も一年半ぐらいしか続かなかった。悟りの実体に就て幻滅したのである。結局少年の夢心で仏教の門をたたき幻滅した私は、仏教の真実の深さには全くふれるところがなかったのではないかと思う。つまり仏教と人間との結び目、高僧達の人間的な苦悩などに就ては殆どふれるところがなかったもので、倶舎だの唯識だの三論などという仏教哲学を一応知ったというだけ、悟りなどという特別深遠なものはないという幻滅に達して、少年時代の夢を追い再び文学に逆戻りをした》(「処女作前後の思い出」)。

しかし、ここで留意すべきことは、第一に、彼のような経歴をたどった者が例外的だということです。この時期の学生は現代文学をやるか、マルクス主義運動に関与するかが普通で、安吾のように、文学から進んで本格的に仏教僧侶になろうとする者は稀有です。実際、彼がいた印度哲学倫理学科では、安吾をのぞいて、同級生一五名のすべてが寺の息子たちでした。彼らはある意味で、最初から僧侶で「ある」。僧侶に「なる」のは安吾だけなのです。安吾はそこにいた風変わりな教授らについて面白おかしく描いていますが、最も風変わりなのは、真面目に授業に出席して勉強しようとする学生、坂口安吾自身なのです。

つぎに注目すべきことは、彼が病気になって以後、語学に専念するようになったということです。サンスクリット語とパーリ語を徹底的にやった。そのため、誤解した教授たちから将来を嘱望されたようです。安吾にはすでに仏教学をやる気がなくなっていたのですが。つぎに、彼はアテネ・フランセに通って、フランス語とラテン語を猛烈に勉強した(注)。安吾がそこでフランス文学を学んだことは事実ですが、大事なのは、外国語を徹底的に勉強したことの方です。そして、その間に病いが治った。実は、このことには、重要な問題が潜んでいます。それについては、後で述べます。

一見すると、安吾は仏教の修行に挫折して、文学に向かったように見えます。しかし、内実はそうではない。このような外国語の極端な学習は、むしろ仏教の修行に近いといえるのです。外国語は母語と異なる、記号(シニフィアン)の関係体系です。先ず、その中に入らなければならない。自分の思想、意味、あるいは欲望を捨てなければならない。その意味で、仏教の修行と同じです。違いは、外国語の場合、完成がない、ということです。それつまり、母語のようになることがけっしてない。

仏教でいう「空」とは、一切が関係の中にあり、実体はないということです。それは、美であれ、知識であれ、道徳であれ、実体とみなされる一切を解体するものです。しかし、制度的にある仏教界では、それが徹底的に追求されることはありません。悟りといっても、一定の相互了解でしかない。安吾が仏教の勉強をしていたときに感じた不満は、そこにあったといえます。日本では、仏教はいわば、母語のようなものなのです。

3

安吾は「イノチガケ」の中で、イエズス会宣教師たちが禅宗僧侶と公開論争をしたときのことを書いています。宣教師らが仏とは何かと問うたとき、禅宗僧侶は、仏とは糞掻き棒である、と答えた。それに対して、宣教師たちは、なぜそうなのかと問いつめた。彼らには禅問答など通じません。《禅問答には禅問答の約束があって、両者互に約束を承知の上でなければ、飛躍した論理も悟りも意味をなさない》。

この論争に敗れて、禅僧の多くがキリスト教に転向したそうです。しかし、彼らが転宗したのは、宣教師の合理性に負けたからでも、キリスト教の教義が優越していたからでもありません。「仏とは糞掻き棒である」という禅僧に対して、宣教師は「仏は仏である、糞掻き棒は糞掻き棒である」と論駁したのですが、禅僧たちも、キリスト教の「三位一体」の教義に対して、同じようなことをいいかえせたはずなのです。すなわち、神は神である、人間は人間である、どうして人間イエスが神なのか、と。しかし、このときキリスト教の宣教師が禅宗を圧倒したのは、教義の理論的合理性によってではなく、何千キロも離れた極東まで布教にやってくる彼らの実践の非合理的な力によってです。この力は倫理的なものです。

とはいえ、それに関して、付け加えておくべきことがあります。第一に、仏教にそのような実践的倫理性がないわけではありません。一六世紀には、支配的な武士階級に依拠した禅宗と違って、浄土真宗（一向宗）は、旧来の身分・階級を廃棄する千年王国的な運動を広げていました。それは、信長にとって、どんな封建諸侯よりも強敵でした。彼がイエズス会宣教師を優遇したのは、交易のためでもありますが、この仏教勢力が何よりも脅威であったからです。イエズス会が布教に成功したのは、彼らの信仰の強さによってだけではなく、信長の庇護があったからです。たとえば、禅僧が論争に敗れて改宗するということがありえたのも、そのためです。また、信長が一向宗を軍事的に制圧するための戦争において、先頭に立ったのが、キリシタン大名です。

ところが、キリシタンのもくろみは外れた。一向宗（本願寺）が信長に屈服したあと、天下統一を果たした徳川家康は、キリスト教を禁じるとともに、仏教を行政的な制度の中に組み込みました。以後、仏教は制度化されたのです。そんなところに、本来的な仏教があるはずはありません。しかし、そのことは、仏教の僧侶を目指した安吾には切実な問題でした。彼が、むしろ比叡山の寺を焼き払った信長を称讃したり、禅宗を論破したイエズス会宣教師に関心をもったのもそのためです。しかし、それは必ずしも仏教の否定にはなりません。禅には「仏に会えば仏を殺せ」という言葉があります。その意味で、安吾は仏教から離れるほど、いよいよ仏教的になったという感じがします。

「堕落論」で、彼は「もっと堕ちよ」という。そこにいわゆる「デカダンス」の意味はないし、また、戦後の風潮とも関係がありません。安吾は無頼派と呼ばれ、遊蕩に耽ったかのような印象を与えていますが、実際はまったくピューリタンです。では、なぜ堕落を説くのか。むろん、それは通常の意味とは逆です。

たとえば、安吾は、戦前にデカダンスを代表する作家であった永井荷風を「通俗作家」と呼んで酷評しました。荷風は、一九一一年大逆事件のあと、自分が知識人として無力で何もしない以上、今後徳川時代以来の戯作者として生きると宣言し、浅草の遊郭の女たちと遊びながら、それを小説に書いていました。このデカダンスによる抵抗の姿勢が、一九三〇年代にマルクス主義運動が壊滅した後には評価され、彼は大家として復活してきたのです。しかし、安吾によれば、荷風は少しも堕落していない。

荷風は生れながらにして生家の多少の名誉と小金を持っていた人であった。そしてその彼の境遇が他によって脅かされることを憎む心情が彼のモラルの最後のものを決定しており、人間とは如何なるものか、人間は何を求め何を愛すか、そういう誠実な思考に身をささげたことはない。それどころか、自分の境遇の外にも色々の境遇があり、その境遇からの思考があってそれが彼自らの境遇とその思考に対立しているという単純な事実に就てすらも考えていないのだ。(「通俗作家 荷風」)

荷風はもっと「堕ちる」べきだ、と彼はいうのです。安吾にとって、堕落とは、他者にさらされ突き放されて在ることなのです。いいかえれば、それは関係の中にあること、その絶対的な関係の中にあるということです。それが安吾にとって、「人間の発見」なのです。彼がいう「人間」とは、他者との関係における倫理性にほかならない。

ここから、安吾がいった、「人間の発見の上に文学の独創性もある」という言葉について、あらためて考えてみましょう。「人間の発見」は、彼にとって、言語と切り離せません。むしろ、それは「言語の発見」です。安吾は外国語を学習することを通して、病気から治ったと書いています。私も昔そういう経験がありましたが、頭がおかしくなったときは外国語をやればよい。第一に、日々確実に進歩するので、精神衛生的にいい。第二に、外国語をやるとバカになる。何も考えられないからです。考えるということは、母語によるのですから。母語では、意味あるいは思考が先にある。ところが、外国語ではその逆に、形式のほうが先にある。言語は関係体系ですから、とにかくその中に入らないかぎり、どうにもならない。それは、いわば「堕落」していくことです。他者との関係の中に絶対的に置かれるという意味において。

したがって、安吾において、堕落とは、自分がもつ意味あるいは思考を徹底的に捨てていくことにほかなりません。それは、安吾が戦後書いた小説でいえば、『白痴』になることです。この小説は彼の女性体験にもとづくものですが、それよりはるか前に、彼は「白痴」からはじめていたのです。あるいは、「ファルス」からはじめていたといってもよい。「堕落」についての安吾の考え方は、通常の考え方とは違います。それを見るために、彼と同年代のドイツの哲学者を取り上げます。ハイデガーも堕落 Verfall ――日本語訳では「頽落」――ということを強調しました。彼の場合は、堕落はつぎのようなことを意味します。人間の本来的なあり方は、死にかかわる存在である。ところが、日常においては絶えずそこから逃避している。それが「堕落」だというのです。しかし、それはむしろ理解されやすい、ありふれた考え方です。

それに加えて、もう一つ、安吾におけるキー・ワードとして、「ふるさと」にふれておきます。これも通常とはまるで違った意味になります。彼は「文学のふるさと」(一九四一年)というエッセイで、シャルル・ペローの『赤頭巾』を取り上げた。これは子供向けに流布している童話と違って、お婆さんを見舞いに森の中に入った赤頭巾の女の子を、お婆さんに化けた狼が食ってしまうというところで終ります。そこで、安吾はいうのです。

私達はいきなりそこで突き放されて、何か約束が違ったような感じで戸惑いしながら、然し、思わず目を打たれて、プツンとちょん切られた空しい余白に、非常に静かな、しかも透明な、ひとつの切ない「ふるさと」を見ないでしょうか。(中略)
モラルがないこと、突き放すこと、私はこれを文学の否定的な態度だとは思いません。むしろ、文学の建設的なもの、モラルとか社会性というようなものは、この「ふるさと」の上に立たなければならないものだと思うものです。

安吾はここで「突き放される」という言葉を使っていますが、何が突き放すのか。その何かとは、いわば〝他なるもの〟です。他なるものに突き放される。それこそが「文学のふるさと」だ。また、他なるものに出会うこと、それが安吾がいう「堕落」なのです。安吾にとって、「ふるさと」は親和的なものではなくて、いわば〝他なるもの〟に突き放されて在ることを意味します。

一方、ハイデガーにとって、現存在は本来、共同存在Mitseinです。それがいわば「ふるさと」です。彼は、近代哲学はいうまでもなく、ソクラテス以後の哲学を「存在」という「ふるさと」の喪失として見ます。彼にとって、言語は「存在の住処」です。いいかえれば、ハイデガーがいう言語は、母なる言葉mother tongueであり、故郷です。そして、それを失って在ることが堕落にほかならない。しかし、一九三〇年代において、この意味での「堕落」から「本来性」に回帰することは、政治的には、ナチズムへのコミットメントを意味します。

安吾はハイデガーについてほとんど知らなかったと思います。しかし、彼はハイデガーと親和的な、京都学派の哲学者については知っていた。それどころか、『日本文化私観』（一九四三年）は、事実上、京都学派が唱えた『近代の超克』（一九四三年）に対する批判なのです。西田幾多郎に代表される京都学派は、仏教（禅宗および浄土真宗）をもってきました。その点では、彼らは西洋ないしドイツをもってくるハイデガーに対して、東洋ないし日本をもって対抗しているように見えます。が、実際には、同じようなものです。つまり、堕落から本来性へ、あるいは、「ふるさと」への回帰を主題とすることにおいて。いうまでもなく、そのことはそれぞれ、この時期のファシズムに同調することを意味します。

一方、安吾にとって、「ふるさと」とは、人を「突き放す」何かです。それは、現存在の本来性を他者にさらされて在ることに見出すことです。それが堕落です。堕落は、したがって、倫理性を意味します。ハイデガーを批判したレヴィナスの言葉を借りて言えば、安吾は「倫理」をあらゆる思考の根底においたのです。その場合、もしレヴィナスの思想がユダヤ教から来たものだというのであれば、安吾のそれは仏教から来たといってよいはずです。むろん、彼はけっしてそうはいわないし、私もいいません。重要なのは、それが安吾の思想の核心にあり、そこから多彩な認識が生まれたことです。その核心を、私は

「坂口安吾その可能性の中心」と呼ぶのです。

（注）安吾が一六世紀の日本に関して、それまでの歴史家になかったような洞察を与えることができた理由の一つは、イエズス会宣教師の残したラテン語史料、とりわけルイス・フロイス Luis Frois（一五三二―九七）のさまざまな報告を読みえたことにある。これについては、「仏教とファシズム」（『定本 柄谷行人集 5 歴史と反復』、二四二頁）を参照してほしい。

言葉と悲劇について

私は一九七〇年代末から、諸命題を形式化した上で、形式的体系を「内側」からディコンストラクトすることを考えていた。その仕事は『隠喩としての建築』、『内省と遡行』として刊行されている。しかし、この企ては、最終的に破綻を来した。それはたんに理論的な破綻にとどまらず、私は実際に何も考えられなくなった。そこで一九八三年に渡米した。何も考えないために、である。そうこうしているうちに、これまでと違う発想が出てきた。それを説明すると長くなるが、一言でいうと、「内側」からでも、「外側」からでもなく、その「間」に立つことであった。

そこから出てきた考えを、一九八四年から「探究」と題して、月刊文芸雑誌「群像」に連載し始めた。それはウィトゲンシュタインの『哲学探究』からとったものだ。すなわち、初期の『論理哲学論考』から転回した後期ウィトゲンシュタインを見習ったのである。この時期にはまた、長らく放置してあった文学・哲学・宗教の諸問題について、あらためて考えるようになった。しかし、それを論文として書くことはなかった。そのかわり、講演で話したのである。だから、『探究Ⅰ・Ⅱ』をのぞくと、この講演集（一九八九年）がこの時期の私の主要著作であるといってよい。

　この年以後、世界状況も私の状況も大きく変わった。ソ連圏崩壊とともに、湾岸戦争が始まり、日本がそれに参与するようになった。また、私自身、九〇年代に入って、季刊誌「批評空間」の編集を始め、また、アメリカで定期的に教えるようになった。そして、この時期の講演は、『〈戦前〉の思考』（一九九四年）に収録されている。〈戦前〉とは、第二次大戦前のことではなく、今が〈戦前〉だという意味である。

　それに対して、『言葉と悲劇』では、私はまだ戦後、というより、米ソ冷戦構造（二項対立）の中にあって、理論的にその外に出ようと苦闘していたのだ、といえる。そして、私はこの時期、政治・社会的な現実について考えてはいなかった。ただ、言語的なコミュニケーション（交換）にもとづく人間の悲劇的な条件について考えていただけであった。今読むと、本書に収録された講演はすべて、抽象的で難解である。それなのに、よくこんなものを超満員の聴衆が聞いてくれたものだな、と思う。八〇年代はそういう時代であった、という気がする。

　この講演集『言葉と悲劇』を最初にまとめてくれたのは、第三文明社の編集者であった山田賢治氏である。また、本書には早稲田大学学園祭での講演が多く収録されているのだが、それは「文学研究会」というサークルにいた西田裕一氏らに依頼されたものであった。西田氏はその後も、「現代思想」（青土社）および平凡社の編集者として、私を助けてくれた。ここにあらためて、両氏への謝意を記しておきたい。

二〇一七年三月

柄谷行人

初出一覧

（それぞれ、講演日／講演場所／主催／初出を示す）

言葉と悲劇　一九八五年五月一五日／青山女子短期大学／日本シェイクスピア学会

ドストエフスキーの幾何学　一九八五年六月一五日／早稲田大学／ドストエーフスキイの会／「ドストエーフスキイ研究」Ⅲ号、一九八六年、原題「ドストエーフスキイとバフチン」

漱石の多様性　一九八五年一二月二七日／川口市栄町公民館／川口市立前川図書館

江戸の注釈学と現在　一九八五年一一月一日／早稲田大学／早稲田大学文学研究会

「理」の批判　一九八六年一月三一日／エコール・ノルマル・シュペリウール／フランス外務省／「現代詩手帖」一九八六年五月号

日本的「自然」について　一九八六年一〇月二五日／都立婦人情報センター／東京女性史研究会／「フェミニテ」第五号、一九八七年

世界宗教について　一九八六年一一月一日／早稲田大学／早稲田大学文学研究会

スピノザの「無限」　一九八七年七月一七日／――／「現代思想」インタビュー／「現代思想」一九八七年九月号

政治、あるいは批評としての広告　一九八七年九月一〇日／機械振興会館／「広告学校」（「広告

批評」主催）／「広告批評」第一〇〇号、一九八七年

単独性と個別性について　一九八七年一一月二日／早稲田大学／早稲田大学文学研究会

ファシズムの問題　一九八八年一月二五日／――／「現代思想」インタビュー／「現代思想」一九八八年三月号

ポストモダンにおける「主体」の問題　一九八八年四月一一日／デューク大学／The Duke Center for Critical Theory／「季刊思潮」創刊号、一九八八年

固有名をめぐって　一九八八年五月二八日／赤坂草月ホール／「季刊思潮」／「図書新聞」一九八八年六月二五日号

坂口安吾その可能性の中心　一九八八年九月二四日／東洋大学／日本近代文学会

本書は、一九八九年第三文明社より刊行され、一九九三年講談社学術文庫に収録された。本文庫化に際しては、講談社学術文庫版を底本とし、左記の改変を加えた。

一、「バフチンとウィトゲンシュタイン」については、割愛した。

一、「漱石の多様性」「坂口安吾その可能性の中心」については、『定本 柄谷行人文学論集』(岩波書店、二〇一六年)所収の改訂稿に差し替えた。

一、内容の関連性等を考慮し、一部講演の配列を入れ替えた。

一、その他、全体を通して改稿を施した。

柄谷行人講演集成 1995-2015
思想的地震　柄谷行人
根底的破壊の後に立ち上がる強靭な言葉と思想――。この20年間の代表的講演を著者自身が精選した待望の講演集。学芸文庫オリジナル。

増補 広告都市・東京　北田暁大
都市そのものを広告化してきた80年代消費社会。その戦略と、90年代のメディアの構造転換は現代を生きる我々に何をもたらしたか、鋭く切り込む。

インテリジェンス　小谷賢
スパイの歴史、各国情報機関の組織や課題から、情報との付き合い方まで――豊富な事例を通して「情報」のすべてがわかるインテリジェンスの教科書。

愛国心　清水幾太郎
近代国家において愛国心はどのように発展したのか。共同体への愛着が排外的暴力とならないために何が必要か。著者の問題意識が凝縮した一冊。（苅部直）

オーギュスト・コント　清水幾太郎
フランス革命と産業革命という近代の始まりに直面したコントは、諸学の総合として社会学を創った。その歴史を辿り、現代的意味を解き明す。（若林幹夫）

20世紀思想を読み解く　塚原史
「自由な個人」から「全体主義的な群衆」へ。人間という存在が劇的に変質した世紀の思想を、無意味・未開・狂気等キーワードごとに解読する。

緑の資本論　中沢新一
『資本論』の核心である価値形態論を一神教的に再構築することで、自壊する資本主義からの脱出の道を考察した、画期的論考。（矢田部和彦）

反＝日本語論　蓮實重彥
仏文学者の著者、フランス語を母国語とする夫人、日仏両語で育つ令息。三人が遭う言語的葛藤から見えてくるものとは？（シャンタル蓮實）

橋爪大三郎の社会学講義　橋爪大三郎
この社会をどう見、どう考え、どう対すればよいのか。自分の頭で考えるための基礎訓練をしよう。世界の見方が変わる骨太な実践的講義。新編集版。

橋爪大三郎の政治・経済学講義　橋爪大三郎

政治は、経済は、どう動くのか。この時代を生きるために、日本と世界の現実を見定める目を養い、考える材料を蓄え、構想する力を培う基礎講座！

フラジャイル　松岡正剛

なぜ、弱さは強さよりも深いのか？　薄弱・断片・あやうさ・境界・異端……といった感覚に光をあて、「弱さ」のもつ新しい意味を探る。（高橋睦郎）

言葉とは何か　丸山圭三郎

言語学・記号学についての優れた入門書。ソシュール研究の泰斗が、平易な語り口で言葉の謎に迫る。術語・人物解説、図書案内付き。（中尾浩）

ニーチェは、今日？　デリダ／ドゥルーズ／リオタール／クロソウスキー　林好雄ほか訳

クロソウスキーの〈陰謀〉、リオタールの〈メタモルフォーズ〉、ドゥルーズの〈脱領土化〉、デリダの〈脱構築的読解〉の白熱した討論。

ニーチェ　オンフレ／ロワ　國分功一郎訳

現代哲学の扉をあけた哲学者ニーチェ。激烈な思想に似つかわしくも激しいその生涯を描く。フランス発のオールカラー・グラフィック・ノベル。

宗教の理論　ジョルジュ・バタイユ　湯浅博雄訳

聖なるものの誕生から衰滅までをつきつめ、宗教の根源的核心に迫る。文学、芸術、哲学、そして人間にとって宗教の〈理論〉とは何なのか。

空間の詩学　ガストン・バシュラール　岩村行雄訳

家、宇宙、貝殻など、さまざまな空間が喚起する詩的イメージ。新たなる想像力の現象学を提唱し、人間の夢想に迫るバシュラール詩学の頂点。

リキッド・モダニティを読みとく　ジグムント・バウマン　酒井邦秀訳

変わらぬ確かなものなどもはや何一つない現代世界。社会学の泰斗が身近な出来事や世相から〈液状化〉の具体相に迫る真摯で痛切な論考。文庫オリジナル。

社会学の考え方〔第2版〕　ジグムント・バウマン／ティム・メイ　奥井智之訳

日常世界はどのように構成されているのか。日々変化する現代社会をどう読み解くべきか。読者を〈社会学的思考〉の実践へと導く最高の入門書。新訳。

ウンコな議論
ハリー・G・フランクファート
山形浩生訳／解説
ごまかし、でまかせ、いいのがれ。なぜ世の中、こんなものがみちるのか。道徳哲学の泰斗がその正体とカラクリを解く。爆笑必至の訳者解説を付す。

世界リスク社会論
ウルリッヒ・ベック
島村賢一訳
迫りくるリスクは我々から何を奪い、何をもたらすのか。『危険社会』の著者が、近代社会の根本原理をくつがえすリスクの本質と可能性に迫る。

民主主義の革命
エルネスト・ラクラウ／シャンタル・ムフ
西永亮／千葉眞訳
グラムシ、デリダらの思想を摂取し、根源的で複数的なデモクラシーへ向けて、新たなヘゲモニー概念を提示した、ポスト・マルクス主義の代表作。

人間の条件
ハンナ・アレント
志水速雄訳
人間の活動的生活を《労働》《仕事》《活動》の三側面から考察し、《労働》優位の近代世界を思想史的に批判したアレントの主著。（阿部齊）

革命について
ハンナ・アレント
志水速雄訳
《自由の創設》をキイ概念としてアメリカとヨーロッパの二つの革命を比較・考察し、その最良の精神を二〇世紀の惨状から救い出す。（川崎修）

暗い時代の人々
ハンナ・アレント
阿部齊訳
自由が著しく損なわれた時代を自らの意思に従い行動し、生きた人々。政治・芸術・哲学への鋭い示唆を含み描かれる普遍的人間論。（村井洋）

責任と判断
ハンナ・アレント
ジェローム・コーン編
中山元訳
思想家ハンナ・アレント後期の未刊行論文集。人間の責任の意味と判断の能力を考察し、考える能力の喪失により生まれる〈凡庸な悪〉を明らかにする。

資本論を読む（全3巻）
ルイ・アルチュセール他
今村仁司訳
マルクスのテクストを構造論的に把握して画期をなした論集。のちに二分冊化されて刊行された共同研究（一九六五年）の初版形態の完訳。

哲学について
ルイ・アルチュセール
今村仁司訳
カトリシズムの救済の理念とマルクス主義の解放の思想との統合をめざしフランス現代思想を領導した孤高の哲学者。その到達点を示す歴史的文献。

スタンツェ

ジョルジョ・アガンベン　岡田温司訳

西洋文化の豊饒なイメージの宝庫を自在に横切り、愛・言葉そして喪失の想像力が表象に与えた役割をたどる。21世紀を牽引する哲学者の博覧強記。

アタリ文明論講義

ジャック・アタリ　林昌宏訳

歴史を動かすのは先を読む力だ。混迷を深める現代文明の行く末を見通し対処するにはどうすればよいのか。「欧州の知性」が危難の時代を読み解く。

プラトンに関する十一章

アラン　森進一訳

『幸福論』が広く静かに読み継がれているモラリスト、アラン。卓越した哲学教師でもあった彼が平易かつ明快にプラトン哲学の精髄を説いた名著。

コンヴィヴィアリティのための道具

イヴァン・イリイチ　渡辺京二／渡辺梨佐訳

破滅に向かう現代文明の大転換はまだ可能だ！　人間本来の自由と創造性が最大限活かされる社会をどう作るか。イリイチが遺した不朽のマニフェスト。

重力と恩寵

シモーヌ・ヴェイユ　田辺保訳

「重力」に似たものから、どのようにして免れればよいのか……ただ「恩寵」によって。苛烈な自己無化への意志に貫れた、独自の思索の断想集。ティボン編。

ヴェーユの哲学講義

シモーヌ・ヴェーユ　渡辺一民／川村孝則訳

心理学にはじまり意識・国家・身体を考察するリセ最高学年哲学学級で一年にわたり行われた独創的かつ自由な講義の記録。ヴェーユの思想の原点。

工場日記

シモーヌ・ヴェイユ　田辺保訳

人間のありのままの姿を知り、愛し、そこで生きたい――女工となった哲学者が、極限の状況で自己犠牲と献身について考え抜き、克明に綴った、魂の記録。

論理哲学論考

L・ウィトゲンシュタイン　中平浩司訳

世界を思考の限界にまで分析し、伝統的な哲学問題すべてを解消する――二〇世紀哲学を決定づけた著者の野心作。生前刊行した唯一の哲学書。新訳。

青色本

L・ウィトゲンシュタイン　大森荘蔵訳

「語の意味とは何か」。端的な問いかけで始まるこのコンパクトな書は、初めて読むウィトゲンシュタインとして最適な一冊。（野矢茂樹）

色彩論
ゲーテ
木村直司訳
数学的・機械論的近代自然科学と一線を画し、自然の中に「精神」を読みとろうとする特異で巨大な自然観を示した思想家・ゲーテの不朽の業績。

倫理問題101問
マーティン・コーエン
榑沼範久訳
何が正しいことなのか。医療・法律・環境問題等、私たちの周りに溢れる倫理的なジレンマから101の題材を取り上げて、ユーモアも交えて考える。

哲学101問
マーティン・コーエン
矢橋明郎訳
全てのカラスが黒いことを証明するには？ コンピュータと人間の違いは？ 哲学者たちが頭を捻った101問を、譬話で考える楽しい哲学読み物。

マラルメ論
ジャン＝ポール・サルトル
渡辺守章／平井啓之訳
思考の極北で〈存在〉そのものを問い直す形而上学的〈劇〉を生きた詩人マラルメ――固有の方法的批判により文学の存立の根拠をも問う白熱の論考。

存在と無（全3巻）
ジャン＝ポール・サルトル
松浪信三郎訳
人間の意識の在り方（実存）をきわめて詳細に分析し、存在と無の弁証法を問い究め、実存主義を確立した不朽の名著。現代思想の原点。

存在と無 I
ジャン＝ポール・サルトル
松浪信三郎訳
I巻は、「即自」と「対自」が峻別される緒論「存在の探求」から、「対自」としての意識の基本的在り方が論じられる第二部「対自存在」まで収録。

存在と無 II
ジャン＝ポール・サルトル
松浪信三郎訳
II巻は、第三部「対他存在」を収録。私と他者との相剋関係を論じた「まなざし」論をはじめ、愛、憎悪、マゾヒズム、サディズムなど具体的な他者論を展開。

存在と無 III
ジャン＝ポール・サルトル
松浪信三郎訳
III巻は、第四部「持つ」「為す」「ある」を収録。この三つの基本的カテゴリーとの関連で人間の行動を分析し、絶対的自由を提唱。（北村晋）

公共哲学
マイケル・サンデル
鬼澤忍訳
経済格差、安楽死の幇助、市場の役割など、私達が現代の問題を考えるのに必要な思想とは？ ハーバード大講義で話題のサンデル教授の主著、初邦訳。

パルチザンの理論
カール・シュミット
新田邦夫訳
二〇世紀の戦争を特徴づける「絶対的な敵」殲滅の思想の端緒を、レーニン・毛沢東らの《パルチザン》戦争という形態のなかに見出した画期的論考。

政治思想論集
カール・シュミット
服部平治／宮本盛太郎訳
現代新たな角度で脚光をあびる政治哲学の巨人が、その思想の核を明かしたテクストを精選して収録。権力の源泉や限界といった基礎もわかる名論文集。

神秘学概論
ルドルフ・シュタイナー
高橋巖訳
宇宙論、人間論、進化の法則と意識の発達史を綴り、シュタイナー思想の根幹を展開する——四大主著の一冊、渾身の訳し下し。（笠井叡）

神智学
ルドルフ・シュタイナー
高橋巖訳
神秘主義的思考を明晰な思考に立脚した精神科学へと再編し、知性と精神性の健全な融合をめざしたシュタイナーの根本思想。四大主著の一冊。

いかにして超感覚的世界の認識を獲得するか
ルドルフ・シュタイナー
高橋巖訳
すべての人間には、特定の修行を通して高次の認識を獲得できる能力が潜在している。その顕在化のための道すじを詳述する不朽の名著。

自由の哲学
ルドルフ・シュタイナー
高橋巖訳
社会の一員である個人の究極の自由はどこに見出されるのか。思考は人間に何をもたらすのか。シュタイナー全業績の礎をなしている認識論哲学。

治療教育講義
ルドルフ・シュタイナー
高橋巖訳
障害児が開示するのは、人間の異常性ではなく霊性である。人智学の理論と実践を集大成したシュタイナー晩年の最重要講義。改訂増補決定版。

人智学・心智学・霊智学
ルドルフ・シュタイナー
高橋巖訳
身体・魂・霊に対応する三つの学が、霊視霊聴を通じた存在の成就への道を語りかける。人智学協会の創設へ向け最も注目された時期の率直な声。

ジンメル・コレクション
ゲオルク・ジンメル
北川東子編訳
鈴木直訳
都会、女性、モード、貨幣をはじめ、取っ手や橋・扉にまで哲学的思索を向けた「エッセーの思想家」の姿を一望する新編・新訳のアンソロジー。

ちくま学芸文庫

柄谷行人《からたにこうじん》講演集成《こうえんしゅうせい》 1985-1988 言葉《ことば》と悲劇《ひげき》

二〇一七年五月十日　第一刷発行

著者　柄谷行人（からたに・こうじん）

発行者　山野浩一

発行所　株式会社　筑摩書房
東京都台東区蔵前二―五―三　〒一一一―八七五五
振替〇〇一六〇―八―四一二三

装幀者　安野光雅

印刷所　中央精版印刷株式会社

製本所　中央精版印刷株式会社

乱丁・落丁本の場合は、左記宛にご送付下さい。
送料小社負担でお取り替えいたします。
ご注文・お問い合わせも左記へお願いします。
筑摩書房サービスセンター
埼玉県さいたま市北区櫛引町二―六〇四　〒三三一―八五〇七
電話番号　〇四八―六五一―〇〇五三

ISBN978-4-480-09771-2 C0110